Gaea

特殊傳說

THE UNIQUE LEGEND

護玄／著

vol. 9 新版

特殊傳說 9

目錄

特殊傳說
THE UNIQUE LEGEND

登場人物介紹

Atlantis 學院

姓名：褚冥漾（漾漾）
年級/班別：高中一年級/C部
性別：男
袍級/種族：無/人類
個性：非常普通的男高中生，個性有點怯懦，不太敢與人互動。

姓名：冰炎（學長）
年級/班別：高中二年級/A部
性別：男
袍級/種族：黑袍/？
個性：脾氣暴躁、眼神銳利。不過是標準刀子口豆腐心的好人～

姓名：米可蕥（喵喵）
年級/班別：高中一年級/C部
性別：女
袍級/種族：藍袍/鳳凰族
個性：個性爽朗、不拘小節，喜歡熱鬧。非常喜歡冰炎學長！

姓名：雪野千冬歲
年級/班別：高中一年級/C部
性別：男
袍級/種族：紅袍/？
個性：有點自傲，知識豐富像座小型圖書館；討厭流氓！

姓名：西瑞．羅耶伊亞（五色雞頭）
年級/班別：高中一年級/C部
性別：男
袍級/種族：無/獸王族
個性：個性爽朗、自我中心。出身於暗殺家族，打扮像台客。

姓名：萊恩．史凱爾
年級/班別：高中一年級/C部
性別：男
袍級/種族：白袍/人類
個性：個性隨意，存在感低、經常超自然消失在人前，執著於飯糰！

登場人物介紹

Atlantis 學院

姓名：藥師寺夏碎
年級/班別：高中二年級/A部
性別：男
袍級/種族：紫袍/人類
個性：個性淡泊，不喜過多交談，是個溫柔的好哥哥。

Alis 學院

姓名：伊多．葛蘭多
年級：大學一年級
性別：男
袍級/種族：白袍/水之妖精
個性：成熟穩重且平易近人，性格溫和。先見之鏡的守護者。

姓名：雅多．葛蘭多
年級：大學一年級
性別：男
袍級/種族：白袍/水之妖精
個性：不愛講話，外在冷淡繃著一張臉，不過卻是個好人。

姓名：雷多．葛蘭多
年級：大學一年級
性別：男
袍級/種族：白袍/水之妖精
個性：極具冒險精神，永遠都掛著笑臉，喜歡搗蛋，對五色雞的頭髮異常執著。

其他

姓名：褚冥玥
身分：一般的大一生，漾漾的姊姊
性別：女
種族：人類
個性：直率強硬，很有個性的冷冽美女。異性緣爆好！

第一話　重回故地

地點：未知
時間：未知

冰冷的空氣，帶著水的聲音。

我只記得那時候的書本破碎，之後好像發生了一點什麼事情，但是我全然無印象。

「比申，妳插手得太過火了。」

意識開始恢復之際，我稍微聽見有人像是在爭執的聲音。

「哈……原本說好抓到妖師一族就立即帶來的人是誰。」

「時候還不到。」

整個腦袋在發痛。

對了，我想起來了，好像是在湖之鎮時正要聽他說話的時候，突然有人從我後面敲了一下，似乎就這樣昏過去了。

那現在是什麼狀況？

「我已經忍不住了……那些自以爲是高等種族的人……我一見就想將他們都殺光，那片土地是屬於我們的……」

「聽夠了，妳說太多次了，等到耶呂重新醒來之後妳再去對他慢慢說吧。」

我緩緩睜開眼睛，隱約看見在不遠的地方有兩條人影晃動，一個是男的，一個是女的，等我看清楚之後，我突然寧願不要醒會比較好過一點。

「你這……喲，被你發現的小老鼠已經清醒了。」原本還想說點什麼的女性突然停止了爭論，一轉過頭，是個非常讓人難以忘懷的熟面孔，不只是她，連我失去意識前一秒還在的人也都不缺。

「比申，妳先出去，妳在這邊會妨礙所有事情的進行。」瞇起眼睛，安地爾在我爬起來往後逃之前，已經先開口朝那個傳說中四大鬼王之一的比申惡鬼王下了驅逐令。

我愣愣地看著他們兩個，突然覺得他們兩個現在的態度有點微妙，不太像我之前知道的那種上司下屬關係，某方面來說，比申惡鬼王似乎還挺……忍讓的？

盯著對方半晌，女性的惡鬼王聳聳肩：「如果不是看在你是耶呂的人的份上，你現在就不會站在這邊了。」

安地爾勾起冰冷的笑意：「如果妳以爲有妳說的這麼順利，當初站在他旁邊的人就會是妳，而不是我。」

有那麼一秒，比申像是被激怒般惡狠狠地瞪住了眼前的人，不過什麼也沒說，衣襬一甩就直接往另外一邊離開。

她一走，我才發現這地方同樣眼熟到讓我有點想發出哀號了。

鬼王塚……最早最早，我們曾經的戶外教學終點，外加還有一具惡鬼王屍體的冰川。

而我現在就被隨便地丟在一旁的檯子上。

冰川的水凝結散出陣陣冰冷的氣息，讓我忍不住顫抖了起來，不知道究竟是真的冷還是怕，反正整個人都在發抖，完全無法制止。

如果是以前，我應該是打死都不敢來到這種鬼地方吧。

基本上，自從進了湖之鎮之後我無時無刻都在後悔，如果不要和學長吵架的話，或許有更好的方式……可是既然都已經做了，就算後悔了時間也不可能會重來。

確認比申鬼王離開後，安地爾轉回過頭看我，表情還是和之前差不多，像是對我很有興趣，又好像是對我沒有什麼特別興趣。

說實在，到後來我覺得他好像對學長的興趣比對我還要高一點，每次都會順便跟學長打個招呼不知道是存什麼心。

「先前的話題被中斷了，比申出現的時機還眞是不對。」彈了下手指，安地爾在突然冒出來的石柱上坐下，動作非常優雅：「讓我想想，現在你想從哪邊先開始聽？」

「哪邊開始？」我揉著頭坐起來，只記得被打昏之前好像只有聽見開始的樣子，整個腦袋混亂成一片。

「看你一副完全進入不了狀況的樣子，連我都覺得你很可憐，那邊的人眞的什麼都沒有讓你知道嗎？」安地爾似笑非笑地看著我，轉動了手再次出現了那本黑史，好幾頁都已經破碎了，亂七八糟地被塞在裡面。

「在那之前，先把安因還給我！」比起什麼可不可憐那種事，我更想確定安因現在的狀況。既然已經什麼都沒有也毫無退路了，我想先抓住最重要的那一個。

「哈，我還以爲你會迫不及待地想知道以前的那些事情。」不曉得爲什麼心情很愉快的安地爾勾起笑，拍了下手掌：「我也不是說話不算話的人，直接還你吧。」

他的話才一說完，我馬上就看見了一大片陰影從頭上砸下來，幾乎是本能反應，我立刻撲過去接住那個差點掉下檯子的陰影。

那個陰影不是什麼奇怪的東西，正是我很擔心狀況的安因。

他的臉整個是死白色的，如果不是還有呼吸我眞的會以爲他已經死了……幸好還有呼吸……眞的是幸好。

安因的狀況比我想像中好不了多少，我想鬼族應該也不會專程幫一個敵對的天使打理傷口，他看起來全身都是傷痕，有的甚至還在冒血，應該要趕快交給醫療班才可以。

「依照約定，我把靈魂也還給他了，只是靈魂分裂會有點副作用，短時間內他會維持睡眠的狀態；至於傷勢你可以放心，好歹我也是醫療班待過的人，可以向你保證他的傷勢暫時不會致死，你可以安心了吧。」像是在討論一般話題似地，安地爾說得非常輕鬆。

但是他的輕鬆卻讓我想殺他，看到安因變成這樣的那秒，我眞的很想哭。我寧願看他抄刀砍五色雞頭，也不想看他死氣沉沉的樣子。

不管是他，或者是其他人都一樣，我不想看見身邊的人受到傷害。

我小心翼翼地把安因平放在石台上，輕輕拍了拍他的臉頰，可是一點反應都沒有，連動也不動，睡得非常沉。

「你可以保證他真的沒事嗎？」我抬頭，看著眼前的鬼族，事到如今我也不曉得他的保證到底能不能用了。

「好吧，我用我的名譽保證短時間他的命都還會在，如果我的名譽能讓你信賴的話。」聳聳肩，安地爾用一種似是而非的答案給我，反而讓我更加不安了。

不過我想安因一定會沒事的，他是個黑袍，黑袍不是都不容易出事嗎？

所以他一定會順利得救。

我在心中如此祈禱。

※

「好了，已經把天使還給你了，那就來繼續我們的話題吧。」

撐著下巴，安地爾翻動了書頁：「你對於我完全沒有任何一點好奇嗎？」

把薄外套脫下來蓋在安因身上，既然無法從這裡出去，我只好把心思重新拉回在被打昏之前所聽到的事：「我只好奇你真的是鬼族嗎？」不曉得為什麼，我總覺得安地爾和其他鬼族看起來好像有某種不太一樣的感覺。

像是之前遇到的瀨琳等人都具備了一眼就可以讓人知道絕非善類的氣息，但是安地爾似乎又不一樣，他甚至還可以隱藏自己的氣息，連天使都可以喬裝這點就讓人覺得很怪異了。

照理來說，一般漫畫和小說上都很明白有著鬼不可能喬裝成神的橋段，水溝水要偽裝成山泉水也有某方面的困難度才對。

「你們那邊的人不是一直都叫我鬼族嗎？」笑笑地這樣反問我，安地爾看起來心情更好了一點：「而且，我還是鬼王直屬的第一高手喔。」

……根據年代推論，你應該是直屬鬼王的第一號老妖怪才對。

早在知道他有參與大戰之後我就深深這樣覺得，年紀居然可以和精靈相比，有夠可怕的。如果再多一點這種人活在世界上，我看鬼族應該早就復國有望了。

「不對，你應該不是鬼族。」

不曉得為什麼，我突然對這件事有了這種感覺，果斷到連我自己都感覺到很驚訝。

「我當然是鬼族。」笑了下，似乎不太想繼續這種話題的安地爾瞇了瞇眼，然後翻開了下一頁：「讓我們回來應該聽的話題吧，我想想，我似乎也只說了我剛認識那個精靈的事情而已。」

四周的空氣像是瞬間安靜了下來，冰冷到讓人感覺沉重。

說真的，雖然我一直想要知道真相，但是事到臨頭了，我卻一點都不想從他口中知道。

「那個精靈的人眞的不錯，他對我的身分一點懷疑都沒有，只說什麼進入精靈之地的人不會是什麼壞人，毫無追問就把我安置了下來。養傷期間，我也徹底地利用他，問了不少精靈文化當作情報，那時候他以爲我對精靈一族很有興趣，連古代精靈語也全都教我了。」翻開了大戰的頁面，上頭有著無數的屍體與正在奮戰的人們，安地爾用一種不痛不癢的表情，像是只在陳述一個故事，一個每個人甚至小孩子都知道的童話故事：「不可否認，那段時間眞的很有趣，也讓我很久沒有再想過無聊的這件事情，不過畢竟我效忠的是耶呂，所以遲早都會殺了這些人。」

「如果眞的很喜歡他們，爲什麼要殺？」我不懂，假如我也很喜歡千冬歲、萊恩他們，我不會有這種感覺，他們都是好人，是可以一輩子當朋友的人。

「因爲我們是不屬於同一個地方的人。」支著下頷，安地爾緩緩地告訴我：「你把羊和一隻老虎放在一起，除非老虎自己頓悟想通了不吃羊，否則你怎麼可以要求平衡？而，就算老虎不吃羊，你認爲羊在巨大的壓力與陰影下，會不想要殺了老虎以求心安嗎？」

我看著安地爾，腦袋一片空白。

「鬼族與所有種族是這樣的狀況，而生活在上面世界的妖師一族更是這樣的狀況，他們不過就是不吃羊的老虎，但日子一久，先打破平衡的是羊，不是老虎。」瞇起眼睛，安地爾冷哼了聲：「因爲羊的數量比較多，所以羊才是應該生存下來的。」

「先動手的，明明是鬼族。」我記得莉莉亞告訴過我的話，鬼族引起了很多戰爭，那些戰爭讓很多人失去性命，如果不是因爲這樣，根本就不會有人想打仗吧？

「是啊，但是鬼族又是怎樣來的呢？」微笑著，安地爾丟給我這個問題。

鬼族是怎樣來的？

我記得，很多人都跟我講過，他們是……

「每個種族扭曲而形成的……？」

安地爾突然大笑了起來：「沒錯，就是每個種族產生的，話說到底，還不全部都是他們自己的人嗎！褚冥漾，如果今天是你自己身邊的人變成鬼族，你也是一樣殺死他們以求心安嗎？」

我被他問得啞口無言。

如果今天是我，我絕對不會對任何人動手。

「這個世界的羊都會變成老虎喔，然後多數量的羊會再殺死老虎，這種循環狀況讓我覺得既無聊又沒意思，所以我才會加入耶呂這邊，看看到什麼時候才會有人想到辦法來解決。」聳聳肩，安地爾收起了剛剛的笑容：「不過到現在爲止，這麼做的也只有一個人，但是那個人又不願意和那些羊合作，只是默默地收容老虎然後讓他們不吃羊，等於沒什麼意義。」

一個人？

不曉得爲什麼，有瞬間我很想問問那個是怎樣的人。

除了安地爾外，我想比申甚至是耶呂惡鬼王應該都曾和所有人一樣，只是個普通的種族吧？

把心和身體扭曲了，就不能再回到原始的地方嗎？

「你很倒楣。」微笑著，安地爾又翻開了第二個頁面：「跟著你的那個人也是，你們都一樣好不到哪邊去，不如早早投靠耶呂會好一點，力量太過強大的人遲早都不再有能夠安穩容身的地方，因爲會被其他人給扭曲，不會永遠都有人抱持著正面的態度去看著你們。」

跟著我的人？

「我不知道你在說誰。」揉揉額角，不知道爲什麼，從剛剛開始我就一直覺得頭有點痛，感覺好像有些混亂，一些亂七八糟的東西不斷湧現。

可是，那不是我應該看過的東西。

記憶中有著不屬於我的東西在尖叫。

而這種感覺之前我也碰過好幾次，湖之鎮、宿舍、學院……每次每次都是很突兀地闖進來，那之後好像還有很重大的事情，所以我幾乎都沒注意到這些記憶。

一開始我以爲是學院啥都有啥都不奇怪，就算腦入侵也都……等等，在這些奇怪記憶之後發生過什麼事情？

他們在尖叫，他們在訴說著我不曉得的事情。

然後，鬼族出現了。

宿舍時、湖之鎮時，那些造成記憶混亂的時候……

安地爾出現了。

※

「你現在才注意到會不會慢了一點啊。」

我的臉色大概是一下青一下白讓安地爾覺得很有趣，所以對方用很愉快的聲音問我：「看你的表情，你似乎從來沒想過爲什麼記憶會混亂的事，如果是你那個學長應該很早就發現有問題了。」

……我現在已經想到了。

爲什麼那些奇怪記憶之後，那麼剛好，安地爾就會在附近？

那些不是我的記憶。

但是我也不覺得一般鬼族會有這種記憶。

猛然抬起頭，我看見眼前的鬼王貴族有著某種瞭然的表情：「那些奇怪的記憶是你的？」話一說出口我馬上感覺不對，我記得在湖之鎮時那個人明明好像是往生了，可是安地爾現在活跳跳的在這邊，一點也沒有已經翹掉的樣子。

「這說法不太正確，不過也算對了，那個記憶目前在我手上，不過呢也不是我的記憶。」頓了頓，安地爾呼了口氣：「那個是我從我的『朋友』身上分離過來的，因爲搶得太慢了，只搶到與我相關的事情，聽說剩下的那一半已經被血緣給繼承走了。幸好跟鬼族相關的事情被我拿過來，不然要是被公會善加利用，那就一點也不有趣了。」

我看著他，突然聯想到一件很可怕的事情。

假使我被干擾的那些記憶原本不是安地爾的，而是他所說的那個朋友……

那個人，我知道是誰。

下意識，我用力握住安因冰冷的手，即使我知道他根本沒有感覺，但是我得握著他才不至於讓自己也昏倒。

沒錯，安地爾有吸取他人一切的力量。

他會熟悉公會和很多事情也都是這樣來的，所以要吸收一個死人的記憶一定更加容易。

他們在尖叫，他們在發狂，全都刻印在那個記憶當中。

但是他只搶走了一半，如果我像他們所說的是正確的繼承人，那另一半爲什麼不在我身上？

還有誰也是妖師一族？

想到這裡，我瞬間有種腦袋被炸開一樣的感覺，與我有血緣關係的還有誰？

我父母、我家人，我唯一的姊姊褚冥玥！

腦袋一陣暈眩，我以爲這一切都不會和他們有相關。

「自從你出現之後，這個記憶一直蠢蠢欲動，讓我們鎖定了你應該是妖師的繼承人，而你也不負所望啊，不斷出現記憶干擾問題，我看連妖師的記憶都很想回到你身上，如果記憶順利傳承，你們那些人就再也不能否認這件事實了。」勾著笑，安地爾突然從嘴裡吐出一顆小小的藍色珠子，那顆珠子的顏色詭異得讓人有點害怕，帶著讓人光看就完全不想觸碰的嫌惡感。

但是我的眼睛卻不由自主地一直往那顆珠子看去。

「你也很想知道是吧，這裡面記錄了大半我到了精靈族之後所看見的事情，那段友情遊戲，還有之後妖師一族為我們效力。」轉動著藍色的珠子，安地爾的聲音變得很輕又很慢，讓人有種暈昏的迷眩感：「褚冥漾，你到底和妖師一族有多少關係呢……？」

有多少關係？

他問了一個連我都不知道的問題。

我在那顆珠子裡看見了很渺小的自己的倒影，臉色蒼白、全身顫抖到連自己都沒有感覺。

曾幾何時我離眞相只有一小步的距離，但是我卻突然不想知道了。

現在後悔還有用嗎？

手上突然有個細小的力量，下意識我低下頭，對上了藍色的眼。

「安因？」愣了一下，我猛地把注意力給拉回來，馬上緊緊握住身邊黑袍的手：「你、你……」我不知道應該說些什麼。

他的眼睛是半閉的，只看到一線細微的藍，但是卻讓人安心下來。

「醒了嗎？天使一族的恢復力比我想像的還要快速。」把玩著珠子，安地爾瞄了安因一眼，已經沒有多少興趣在他身上了。

安因聽見多少？

一瞬間，我突然很畏懼他，我怕他知道所有之後會和后一樣，用那種眼神看我。

手中的力道又突然收緊了一些，安因咳了咳，黑色的血絲從他唇角落下，他比我還了解現在的狀況是什麼。

「我、我……」我很想問他我應該怎麼辦，在這種地方、在這種情況，我已經不知道爲什麼所有的事情要變成這樣。

藍色的眼睛抹上一層笑意，很熟悉、很溫柔的那種感覺。

安因開口說了話，聲音很細小，小到我得整個人靠過去才知道他在說什麼，帶著一點點血腥的味道。

「我……是黑袍見證人……在此見證……你們該有的過往……不管你身爲怎樣罪惡的種族……我都能見證……向神發誓……過往記憶不會帶來災厄……」

我抬起頭，錯愕地看著安因。

這段話代表什麼意思我不明白，我只是愣愣地看著他。

虛弱地握著我的手，安因抬起另外一手拍拍我的手背：「放心……不會有事……」

抓住安因的手，我突然覺得比較踏實了。

對面的安地爾露出一種無趣的表情看我們，然後將珠子掐碎，整個藍色化成粉末飛散在空氣四周，轉著圈子朝我們這邊飄過來：「不用在那邊做公會誓言，知道過去之後誰是敵人誰是朋友還不曉得，你還想保證他會安全無虞嗎。」

我看著那片藍色的粉，它們很快就在我和安因四周繞圈，一層一層的，幾乎快要把視線給遮蓋。

那些粉末當中帶著一個一個不同的景色。

有的是正在打仗的，有的是綠草、光、湖水，然後有著一張漂亮的面孔。

「沒錯，一切的事情都是這樣開始的。」安地爾的聲音變得很遙遠，我已經不確定我是聽見他的述說、還是看到那片藍色粉末。

是的，都是那樣開始的。

那天的天空非常晴朗，就像學院一樣，飄著淡淡的雲吹著輕柔的風。

一個人穿著畫中輕柔的衣服走過。

我知道他的名字。

正如有人開始呼喚他相同——

第二話　過往的記憶、精靈之地

地點：未知
時間：千餘年前

「亞那……亞那瑟恩．伊沐洛！你在幹什麼！」

天空很晴朗，精靈之地的天空一向美得令人讚歎，就算四周蒙上一層陰影，仍然美到讓人覺得其他地方的景色與之相比遙不可及。

就像是得到了世界所有的祝福般，靜靜地獨立在時間一方。

在友人幫忙之下已經悄悄潛入好幾次的青年不管看再多次，都有著這樣的感覺。

……只要在這片美麗天空下的大樹上，那根看起來很危險的分枝不要掛著一隻要掉不掉的精靈的話，會讓人更願意欣賞風景的。

一手抓著小枝，傳說中比風更輕盈的身體搖晃在半空中，像是樹葉一樣晃蕩的某精靈一腳往上勾住樹枝，另一隻手從上面抓下了金黃色的樹果，接著用這種詭異的姿勢倒吊下來望著他：「我在摘蔓藤果，今天撿到了個全身都是傷的人，蔓藤果有醫療的作用，我想讓他早點好起來。」跟著倒掛的姿勢，銀色的長髮全都落在半空，被風精靈吹得四處飄動，像是最高級的絲線般散著光澤，讓人不禁恍了神。

不對，他是來罵人的，怎麼可以輕易就被迷惑了？

才想重拾剛剛的氣勢，青年只覺得眼前整個一白，唰地聲剛才還掛在樹上的精靈已經輕巧地翻身落在他面前，用一種完全沒事的愉快笑容看著他：「凡斯，上面的風景也很漂亮，正看時固然很美麗，但是倒過來，你會看見有如鏡子般的倒影在穿梭的風之精靈當中……」

「夠了，別想說服我也去掛在上面。」他死也不想和隻猴子做一樣的事情。

環視著旁邊，大猴帶小猴的溫馨景色讓名為凡斯的青年抹了把冷汗。

你永遠不知道精靈的腦袋裝了什麼東西，更多時候，他願意相信精靈的腦袋裡其實什麼都沒有裝。

捧著金黃色的樹果，銀髮的精靈用一種很哀慟的表情看他，活像不上去掛著會殺了他父親還是母親一樣：「我為我的朋友無法看見那奇妙的景色而感覺到哀傷……」

「你剛剛不是說要去救人嗎，如果不趕快去的話，要哀傷的應該是那個人。」打斷了精靈隨時隨地可以冒出的一堆修飾廢話，凡斯連忙誠懇地這樣告訴他。

「是了，謝謝您的提醒，那位傷者還等著我們去幫助他。」微笑著，精靈迫近他。

「等等……我們該不會是連我也算在內吧！你聽過鼎鼎大名的邪惡妖師一族隨便去救個路邊的人嗎……給我站住！好好聽別人說話啊渾蛋！」

一如往常，精靈拉著友人快速地奔跑，甚至連對方的話都讓風給吹散。

沒錯，他的名字叫凡斯，是僅存的妖師一族中的少數，也是妖師首領之子。

照理來說，他是不應該與精靈在一起的，更何況是在精靈當中擁有著很高地位的冰之牙一族的王子。

他們是最爲奇怪的組合，一種不能讓外人知道的祕密。

但是他們是朋友。

就在一堆精靈與一堆妖師的猜測中，他們祕密地當了很久的朋友。

妖師不好，這是人盡皆知的事情。

但是他不知道妖師爲什麼不好，從他出生開始到現在，他並未做過任何不好的事情，只知道要跟著同族的人不斷遷移，然後看著同族的人被各種不同的種族迫害，或是殘殺，而那些踐踏過他們屍體的種族口中永遠都只有一個理由：妖師不好。

直到現在，他還是不知道爲什麼妖師不好。

而拉著他跑的精靈也說過相同的話。

他們都不知道妖師爲什麼不好，所以變成了朋友。

手牽著手，竄過了樹叢越過了河流，耳邊聽見了大氣精靈的嬉笑聲，腳踏過了青草聽到小蟲子的抱怨聲，直到抓人的精靈覺得距離夠遠了才稍微停下來，他們已經跑離了精靈之地很遠很遠的一段距離。

「你應該認識的，那個人是個很有意思的人，但是我並不曉得他的種族……沒關係的，一開

始我也不曉得你的種族，那並不會影響什麼。」鬆開了手，精靈笑得很漂亮，連微微發光的銀白色長髮都像是幫襯著在微笑：「他的名字叫安地爾．阿希斯。」

「阿希斯？」沒聽過這種姓，他起了疑惑。

算了，大概又是哪個偏遠的種族吧。

走在前面的精靈領著路，其實不用領他也知道，通過樹叢與小河之後，在深深的岩石山谷之中有著他們休息的洞穴祕密基地。

偶爾，精靈會帶著書籍而他會帶著食物在那邊渡過悠閒的時光。

在那裡，他們分享很多祕密。

就像現在一樣，他們也即將分享一個不能被知道的祕密。

背著手、轉過頭，精靈笑得燦如陽光。

「你們會變成朋友的。」

※

他們的首次見面就是在這種狀況下。

凡斯看見了一個全身都是血的人，狀況比起他的精靈朋友描述得還要嚴重。

安地爾看見那個奇怪精靈帶來的人，表情嚴肅地讓人很想一拳打走。

亞那看見的是兩個未來要當朋友的人，心情極度愉悅。

「蔓藤果拿來。」打量對方外加驚愕過後，凡斯無力地向精靈伸出手：「快點去調藥吧……」他深深認爲，這個被撿來的人已經命在旦夕了。

不著聲色地打量著眼前兩人，方才被追捕又被撿走的安地爾其實心中充滿了疑問，扣掉很明顯能認出來的精靈不說，另外一個人……

他居然分辨不出來是哪個種族。

這對於在醫療班被奉爲數一數二能手的自己有點感到訝異，他總是能在第一時間看出對方的血緣來路，但是眼前的青年卻不行。

他是什麼人？

暫時先不要驚動這兩個人，因爲公會的戒備目前必定很森嚴，被創傷的地方多少也有公會追蹤的術法，只要忍耐到傷好了，公會那些無趣的人就必定無法辨認他的身分了。

「阿希斯？」調藥調到一半又被趕開的精靈小心翼翼地靠了過來，然後在平日他們休息的小床邊蹲下：「不好意思，剛剛凡斯告訴我說一般人的恢復力不像精靈那樣快，所以基本上你已經是只剩下一口氣了，如果不幸真的該走向安息之地的話，你有沒有什麼遺言要交代的？」

「……」安地爾沉默了，雖然他沒開口說過啥。

他一直以爲，精靈一族都是成熟穩重外加神祕，他錯了。

從後面伸出手直接把精靈給抓開，凡斯瞪了一臉無辜的精靈一眼，然後捧著藥水遞過去：

「喝吧，這是妖師一族的特製傷藥，很有效的。」

「妖師一族？」安地爾先是眯起眼睛，然後笑了：「你是妖師一族的人？」難怪他看不出對方的來路……這下眞是誤打誤撞得到一塊寶了，耶呂要是知道這消息必定會很高興，他們尋找妖師一族想要當作助力已經很久了。

但是因爲妖師一族長年被追緝，所以要尋找幾乎是不可能。

可，妖師爲什麼會與精靈在一起？

「你對於妖師所謂的藥感到害怕嗎？」幾乎是嘲諷，凡斯勾起冷笑。

「傳說中妖師是帶來災厄的邪惡之族，我有什麼理由不會害怕？」說著這個世界幾乎每個人都知曉的事實，安地爾也回以不慍不火的微笑。

「如果害怕你大可以不要喝。」完全不想與陌生人多打交道，手腕一翻，凡斯打算把藥水直接送給大地去喝。

比他更快一步的人攔截了這個動作，微笑地接下藥水，動作優雅的亞那分別看了兩人一下：「藥水是沒有毒的，凡斯是很厲害的調藥師，偷偷幫過我很多忙，請不用擔心。」說著，他直接在碗邊啜了口藥水，因爲太過苦澀而皺起眉頭。

「我沒說過不喝。」直接拿過碗，安地爾連眉也不皺就將所有藥水灌入喉嚨，在那瞬間分析了所有藥物，至少沒有什麼致命的毒藥，也即是這兩人對他沒有任何疑問；藥水裡面全部都是治傷的，很尋常，公會裡面也有其他的藥師會調用。

「你這樣就相信嗎？」勾起冷笑，凡斯接回過碗然後站起身：「我剛剛忘記告訴你，精靈本身是會淨化毒素的，就算我下毒也毒不死他們。」

「……」安地爾直覺認爲眼前的妖師對他敵意很重，還有他應該不是忘記說，而是根本故意不說。

「咦！我忘記這件事情了。」雙手合十，精靈立即奉著完美又無辜的笑容向他賠罪：「抱歉，我忘記精靈有著主神的保護不受邪惡的事物所傷害……」

「……」他對精靈神聖高雅的印象算是毀滅了。

那個一直與鬼族奮戰的其實不是精靈族而是別種東西吧，如果讓鬼族知道精靈是這種樣子，大概光吐血就可以自我殲滅。

環顧著左右，可以看得出來這個洞穴經常被這兩人使用，不但空間整理得很整潔有序，還有小床、藥物燈具書籍，甚至還可以看見一些手製的生活用具，一些是雕刻得很細緻精美、一些是隨便挖了洞做了形狀不過卻很實用，完全能夠分辨出自誰手。

「凡斯，明天賽塔要問我藥學，上次你說的可以再仔細告訴我一些嗎？」

思考之際，安地爾注意到那兩人已經無視於他，逕自開始很平常的一般對話。

「那位光神的精靈如果知道你的藥學有大半都是向妖師學來的，肯定會出現很有趣的表情。」青年勾起一貫冷漠的笑，不過還是從旁邊翻出了使用牛皮編製而成的的厚重書本，其中也夾雜著不少張草紙，看來記錄了非常多資料。

精靈微笑著回望他的朋友：「我認爲所有種族與知識都有著主神的關愛與眷顧，友善的藥物不會因爲使用者的不同，而改變其應有的效果與價値，即使教導者爲鬼族朋友，我也會欣然接受。」

「你說的是眞的嗎？」

打斷了兩人的話，安地爾開口，那瞬間整個石洞裡陷入了一片死寂般的寧靜，另外兩個人都回過頭看著他。

「如果是你，你會想要與鬼族和平相處嗎？」瞇起眼，他盯著那個精靈。

這是個令人難以回答的問題。漫長的歲月裡，他見過無數不同種族所謂的布道者、聖者，每個人口中都高掛著生命相等，但是卻沒有一個人能眞正誠心地開口與黑暗共存。

而眼前的精靈卻突然笑了：「我向主神祈禱世界上沒有任何爭戰，若是鬼族願意成爲朋友，不管是任何人都能夠與之和平吧，種族是平等的，我希望與世界上任何一位成爲朋友，不問身分、不問出處，只要他們首肯。」

「你的理論基本上是不能建立在鬼族上面。」凡斯揮了揮手，將書本敲在精靈的頭上：「誰都知道鬼族是最好戰的黑色種族，如果他願意乖乖坐下來和你當朋友，那就不叫鬼族了。」

「唉呀……我相信主神也願意將陽光照耀在他們身上的。」抓著頭上的書本，精靈委屈地說。

「那請祂先照耀在妖師一族身上吧，我們比鬼族好溝通很多。」至少他們不是什麼被扭曲的種族，而且還可以用人話對談。

「我認爲主神一直都眷顧著所有人的，遲早有一天所有人都會明白這件事。」將手交疊在胸前，精靈微微閉上了銀色的眼睛：「我爲所有的生命祝禱……」

看著眼前的精靈，安地爾勾起淡笑。

太過年輕的精靈總是對世界抱持著美麗的期盼，光是看他說話的方式和舉動，他就可以斷定眼前的精靈除了年輕沒見過外面世界之外，還是個被保護得非常好的貴族。

與鬼族交戰過後的精靈不會如此無瑕。

他知道，那名妖師青年一定也與自己有相同的想法。

哼……眞是有趣了。

那他，就稍微在這邊待一點時間吧。

⁂

養傷的時間大致上來說，算是十分愉快。

光是看精靈經常在鬧笑話與無奈的妖師在後頭收尾就非常值回票價。

但是這樣的事情對於那名妖師青年來說似乎完全不好笑，例如現在的狀況。

「安地爾，如果你看見亞那正在做奇怪的事情，至少開個口叫他不要做好嗎！」正在收拾一室殘局的凡斯露出了凶狠的表情，努力地想把沾在地上一塊像是魚鱗的綠色物體給刮掉，但是這東西竟然沾黏得死緊，越刮他就越想出去刮掉精靈的腦袋。

「我說了。」看了眼力氣大到好像連地板都想順便刮掉的青年，繼續翻著借來的書籍，安地爾隨便拋過去這樣的話：「但是他說那是要給你的驚喜，什麼精靈族的煙花一類的東西。」

不過那個胸有成竹的精靈把材料都倒進去後，煮到一半時東西無預警就炸了；某種方面來說，還沒成爲煙花的材料炸得實在是很震撼，整個洞穴裡全都是斑斑駁駁的失敗痕跡，幸虧他早就預備好布下結界，所以床邊一帶算是免於災難。

接著他看見一個垂頭喪氣的精靈被一個帶著餐點書本的妖師給轟出去，不知道去哪邊了。

「他給我夠多『驚喜』了！」咬牙切齒地直接點燃魔火把不明物體燒成灰燼，凡斯站起身，打量著好不容易收拾一半的洞穴，目光觸及到天花板後，再度垂下肩膀，感覺到人生極度無力。

放下書本，安地爾側過身愉快地看著正考慮要拿刷子還是要唸咒語的妖師：「這幾天看下來，我覺得你們挺不合的，不但種族方面，個性上也是，還眞難得會成爲朋友。」這個妖師太過認眞了，跟那個經常缺根神經的精靈不是同類人。

假使他們是敵人，那個精靈應該現在就會埋屍在這地方無人知吧。

凡斯轉過來，用著一種奇怪的目光看他：「你爲什麼會問這個問題？」

微笑著，安地爾佯裝沒看見那種近乎無禮的試探目光：「尋常人只要這樣待上幾天，我想都會有相同疑問。」他們反差太大了，不管從哪方面來看，都不像是志同道合的好夥伴。正確來說，其中一個根本一直在扯後腿。

「哼……不合嗎？」意外地，凡斯居然露出了淡然的笑：「你只看過那傢伙在這裡時候的樣子，見見他在精靈族時的樣子就知道爲什麼了，他不是你想像中那種能夠隨意戲弄的角色。」

「嗯？有什麼不同嗎？」這次他是眞的好奇了。

「總有機會能夠看到的，精靈這種生物總有著會讓人出乎意料的一面，即便是災厄的妖師也會被其所吸引。」彈了下手指，四周的髒物很快就被火焰全都吞噬，連一點小屑都沒有剩下，凡斯看著總算大功告成的清潔工作，呼了口氣：「他們是有趣的種族。」

有趣嗎？

安地爾開始沉思，對他來說，精靈族大部分都只在戰場上見過，在輕巧的盔甲之下綻放著微弱的光芒，而耶呂的興趣似乎就是將那些光芒給吞噬磨盡。在公會中其實也見過幾次，但是那邊的精靈對於外人很生疏，不但不會主動親近還有隔閡感，會進入公會的數量稀少有限，公會中的人都很看重精靈一族。

實際上，他對於精靈並沒有什麼偏見，與其他種族一樣都只當成對等的敵人，會這麼接近和談話倒是第一次。最後一次這麼近距離接近精靈時，是在他把對方胸口穿了個洞、冷眼看著對方倒下失去光芒這種狀況。

不過話說回來，這個精靈的確讓他覺得有趣沒錯。

而眼前的妖師，則是勢在必得。

他能夠爲鬼族帶來極爲強大的力量，如果傳說是眞的，那這份力量足以撼動全部種族，將陽光下的生物都給消除，還可以讓他們得到最強的兵器，血洗這個世界重新輪迴。

耶呂會很高興，他所策劃的戰役幾乎已經接近成功。而他該做的，就是計畫如何讓這名妖師帶著他的族人投靠鬼族，顚覆這個白色世界。

「一般精靈不會將棲息之地告訴其他人，看來你眞的對他很熟悉。」快速地在心中盤算了個大概，安地爾不動聲色地繼續聊著。

「我和他已經認識很久了，如果他想知道，我也能夠告訴他妖師的群居之地，但是那個地方對於乾淨的精靈來說太過黑暗，只要踏進一步就會沾上氣息，你認爲其他精靈不會詢問他爲何平白無故帶來妖師的味道嗎？」將倒下的瓶子扶正，凡斯懶洋洋地說著：「如果有一天他眞的願意，我希望能讓他走入妖師一族看看我們族中的事物，但是不是現在。」現在的人們只想追殺妖師一族，就連相關者都不放過，他並不想要這個精靈朋友惹上不必要的麻煩。

「但是我們潛入精靈居住的地方就不會留下什麼嗎？」尤其其中一個還可能帶有鬼族的味道。安地爾暗暗地自嘲了下，可眞是兩個最糟糕不過的入侵組合。

「這點倒是不會，我與亞那和精靈之地的風之精靈訂過契約，她會幫我們將氣息淨化掉，但是直接進入妖師之地就不這麼簡單了。首先，妖師之地的空氣比這裡渾濁很多，雖然大部分都是其他種族惡意詛咒所造成的，不過要淨化也得花上好幾日……」

「我知道了，你不用解釋。」待在公會中當然也知道這些細碎的小事，安地爾阻住他漫長的講解：「總之，等我的傷勢好了就可以進入精靈之地吧。」

那眞是一個非常好的機會，相信從來沒有一個鬼族能直接進入精靈棲息的地方大肆探查吧，肯定可以得到很多有用的資訊。

他得盡早和耶呂取得聯繫。

「等我確定你不是什麼可疑人物之後。」青年突然附註上這樣的話語，然後狹長的眼睛瞇了瞇，看著救回來的第三人：「你也知道我在說什麼，別露出馬腳了。」

舉起雙手，安地爾笑笑地望著他：「放心，我不是什麼可疑人物，你甚至可以到公會查查，能夠找到我的資料，就在醫療班裡面。」他爲了弄到這個身分也費了很大的工夫……好吧，事實上他是先進入公會才跟隨耶呂，但是這又如何？

雙袍級的身分給了他一個最佳的掩飾，完全沒有任何人懷疑過他。

「我說的不是你的身分。」冷笑了聲，凡斯轉過身去收拾瓶罐藥物：「一個醫療班的人垂死了躺在路邊被救走卻不自救，甚至現在還是在吃我的藥，這點本身就夠讓人懷疑到底了。」他不是笨蛋看不出這個人的怪，只是懶得揭穿。

「你應該曉得醫療班最有興趣的東西就是藥物，既然有個藥師在這邊，我也可以趁這機會偷學一手順便放自己個假……雖然醫療班那邊現在應該也大亂了，但是你不覺得這樣是件很令人愉快的事情嗎。」他正打算聯絡過耶呂之後再放信回公會，讓公會方面暫時不起疑。

「呵，所以你早就知道那碗藥沒有毒了。」他聽說醫療班最厲害的人甚至能夠只看顏色跟味道就分辨藥物，凡斯偏過頭，仍然覺得眼前在這邊佔位置的人很有問題。

「不，其實我是眞的不知道。」這是眞的，因爲那碗東西太黑了，所以他是一直到喝下去才分辨出來。

又是冷哼一聲，凡斯直接沉默了，也同時中止了交談意願。

這個妖師眞的很有收入的價值。

一邊想著，安地爾心情更加愉快了。

看來這次被公會重傷是有代價的。

不過話說回來，那個奇怪的精靈還有什麼吸引人的地方嗎？

安地爾不這樣認爲，但是既然身爲妖師的青年都說了，他也抱持著有機會去看看的心理。

嗯，這樣的話，他傷口復元的速度得控制得更慢了。

⁂

在那之後，安地爾花了一小段時間，讓自己的傷勢用不被起疑的速度配合藥物癒合。

他知道後來使用的藥物材料裡，其實眞正有效用的並不多，甚至等級也不高，身爲妖師的青年不動聲色地在測試自己，對於突然闖入祕密基地的生客，他始終抱持著存疑的心態，也有某方面的教訓意味。

而完全相信他的精靈會來到這裡的時間不多，大部分都是在黃昏過後，少許時間會在白天到來，就像他第一次被撿來時一樣。

「那是因爲他在精靈族中有很多事情要處理。」在安地爾提出疑問之後，凡斯如此告訴他。

……那種樣子的精靈能處理什麼事情？

「你認爲他什麼都做不了嗎。」勾起微笑，妖師一族的青年走過來查看了下他的傷勢：「我看你也差不多都好了，還想賴在這邊多久啊？」他不記得他們的祕密基地什麼時候得多一個人。

「之前你說過可以去精靈族逛逛，我在等這個時候啊。」愉快地哼著歌，安地爾接過了每日一藥灌入胃裡。

「嗤，剛好我今天要去一趟，走吧。」拋了塊藍色水晶過去，回答得很迅速的凡斯瞄了他一眼：「那裡面有可以遮蓋身上氣息的咒語，加上風之精靈的幫忙就不容易被一般精靈發現了。」

「明白。」

說實在的，安地爾對於青年會答應得這麼爽快也稍微感到有點訝異，看起來這個精靈之地應該也不是怎樣嚴備的地方。那麼，要擊破應該也不是什麼太難的事情呢……

「不過，你要去精靈之地做什麼？」他不認爲妖師青年是眞的心血來潮要去觀光。

轉回過頭看了他一眼，凡斯沒有任何表情地整理著自己要攜帶的物品：「去示警，他已經有好幾天沒來了，但是我前天在精靈之地外圍河域的另一端找藥草時，發現那邊的土壤與植物不對勁，所有徵兆都顯示了近期之內可能會有水禍發生，河域兩端除了精靈之外還有別的種族走動，必須先做好準備。」

「喔，原來如此。」看來這個妖師對精靈一族也算挺好了。

「你的口氣很不以爲然。」繫上繩帶，凡斯直接往外走。

「據說精靈可以與所有的東西打交道——當然除了鬼族之外，如果眞的要發生水禍他們也應該早就知道了，何必要一個妖師去示警。」說不定水之精靈還會主動把水禍繞道。

「可以當我是多管閒事，但是既然知道了就要去一趟，不然怎麼算是朋友。」

「呵……你們還眞是好朋友。」

接下來兩人沒有繼續談話，空氣整個沉默下來，凡斯瞄了他一眼示意跟上，就用一種很快的速度跑出了山谷範圍。

當然是用相等速度追上去的安地爾很快就脫離了祕密基地的區域。

青年帶著他跑過了狹窄的山谷道路然後跳上了翠綠的廣大草原，當時安地爾就是在這一帶被拾回去的。

他一直不曉得精靈一族也在這附近，因爲精靈會搞鬼，要是不知道正確的路，就算他們住在你家隔壁也不見得能夠找到。

草原附近還有著其他種族，甚至偶爾能看見狩人一族經過，那種東西與精靈很相似但是卻又不一樣，在原野上守護著過往旅人，盡除掉危害的各種存在。有些人類會把狩人當成精靈或是妖精，但是狩人兩者都不是，他們就是他們，獨樹一格的自然存在。

並沒有順著草原直行，青年以很奇怪的路線在大草原上繞了幾圈之後才跑出草原，然後鑽進了一座巨大的森林中。

一進到森林之後，安地爾很敏銳地察覺出這裡到處都有著某種結界與生物，但是卻怎樣都無法捕捉到來源，那些結界設置得太好，完全無法識破，看來他必須重新調整剛剛的認知。

「這裡面就是精靈之地了，目前這裡是冰牙一族的居住地，但是為了避免被鬼族發現，所以他們很快就會再換地方。」看著他左右翹望，凡斯隨口幫他解釋。

「我以為精靈一族都是永遠定居。」沒想到鬼族還可以把他們追得四處跑，安地爾突然覺得有某種成就感。

「聽說大部分精靈族都是定居，但是不曉得為什麼冰牙一族經常搬遷，大概每隔一千年左右就會輪換一次不同的地方，有一種說法是因為別的種族數量太多而精靈需要淨潔之氣，才會在被完全污染之前先尋找下一個能棲身的地方；而鬼族通常都是帶來污染之氣的根源。」辨認著正確的道路，凡斯快步經過精靈們精心設計的大型迷宮：「根據亞那所說的，因為冰牙族與其他的種族相處較為接近，所以比較起其他精靈之地來得容易被發現，故得時常搬遷，有時候還會更早搬，據說上次搬遷時才相隔七百多年，時間一直在縮短。」雖然他認為不管是七百年還是一千年搬一次也已經算夠久了，但是對於永恆的精靈來說似乎只是短暫的時刻。

「嗯，他們看起來的確和一般種族住得挺近的。」草原外圍都是別種種族在奔跑，森林裡面就有個大型精靈居住地，僅是鄰居的範圍。

停下腳步，凡斯在附近找到了一棵巨大的枯萎樹木：「不過精靈會保護自己的，他們外圍布下了各種結界阻擋咒術讓其失效，法陣移動什麼的都不能使用，不這樣用腳走便無法順利進來。」說著，他找到上方一個發亮的符號，拍上一下之後四周的空氣立即騷動了起來。

站在後面的安地爾只感覺眼前好像一亮，等到空氣精靈平靜下來之後，四周仍然是森林的模樣，什麼也沒有，但是那棵乾枯的大樹中心卻多出了一個能夠讓人通過的大洞。

原來這就是精靈出入的門口嗎？

果然夠隱密。

無法使用法術追蹤這地方，安地爾默默地把進入的路線全都記清楚，這下子如果把路線圖收回去送給耶呂當紀念，他應該會很愉快地馬上殺進來。

而那些毫無防備的精靈會死絕。

「……」

算了，他暫時也懶得跟精靈作戰，改天有興趣再告訴耶呂吧。

「安地爾，再不進來你就在外面等我出來。」已經進入樹洞看不見人影的凡斯丟出來這樣一句話。

「哈，怎麼可能。」立即跳進樹洞，而那個洞在之後也閉闔了起來。

裡面空間完全一片黑暗。

但是那片黑暗只維持一會兒的時間，在兩人走了一小段的距離後就看見眼前有著微弱的光線，然後冰冷的氣息竄入，一種乾淨到幾乎沒有雜質的空氣環繞在四周，透進來的風迴盪在道路當中，越是往外就越能看見出口四周結滿了薄薄透明的冰霜，一不小心甚至可能踩滑腳。

他嗅到名爲無瑕的淨潔氣息。

踩過那層薄冰之後，眼前突然一亮，四周像是都在折射著光芒，一時之間對於他們太過燦爛明亮了，讓安地爾不由自主閉上眼睛等待刺眼的不適過去。

「我們到了。」

隱約地，他聽見了凡斯愉快的聲音。

「歡迎來到精靈之地。」

第三話　戰爭的開演

地點：精靈之地
時間：千餘年前

冰冷的白霧在四周散開。

安地爾眨了下眼睛，逐漸適應之後才發現那些刺眼的亮光是陽光照在冰面上投射而來，整個周圍都是這樣子，不時的光影閃爍轉換讓人有種虛幻不眞實的錯覺。

所見之地全都是冰，透明的、白色的冰面，風之精靈、大氣精靈的聲音在上頭嬉笑著，遠遠的冰地上還可以看見穿著白色寬袍的精靈在打鬧遊玩。

與樹林中的種族不同，這裡的精靈幾乎就像是冰造出來一般，銀得幾乎透徹的髮與白皙的漂亮面孔，乍見下會有像是隨時會融化的感覺。

然後在廣大的冰面之後，他看見的是一座冰色的城池。

散著冰冷霧氣折射著光芒的冰之城市，那裡面到處都是冰面，銀亮而透明，隱約可以看見還是有點花草什麼的種植在裡頭，但是這些植物以透明的居多，跑出來的幻獸甚至都是罕見的銀白雪色。

這裡是冰的世界。

「我們要走這邊。」拍了一下他的肩膀，已經看過好幾次現在不會再驚訝的凡斯在附近找到了地下道路，自行翻開了壓在上面的石頭冰板，下方立即出現了更加深沉的黑色通道。

「密道？」挑了眉，安地爾隨後跟著爬下去。

「不然你以為我這樣大方走進去之後，那些精靈會列隊歡迎嗎。」冷哼了聲，凡斯點燃了一點亮光，沿著僅有的道路往前。

「嗯，應該會拿著刀歡迎你。」自投羅網的妖師不多，殺一個是一個。安地爾很明白他們走密道的原因。

密道其實並不寬敞，寬度只夠讓一個人走動，肩膀幾乎都摩擦在牆面上，雖然勉強能轉身，但是無法兩個人並走。

走了一小段時間，安地爾決定再度打破沉默：「我看你和那個精靈似乎認識很久了，你們為什麼會認識？我想應該不可能是在什麼舞會宴會那麼好的地方吧。」

「如果是那種地方就太好了。」瞇起眼睛，凡斯認為他一輩子應該都不會忘記那種蠢事：「我們是在荒野認識的，那時候我正在旅行，他從上面掉下來，所以就認識了。」

從上面掉下來？

注意到對方顯然不想告訴他詳細經過，安地爾聳聳肩，也識趣地不再追問。

只是，一個精靈用掉下來這些字形容也未免……

於是他們又沉默地往前走。

大概走了一首短歌的時間後，凡斯停下腳步，然後突然地一跳接著往上爬，安地爾這才看到往前的密道上方出現了岔路，也是他們的出口。

繼續往下走不知道會延伸到什麼地方？雖然對於後頭的道路也很有興趣，但是他還是先跟著青年向上了。

抓著牆面往上用力敲了兩下，凡斯直接頂開一大塊不知道是什麼的板子，接著很熟練地往上一跳，順便把下面的安地爾也一起拉出。

他們的終點是個房間。

一間很大很大的房間，裡面裝飾了各種說得出名字、或是說不出名字的美麗飾品，白色的牆面上還掛著大幅畫作，一看就知道這一定不是普通人的住所。

不用猜測，安地爾立即就知道這是哪裡了。

「嚇我一大跳，我還以爲你們要來會先給我訊息。」原本趴在地上不曉得在做什麼的房間主人在聽見聲響後跳起來，快步地跑來。

爬上地面之後，安地爾才看見剛剛撞開的是塊銀色的鐵板……也或許是其他類似的材質，上面雕飾著很多美麗的飛禽，看起來應該是密道的門。

「給了，但是你沒回訊。」凡斯拍拍身上的灰塵，望向自己的精靈好友。

「咦？我沒收到喔。」把鐵板給移回去，亞那露出疑惑的表情：「我想，大概是我們的送訊朋友在旅途中被美麗的風景給迷惑了，在風之精靈的協助下，應該很快會回到這個地方。」

暫時沒有加入話題的安地爾打量著整個房間，四處都是美麗脫俗的裝飾，一看就知道是精靈居住的地方，拉長挑高的窗外可以看見與自然完全相容的城內景色。看來他們憑著一條密道就順利入侵了冰牙一族的城堡中心，眞是有趣了。

窗台邊種植著白色的小花隨風飄搖，他看見一個半透明的女人趴在窗邊衝著他們微笑，很快地又消失不見。

外面充滿了精靈的歌聲，讓人感覺到一片和平。

「你們下次別撞密道的門，用移的比較好，否則聲音太大了，會驚動我們的朋友。」放下手上的水晶，亞那微笑著在旁邊的小桌沖起了茶水，室內立即抹上一股舒服的清香。

「那片門壞很久了，早就應該修理了。」凡斯哼了哼，直接拿過一個杯子。

密道是很久以前亞那自己發現的，而他第一次來的時候因爲有機關打不開門，直接把門給破壞掉，以至於現在只能用這種方式把門移動走。

「我們的工匠朋友對於密道的門一直很有信心的，若是門被破壞的事隨著風傳入他的耳中，不知道會多令人傷心。」端著杯，亞那輕巧地遞給正好收回視線的安地爾。

「反正是他傷心又不是你傷心。」看了一眼那個被破壞的密道入口，凡斯完全沒有什麼該懺悔的感覺。

「我相信風之精靈帶來的氣息能夠逐漸撫平這份悲痛的……」

「不要突然把話轉到我聽不懂的地方。」

依舊沒加入話題的安地爾靜靜地看著今天與之前不同的精靈，那張臉還是一樣，只是身上衣裝改變了，之前在外都是穿著簡單方便活動的服飾，而今天則是穿著較為正式的貴族袍子，上面有很多銀色繡線的飛羽圖騰，給人有種不同的味道。

在這裡的精靈，出乎意料地與在山洞中的精靈有著截然不同的感覺。

他似乎有點明白青年之前所說的意思，不只是外表，連精靈的氣質都稍微不太一樣，在這裡顯得小心翼翼且穩重了些。

「我是來示警的，不過我想你們應該早就知道了吧。」逕自在一旁的雪木椅子坐下，凡斯轉著手中的杯子。

「是的，風之精靈傳遞水禍即至的消息，這是多麼讓人害怕的事情；在水禍來到之前，精靈們須要快點幫助附近的人們做好防止水禍的準備，所以冰牙一族現在上下都很忙碌。」微笑著，亞那再為他們沖泡了茶水：「連歌聲都不太悠閒，變得有些急促了，我的父王性子較急，要大家在水禍之前完全做好所有的事情呢。」

「所以你才沒去山谷？」

「是的，我在畫一些能夠保護作物的法陣，要給外圍的部族和住家送過去，這樣水禍的災害才能減到最低。」示意兩人看著剛剛他起身的地上，那裡還有一個只畫到一半的複雜大型法陣，微弱地散著亮光。而在地板另一端的小桌上有個銀色箱子，不大、但是裡面已經放了好幾個顯然是收納陣法的水晶石，每一枚都能感覺到精靈不低的純淨力量，「這次精靈王陛下讓我全權負責事宜，我希望能夠做到讓所有人都不失歡笑的地步……」

意識到自己的話語突然變得沉重，亞那終止了話題：「我想，在主神的庇祐之下，一切都將安然度過。」

站起身，凡斯走過去看了一下地上未完的陣型，完美得幾乎不像是畫出來而像是精美的刻印一般：「全部要畫多少個？」

「嗯，還缺了九個呢。」

點點頭，妖師青年突然轉頭看著那個已經坐下來好整以暇在用茶吃點心的人：「我們三個一個人畫三個很快就可以做完了。」

安地爾馬上瞠大眼睛看過去：「我並沒有說我能夠幫忙。」他是鬼族，憑什麼要他幫忙精靈做事！

「難不成公會的醫療班連這種東西都不拿手，真糟糕。」拋出水晶，凡斯瞇起眼睛搖搖頭：「算了，吃閒飯的也幫不上忙。」

「我畫行了吧。」放下杯子，倒也沒生氣的安地爾抬起兩隻手無奈地從椅子上拔起身。

要是被其他鬼族知道他安地爾居然幫精靈做法陣，應該會看見很精采的表情。

算了，這也滿新鮮的就是。

※

那天下午，精靈順利將一整箱的法陣送往各個外圍地區。

跟著忙碌大半天的妖師青年在見到事情處理差不多之後也沒有多留，說著他也要回去族裡看看水禍有無影響就先行離去了。

然後，他把安地爾與那名精靈給留在同一個地方。

「不過，我還眞沒想到你會是冰牙精靈的第三王子。」一邊端著新沖上茶水的杯子，安地爾瞇起眼睛開始愉快地閒聊。

「凡斯一開始也這樣說過。」回以微笑，終於把事務都交代出去之後的亞那在桌子的另外一端坐了下來：「他說我與兄長相差甚遠，看起來不像是精靈王族的樣子。」

「不，剛剛你在處理事情時就有點像了。」而他也明白爲什麼妖師青年會說他不是表面上看來那樣。在處理水禍中與其餘精靈的交談、處理事務，加上那些效用不低的精靈石都足以說明這位三王子的力量與智慧並非眞的不足，反而很強悍。

但是隱約能感覺到精靈做事情時戰戰兢兢，像是害怕哪邊沒有顧慮到一般。

他想，或許那面單純到幾乎讓人想揍他的表象才是他鬆懈無防備的樣子。

「我一直很擔心會因爲自己的關係讓其他人們發生不幸，風之精靈帶來的應該是歡笑而不是嘆息，希望主神能永遠眷顧著所有人、無災無難。」放鬆之後，亞那趴在桌面上，舉動又不像王子般的尊貴，反而像是在祕密基地一樣：「也為凡斯與安地爾祈禱，讓精靈的朋友們能夠長久永恆。」

安地爾看著他，彎起笑容：「你與凡斯的感情真的很好，令人羨慕的友情。」而他只是順便加入玩著這個遊戲。

「是的，凡斯懂得很多，是個非常優秀的朋友。好多次我想請他進入冰牙精靈族當中……我也可以說服族人與父親兄長，但是凡斯就是不肯答應。」惋惜地想著友人屢屢的拒絕，亞那無奈地笑著：「如果有一天，妖師、精靈與任何種族的這些身分名稱都可以拋掉就好了，到時候大家都是一樣，誰也不是誰了。」

暗暗在心中冷笑了下，安地爾很想告訴他應該不會有這日的出現了，只要有生命的東西都不可能會如此和平。

「凡斯對冰牙精靈之地很熟悉，他是否有跟你一起到妖師之地看看呢？」望著眼前的精靈，安地爾稍微低了聲音詢問。

「沒有，凡斯說那個地方不是精靈能去的，可是有一天他會帶我去的，我也想為那裡的所有人祈福。」輕輕地說了些精靈語言，亞那這樣告訴他。

「他的顧慮很多，但是妖師一族長年被追伐，早就疲憊不堪，你是否想過能讓凡斯早些說出來，試著安撫那些被世界遺棄的種族……」

四周的空氣微微凝結。

亞那無意識地望著眼前微亮的藍眼，不曉得為什麼突然認為對方所說的似乎也不是什麼壞事：「我想，我會去詢問他的。」

有點暈，大概是這幾天忙著做法陣石太累了吧……可是精靈應該是不會疲累的……

安地爾的微笑不減，讓人覺得挺舒服的。

「我們可以一起問他，說不定他也需要讓人幫點忙。」

「嗯。」

就在四周空氣變得有點詭譎時，風中突然傳來某種「啵」的聲音，馬上打斷了兩人的交談。

亞那一下子睜大眼睛，看見了好幾個風之精靈四處嬉笑著竄逃，還不斷製造出那種惡作劇般的聲響。

「看來風之精靈不太喜歡這種話題啊。」安地爾站起身，放下了已經空了的杯子：「我也該回去山谷了，時間不早，繼續待下去會讓其他人起疑。」

「啊，我請風之精靈送你一程。」隨手請了兩名半透明的女性移開了密道的板子，亞那遞過一個發亮的水晶：「安地爾，我會再去找你們的，你的傷也好了很多，下回兒我們一起去看看金楓的森林吧，主神眷顧那裡，美得使人讚歎，你們一定都會喜歡的。」

「我期待。」

接過水晶，安地爾跳下地道，確認他已經進入之後上方的板子被緩緩地關上。

密道中突然一片寧靜。

欲替他領路的風之精靈完全沒有絲毫警戒地趴在他的肩膀上。

就在那瞬間，連一點最後嘶鳴聲都來不及發出，女性的風之精靈被猛然出手的安地爾捵住，然後直接吞噬。

驚嚇到的另一名風精靈甚至還未轉身逃走，立刻就步上同伴的後塵。

完全接收了風之精靈的記憶和不算多的力量，安地爾勾起了與剛剛完全不同的笑容。

「我是眞的很期待。」

※

然後，他們眞的成爲朋友。

在那之後，安地爾在無聊的空閒裡偶爾回想起過去時會這樣認爲。

水禍過後，精靈族幫助附近受到干擾的種族重新恢復耕作，使用著能與一切溝通的語言幫上了最大的忙，短暫時間裡周圍已經全都恢復到之前的樣子。

歡樂與和平。

而精靈族也空閒了下來，亞那出現的頻率又開始增多，有時候是在附近遊玩，有時候是三個人到了很遠的地方。他們見過人魚、走過金色的樹葉道路，然後更遠走進了異族裡差點被抓去吃，也或者是靜靜看著拂散在異色大地中的星辰。

他們都以爲這種時間可以持續到永久。

至少，他們之中的精靈是這樣認爲，在永恆的精靈眼中似乎完全沒有分離這種字眼。

他總是會說著他們還可以去更多地方、有更多時間可以做其他的事，偶爾安地爾也會注意到妖師眼中似乎有著不耐的顏色，但是他掩藏得很好，從來不被精靈察覺。

其實這種遊戲不是只有他在玩。

「你們爲什麼會成爲朋友？」

在祕密基地時，安地爾這樣問著正在調藥的妖師。

「你這個問題問太多次了，不覺得煩嗎？」不怎樣客氣地回答他，凡斯拋下幻獸的頭骨用力敲成粉末。

聳聳肩，老早就完全康復的安地爾舒服地躺在一旁的小床：「那是因爲你沒有眞的回答過，所以我才會問。」

轉過頭，青年瞇起眼看他：「你也不是認眞在問我，我何必回答你太多。」

「……也是。」

他們所看的都是同一個空間，但是空間裡所見到的卻不是同一種時間。

他閉起眼睛，聽到藥杵的聲音規律地敲擊著。

洞穴裡經常有著淡淡藥的氣息，時常聽到精靈唱歌以及風的聲音。

「亞那最近突然對妖師之地很感興趣。」青年的聲音淡得像是快要融進風裡：「之前不曾問過，你是不是告訴過他什麼？」不知為何，這陣子精靈詢問的頻率太高了，以往從不曾這樣，精靈一直很有耐心地等待他自己說出口，這讓他覺得有點怪異，但是也說不出來是哪裡有問題。

「我才沒有告訴過他什麼。」仍舊閉著眼睛，安地爾聽見了製藥的聲音停了下來，他知道青年是專程詢問，否則平常並不主動與他多講什麼，應該說青年根本懶得和他浪費唇舌：「你不信任你的朋友嗎？」

「……我並沒有其他值得付出信任的人。」青年冷哼了聲：「妖師原本就不跟人打交道。」

「精靈不是嗎？」勾起笑容，安地爾倏然睜開眼睛。

「就算對你我也不是完全信任。」皺起眉，凡斯轉回過頭，隱約覺得哪裡不對勁。

「你的戒心果然很強，聽說妖師一族是不與任何種族相交的一族，看起來還眞沒錯，不為別人哭不為別人歡喜，是特色嗎？」

「是怎樣都與你沒有關係。」

安地爾盯著他：「可是，跟精靈在一起時你的確會笑喔。」

四周猛然陷入死寂般的安靜。

青年突然什麼也不說了。

他們認識多久，從什麼時候開始建立這處祕密基地，他都還記得。

但是妖師一族常年都在與各族作戰甚至四處慌逃，他只是偶然在途中認識了同樣正在旅遊的精靈。

他還記得，他們僅是碰巧認識而已，會與那個精靈變成好友也是後來的事。

因爲，那個精靈並不太了解這個世界上所有的事情並非如同他想像般的單純，他的黑與白中間，沒有任何被調合過的顏色。

所以他認爲他們可以是朋友。

在時間到來之前，無盡時間的朋友。

「那你會告訴亞那妖師一族之地嗎？」安地爾微笑了。

於是後來，他眞的說了。

※

三個人，三個不同的空間。

細草總是會被微風所改變。

生物的記憶也會隨著時間而深淺不同。

最後，他們去探訪了妖師之地，精靈與安地爾眞眞實實地看見了何謂傳說中的妖師。

爲什麼會令人懼怕？

青年在精靈的臉上看見了答案。

因為是妖師，所以被懼怕。

而安地爾在傳遞訊息給耶呂之後，隨便託了個理由離開了祕密基地，他養好傷，回到醫療班，只是時常回來看看。

凡斯與亞那已經不再那麼經常碰面了，雖然青年佯裝什麼事情都沒有，但是在精靈看見妖師一族時那瞬間的錯愕像是劃下一道痕跡，橫亙在他面前。

「安地爾，我做錯什麼了嗎？」

看著空蕩蕩的祕密基地，亞那睜著銀色的眼睛看著依舊悠哉躺在裡面的人，藥物的氣味消失，只剩淺淡的一絲餘味，讓風之精靈也不敢用力吹拂。

他還是認為他只要踏入祕密基地，就會看見他的黑髮友人一如往常地調藥，剪得俐落的短髮偶爾會沾上點藥物。

「你害怕妖師的力量，所以他不想再讓你看見吧。」翻過身，安地爾微笑地說著。

「可是我並不害怕啊。」是的，他的確有那瞬間的錯愕，但是他並不像其他人那樣：「我只是被嚇到了，我以為書上的事情、歌唱中的事情只是誇大，你知道我只是嚇到了……我不想讓凡斯為難，我們還是朋友，像以前一樣。」

精靈不懂，他已經不知道以往友人的心中還想些什麼。

他以為，凡斯能夠知道，就像凡斯永遠都可以猜得出來他正在想什麼，然後一邊罵著不要亂搞一邊阻止他的各種想法。

「或許下次凡斯來的時候，我可以跟他聊看看吧。」他看見精靈用一種依賴的目光緊緊盯著他，盼望的事情都寫在臉上。

所以，他說這個精靈太過年輕。

「我想見他……」

「我會告訴他的。」

然後，精靈走了。

祕密基地的歌聲也跟著消失了。

入冬之後，冰之精靈族忙碌了起來。

聽說，三王子成爲精靈王的得力助手，很快地就有了許多人願意追隨他。

大王子聰慧精明，三王子驍勇善戰，他們收復了很多被鬼族佔走的古地，教導弱小的種族在那些地方耕植而活。

人會成長的。

安地爾收到許多鬼族的消息，他們被三王子打得節節敗退。

那之後他又見過好幾次精靈，他已經開始成長不同以往，變得謹慎而細心，但是在他面前還是如同原本那般，什麼事情都不隱瞞。

飄雪的時候，安地爾回到了祕密基地，在精靈不在的時候見到了許久未到的青年。

「你最近很少來？」

拍去了肩膀上的白雪，安地爾問著正在嘗試生起火堆的友人。

「妖師一族最近有點事情，我即將繼承父親的位置，以後會更少來了。」短髮似乎稍長了一點的青年依舊冷漠地說話。

「亞那的傳聞變多了，在記錄者與吟遊者的傳頌下，名字很快就會廣爲世人所知。」部分鬼族也開始將他當作必須除去的獵殺目標，他的確造成了威脅。

「那很好，他不能永遠都是那個樣子。」看著火焰從木柴中冒出，青年勾動了唇角：「這世界上有很多事情必須被理解，閉眼不看是不行的。再過不久妖師一族也即將移動，以後要見面會很困難了。」

「他要我告訴你，他並不害怕。」

短短的幾個字，安地爾知道對方應該完全明白他要說什麼。

凡斯笑了。

「他不害怕，但是我害怕，妖師一族的力量遲早會連他都吞噬，我們不能永遠都當朋友。」頓了頓，他望著火焰中，想起了祕密基地以往愉快的生活：「你也不能再與他當朋友了，安地爾，我知道你眞正是什麼該死的身分。」

木柴發出了斷裂的聲響。

火星跳動。

「嗯，我是鬼族哪。」他直言不諱：「你知道多久？」

青年冷望了他一眼：「從一開始。我是藥師，你是什麼東西，診斷過還會不知道嗎。」他只是懶得揭穿，如果眼前的鬼族當初剛到時有什麼動作，他要殺了對方也只是瞬間的事，所以他並不擔心。

「我爲耶呂鬼王第一高手，這個世界上需要妖師的是我們，你願意過來嗎？」開誠布公，安地爾也不打算繼續裝傻。

「不願意。」

站起身，青年把最後的柴火丟進火焰裡。

「不要再出現在我們面前。」

❀

於是，祕密基地在冬季過後，被冰雪與泥沙封住了。

三個人，三種不同的空間。

直到青年接任了妖師一族首領之後轉移了居住地，遙遠的距離能讓人沖淡以往的記憶。

但是那些還是存在，即使希望不在，還是無法如心所願。於是在某一天，他偶然興起了回到祕密基地的念頭，離開族裡時將事務交代了族人後暫離，踏入了懷念的谷裡，費了好幾天的工夫把已經積塵的地方給整理乾淨。

他們越走越遠。

他聽見精靈的傳聞已經隨著風之精靈到了各地。

第四日的時候，他聽見祕密基地外出現了聲音，不是動物的聲音，是腳步聲。

沉重的聲響讓他以爲是安地爾，但是他走出洞外時，看見的是以往的友人。

穿著一身輕盈盔甲的精靈全身都是血，紅色的雙手還滴著血珠，他全身都在顫抖，銀色的眼睛裡面有著強烈的害怕，步伐也不如往常輕鬆。

「……凡斯？」

看見祕密基地有人出來時，精靈全身都僵住了。

那瞬間，青年眞的忘記他們原本已經中斷的交集，快步地迎上來：「發生什麼事情？你從戰場上直接過來這裡嗎！」

他甚至可以摸到那些血都是熱的、燙的。

「我不知道、我不知道……我不曉得是那個地方……你快點逃走吧……」精靈銀色的眼睛裡面滾下了淚水，隨著臉上的血紅色一起從漂亮的下巴滑落，滴在盔甲上。

青年的心裡突然出現了不安。

「你告訴我！你的戰場在哪裡！」一把抓住精靈的肩膀，青年用力搖著。

「我不曉得……你快點逃走……」眼淚不斷地掉下來，精靈拚命搖頭。

動作突然僵住了，青年在那些血色裡嗅到了熟悉的氣味，他全身都在叫囂，那些血與他有著相連，就在他離開族裡時，那些聯繫甚至站在族外送他離去為他祝禱平安。

「……你們去攻打妖師一族？」

四周的氣溫突然變冷了。

「我沒有……我真的沒有……西之丘的兄弟們請求我們過去幫忙……我不知道那裡……」看著青年瞬間陌生而悲憤的眼神，亞那連忙抓住他的手腕：「他們要找你，你快點逃走吧……」

「妖師何必要逃。」一種名為憎恨的感覺盈滿了眼前，凡斯用力地拽住了眼前的青年：「攻打妖師一族的人就要知道會有何種下場！」

他抓住過往的友人，腦中什麼思考都沒了。

周圍的大氣精靈逃竄，血紅色的陣法出現在他們腳下。

煙霧在他眼前飄散。

四周沒有聲音。

黑色的大地上有著紅色的血流。

他看見四周插滿了精靈軍的旗幟，繡著銀色絲線的美麗圖騰撕裂了黑色的空氣飄揚著。還未來得及收拾的屍體躺滿了一地。

大人、小孩，睜著眼睛的長老，以及不該屬於這裡、同樣已經死亡的精靈。

他的腳邊伏著屍體，一支白色的箭穿過對方的心臟，黑紅色的血液已經開始乾涸。

沒有聲音。

就連那些四周竄出來的精靈軍都沒有聲音。

收緊了手掌，他可以感覺到被抓住的精靈試圖想要讓那些人退下。

那又如何？

他不在意。

「攻打妖師一族，你們已經做好付出代價的準備了嗎？」重重地將精靈摔在地上，他看著陌生的美麗面孔，沒想到妖師一族會有被最熟悉信任的朋友攻打的一天。他的音量很大，全部的人都能聽見：「西之丘、冰之牙，這個代價你們永遠都無法付得起！」

「我詛咒你們，黑暗會籠罩，生命會消逝，西之丘的土地不會有任何生機，而我眼前的人會死絕，這是你們應該付出的一切！」

幾乎是在話語落下之後，他看見那些精靈軍的面孔開始扭曲。

一個人倒地，很多人跟著倒地。

妖師的屍體與精靈的屍體全都躺在一起。

四周聽不見聲音。

插在妖師屍體上的精靈旗幟被折斷，掉在一旁。

他蹲下來，看見唯一存活著的精靈睜大了眼，淚水再也流不出來，「至於你，亞那瑟恩．伊沐洛，你將付給我更多代價。」抽出了一旁屍體的箭支，銳利的箭矢一點一點地沒入了精靈放在地上的手背：「你不會太快死亡，你應該痛苦得直到最後，愛人、子孫都要承受妖師的憎恨，驍

勇善戰的三王子，我詛咒你們。」

猛然抽出箭矢，他站起身，拋下了白箭轉頭離去。

他們中間的路越隔越遠。

紅色的血液吞噬了他們。

沒有任何聲音。

他踏過一具一具流著血液的屍體。

「你要來嗎？」

站在黑暗中的人如此問他，一如往常的輕鬆愉快，像是什麼事情都沒有發生過。

「這個世界上，只有鬼族能夠成爲你的容身之地。」

他們已經都不再有任何退路。

「……我去。」

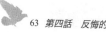

第四話 反悔的裂傷

地點：未知
時間：千餘年前

於是，戰爭的烽火開始蔓延。

吟遊者向世界各地帶去了令人畏懼的可怕消息，西之丘的美景不再，死亡的氣息像是煙霧一般開始瀰漫。

每日每日都有新的犧牲傳到各地。

安地爾看著令他有興趣的一切，再也沒有無聊的感覺。

投靠鬼族的妖師青年冰冷無情，替他們輕鬆清除了許多障礙，他與鬼王手下一樣都有著鬼族的黑色軍隊，所到之處看見的都是四處竄逃的弱小種族，以及無法逃走的屍體。

他進入的第一天，與耶呂鬼王一起攻打精靈族的比申鬼王帶著艷麗得令人討厭的微笑看著他：「宣戰的時間到了，你怎麼說？」

青年冷哼以對。

「我們要借用的是你的力量，你與我們一般被放逐到永恆的黑暗，你怎麼說？」她伸出手，長長的指甲劃過青年的臉龐，讓旁邊的耶呂鬼王也瞇起眼睛：「冰牙族的三王子是你的友，大戰之後碰上他，你怎麼說？」

他還有朋友嗎？

穿著盔甲，全身都是族人的血。

什麼時候開始，唱著歌的人變成了凶手？

「我詛咒他。」沒有聲音，他聽不見哭泣也看不見眼淚，那些一切都已經沒有了：「大戰無友……若阻擋我們的去路，我詛咒他，以意爲靈，讓他消失在我們之前，用他的血洗開我們的大地。所以我詛咒他，如果他要阻礙我們的話。」

那些他們曾經走過的地方，都沒有了。

他眞的有那一點點的時間以爲他們能夠做朋友。

「很好……哈哈哈哈……很好，那你就好好看著這場戰爭吧。」比申的聲音迴盪在他耳邊，張狂地大笑著。

他聽不見任何聲音。

包括被俘虜的精靈哭叫，西之丘的氣息滅絕，再無生機。

在那時候他才知道，耶呂非常信任安地爾，不管是什麼事情都會讓安地爾自己去做，也不束縛他的行動，甚至大多時候也不會過問。

「那是因爲耶呂很明白他無法束縛我。」

支著下頷，安地爾一如往常一樣微笑著，他們前方是被攻破的村莊景色，許多鬼族正從裡面拉出了尋常的人類然後一一虐殺，這是每踏平一處必定都會上演的畫面，鬼族會留下俘虜的狀況不多，通常俘虜的身分要讓鬼王有興趣才得以暫免一死，否則都會當場被鬼族當作玩樂而殺盡，就如同現在般。

「當個鬼王的手下，太囂張了。」他仍舊不多話。

「連比申都不敢輕易動我，因為吞噬過太多靈魂，他們都會害怕這種力量。」懶洋洋地說著，安地爾聳聳肩：「他們也害怕失去一個絕佳的幫手。」

「那是因為能夠吞噬靈魂的人，除了你之外沒有第二個。」

安地爾笑了。

「佔據了西丘之後，冰牙的精靈已經開始有武裝動作了。」把玩著手上的水晶石，他讓鬼族的黑軍隊放火燒了村骸：「精靈族之中戰力最強盛的為冰牙族與焰瞳族，目前冰之牙已經開始號召聯軍準備直指各大鬼族據點了，你認為如何呢？」

「……焰瞳也參與嗎？」

「根據傳回來的消息，此次主戰的是冰牙精靈的三王子，冰牙精靈王主張隔世並未直接參戰。三王子帶領了精靈貴族與各支部族組成聯合軍，當中第一戰力就是焰瞳與螢之森；而獸王族與妖精族等各大種族也全力支援。」頓了下，安地爾看見了旁邊的友人瞇起了眼：「這一仗，耶呂會很難打。」

冷哼了一聲，青年站起：「只要有妖師在，鬼族就絕對不會輸。」不管來的是什麼，妖師站著的地方才代表勝利。

他詛咒那些種族。

黑色蔓延，黑暗降臨，染了血色與煙硝的天空才適合這個世界。

仰望著帶著血紅的黃昏，他感覺不到自己的溫度：「耶呂要我們去的下一個地方在哪裡？」

「只有你和軍隊去，我要回醫療班進行牽制，攤牌的時刻也到了。」轉頭看著他，安地爾這樣說著：「耶呂要你去讓精靈軍的動作慢下來，不管怎樣都好，反正他們進不了西丘就什麼事情也無法做。」

「要我去當前鋒軍？」好打算。

青年在心中冷哼著，直接讓他對上精靈軍就可以減少鬼族方面的損失，而且還能順便讓他和亞那對戰。

耶呂鬼王的主意打得真不錯。

「你害怕嗎？」盯著青年冰冷無波的面孔，安地爾環起手，挺愉快地詢問：「對了，耶呂鬼王承諾過我一件事，我想你應該會很有興趣。」

黑色的眼眸轉過來看著他。

「他說，只要黑暗籠罩大地，萬物都死去那時，冰牙族的三王子就歸於我，隨便我要怎樣都可以。」他仔細看著青年臉上的變化，卻什麼也看不出來：「我們打這場戰爭，他就能夠活下來，或是要死亡都可以。」

「背叛者就唯有付出死亡代價。」

「呵，眞希望你的決心會一直這麼堅定。」不過他現在倒是有點可憐起那個精靈，安地爾在心中冷笑了聲：「另外我還有件事情，不過我想等晚一點再告訴你，你應該不介意吧。」

「隨便你要說不說，我沒興趣。」他只在乎將仇恨全都歸諸給每一個種族。

曾經他們忍耐過，這個力量並不是他們願意擁有的，所以他們儘可能能避就避，只要別人不要侵入，他們就能避開世界自己安穩永久地過下去。

但是這個世界的人並未放過他們。

只要擁有那種力量，他們就永遠都是應該要被殺害的一族。

他已經不想繼續忍下去了，那天經過屠殺之後，殘存的族人已經所剩無幾，他要爲那些其實什麼壞事都沒有做過的妖師一族討回公道。

年輕時他曾經想過很多，甚至連睡夢中都無法安穩，他們總是懼怕著隨時會有別的種族闖進來殺害他們，每個人都是在恐懼中活著……但是他沒有想到那一天到來時，染上同族鮮血的會是他曾經以爲能當朋友的人。

既然要逼他們無法活下去，那他就先毀了這個世界，讓那些自以爲高尚的種族墜入黑暗，用淚水與鮮血清洗冥府的道路。

「你能夠下得了手嗎？」

安地爾的聲音在旁邊飄起，有點不太真實，相當飄忽：「當亞那站在你面前時，你真的能夠對他下手嗎？」

「我會讓他痛苦直到死亡。」冰冷地開了口，他幾乎已經回憶不起來那個精靈原本的樣子，只記得一片血色籠罩，一個凶手站在他面前，而他真的曾經完全信賴那個屠殺族人的凶手：「安地爾，如果你想留人，就在我殺他之前先藏起人吧。」

微微笑了聲，安地爾走過他的面前：「如果你能夠傾聽那些鬼族的傳言，你很快就會知道你錯過什麼東西了。」

他只是站在一旁看著這場戲的人，不會輕易干擾戲的上演。

「什麼意思？」青年瞇起眼睛。

「沒什麼，努力去抵擋精靈軍吧。」

大風吹過，將燃燒村子的火焰引得更加熊熊劇烈，鬼族們歡呼地看著燃燒的屍體，一一化爲灰燼。

於是，黑色的軍隊再度移動。

※

他們開始對戰。

一次、兩次，精靈大軍隨著時間更加強大，同時也分成了幾支不同的隊伍開始攻擊被鬼族佔據的地方。

隨著逐漸勝利，更多種族加入這場以精靈爲首的戰役。

冷眼看著發展至此的青年揮開報告戰況的鬼族傳訊兵，他旁邊有著比申鬼王派來協助的高手，對方用不怎麼耐煩的表情看著他。

「爲什麼你只要對上精靈王子的主軍就會繞開？他們減少死亡輕易地佔據領地對我們有什麼好處！」對於眼前妖師的動作，鬼王高手吼著，但是又畏懼對方身分不敢強硬動手。

「……不想打就滾回去。」連看也不看對方，青年描繪著手上的圖紙。

「哼！如果耶呂鬼王有問題，你就自己解釋！」鬼王高手負氣地走出臨時大廳。

他在等什麼？

青年突然覺得自己也不知道了。

精靈主軍往他鎮守的方向而來，他不知道是不是巧合，但是每每在高處遠觀戰況時候，他能看見主軍中指揮一切的那個熟悉身影像是四處尋找著什麼。

他的長刀靈巧俐落，鬼族還未近身就已被劈爲兩半化成黑沙。無可否認，精靈軍就像傳唱中那樣的厲害，如同一把最鋒利的刀刃所到之處無所不勝，甚至他們也不輕易感到疲憊，逐日踏夜瞬間就能夠攻下好幾個據點。

那他在等什麼？

等著成眞的詛咒。

他看見了那個精靈身邊多了另一個種族的女性，剽悍俐落，兩人形影不離；而那種族帶來的軍隊讓精靈主軍更加強勢，連他們的鬼族黑軍都開始害怕起那支主軍。

……如果一切如他所想，那他等著詛咒成眞。

後面傳來些許聲響，探路的兵子隱身在黑暗之中。

「我要的地點如何？」他將手上的紙摺起，摺成比掌心還要更小，那裡面有著妖師預知的些許筆畫。

那只是他一時興起打發時間的東西，沒必要留著。

「前方有一處谷地，谷地附近有大型湖泊，原本有幾個散亂的獸王族，已經全殺了，四周都是樹林和岩石，完全符合您的要求。」探路的兵子聲音一點也沒有起伏，僵硬地報告著他所知道的事情。

「傳下去，所有軍隊往谷地藏匿，把精靈軍引入裡面，讓擅長迷魂的鬼去分散那些人。」看著牆上掛著的地形圖，他勾起冰冷的笑容：「精靈軍一旦被擾亂就會暫時在湖邊駐紮，三天之後我們就直接出軍殺了那些主要領首之人。」

探路兵抬起頭：「三日嗎？」他原本以爲會立即出手。

「精靈最擅長與萬物交談，無法在谷地與樹林中找到敵人時他們會想盡辦法與任何一樣東西詢問，甚至連沙都一樣。三天之後，他們什麼也問不出來，因爲這裡早就被黑暗氣息圍繞，在此時謹慎的軍隊就會暫時拔營後退，那時候直接出手是最好的機會。」他太了解那個精靈了，過往時候他害怕所以謹慎，一定會在發現不對時將軍隊編列成小隊伍開始往外移，而自己壓在最後。

所以，他的鬼族軍只要等到過半精靈軍往外退後，最少人的那一瞬間就是他們出手的機會。

就算殺不死精靈王子，也能殺掉很多陪著他留下來的重要人物。

……但是，這是他想要做的事情嗎？

「我想做些什麼？」

他無法知曉。

很久以前，他就已經放棄思考。

※

於是，戰爭如火如荼展開。

在收復了很多被鬼族佔據的地方之後，精靈聯合軍逐漸悶攏再度分成更嚴密的隊伍漸漸往西之丘靠近。

凡斯閉著眼睛在等待。

他聽不見風之精靈的聲音，明明以往在祕密基地時能很輕易地與風之精靈交談，大地精靈也能夠種出豐渥的藥草，但是他現在已經聽不見任何聲音。

放下毒藥之後，水之精靈也不會抗議，風止無波，任由他們踐踏著新生的嫩芽燃起毀滅森林的烈火，飛鳥在天空中竄逃然後被黑色的箭矢射下，逃出的動物被鬼族笑著殘殺，湖邊的森林充滿了悲傷的死亡氣息。

犧牲這些東西只是要做出一個陷阱。

若是以往，他能夠這樣做嗎？

「來了！」

猛烈的聲音闖進了他休息的區域，好幾名高階鬼族同時轉頭看著那名探兵：「精靈軍眞的被我們吸引往這裡來了！」

所有人看向他。

「按照之前所講的，全部不准亂動，只要有違背的就一律殺死，三天之後破曉時間直接攻擊精靈軍，在那之前全都給我靜靜地等待。」站起身，他拋下一堆交頭接耳卻又不敢違背命令的鬼族離開：「三天之後的破曉我會回來。」

其餘人恭恭敬敬地將他送走。

戰爭、戰爭，從開始到現在他與精靈軍不知道已經對上了多少次，他漫無目的，只知道戰爭都在他的掌握之中，他要贏就贏要輸就輸，就連耶呂鬼王都害怕他三分。

所有種族就是因爲這份力量而將他們視若蟲蛇。

而，他用這份力量來對付他們。

鬼族會贏，就如同他所期望。

那在鬼族贏了之後，這世界就眞的什麼都沒有了。

這三天裡他懶得和鬼族待在一起，那些東西只要不是有點階級的都不能溝通，只會蠻橫地往前屠殺或者被殺，某方面來說非常適用於作戰，而且數量取之不盡，但是卻惹人厭惡。

太無趣了……

那他之前在做的是什麼？

猛然抬頭，青年看見的是黃昏的景色，因爲這裡已經被佔據了所以連天空都顯得灰暗悶沉，落在西方遙遠處的金色照耀不到這片土地，只是緩緩地、沉落下去。

他看著那點顏色，突然入迷到連自己都沒注意到有個微弱的光線就站在自己身後。

「凡斯？」

倏然回頭，就像許多次他們外出遊玩時，三個人一起捉迷藏，怎樣都找不到人時便會有人惡作劇般悄悄站在自己後面，用著微弱的聲音半是討好地喊：「我聽見了，是你對不對？」

他幾乎不用回頭，這個人出現在這裡是正常的，因爲精靈軍已經進駐了湖畔，站在樹林中會被發現也是自己的問題。他甚至可以知道背後的精靈還穿著那身貼身合適的輕軟盔甲，盔甲中有著淡淡的光芒，在闇黑裡透出無法接觸的光明。

緩緩地轉過身，他在日落的那瞬間抽出了腰間的佩劍，寒光霎時閃過兩人中間：「冰牙族的第三王子，你孤身一人前來不怕埋伏嗎？」半是嘲諷的聲音，無溫的目光看著熟悉的面孔卻已經不是熟悉的過往朋友。

「……你是凡斯嗎？聲音和以前一樣……感覺不一樣……」站在後面的精靈眨了眨銀色的眼睛，像是不怎樣有把握地詢問著。

有點奇怪精靈的問句，青年仍舊沒放下手上的劍刃：「第三王子自己一個人出來搜尋鬼族下落，會不會太冒險了一點。」

話一說完，穿著盔甲的精靈立即綻出笑容：「果然沒錯。」他往前幾步，直到劍尖之前停止：「我一直害怕作戰時你也混在鬼族當中，這樣我無法分辨出氣息……幸好你果然還活著。」

逼近之後，青年才仔細地看清精靈的面孔。

他給人的感覺已經變了很多，堅毅卻又漂亮的面孔讓人移不開視線，分別之後他只有幾次在術法當中或者遙遠的地方冷眼看著過往所認識的人，但是如此接近之後更發現，原來兩個人在不知不覺間都已變得如此不同了。

現在，或許只剩下安地爾完全沒有改變吧。

也或許，他從一開始就不曾變過，像旁觀者一樣一直看著他們，偶爾興致一來才加入其中。

「我只想告訴你……」精靈往前了兩步，被他用舉起的劍刃止住。

「我不想跟一個精靈靠得太近。」皺起眉，青年看著再多一吋就可以沒入精靈肩膀的黑刃，鬼族所使用的兵器上都淬著黑咒與黑暗劇毒，專門用來對付不畏任何毒素的精靈：「如果你不想死，我奉勸你最好現在回頭，回去你的營地。」

至少，現在他不想對上精靈大軍，與他預期的時間不符。

一如往常地微笑著，亞那踏出了腳步。

黑刃慢慢刺入了精靈未被保護的肩膀，白色的血液順著黑色的劍鋒迸出，一滴一滴染成黑色然後落到毫無生機的土地。

他錯愕地看著黑色的劍刃從精靈的背上突出，銀色的眼睛像是沒有痛覺一般與他越來越近，然後伸出手握住了他的手。

「我們以前約定好，所以我想告訴凡斯。」精靈還是在微笑，整個肩膀處早已被黑色染滿：「喜歡的女性……我已經有了喜歡的女性，是燄之谷的公主……我們約定過要先告訴彼此，所以我誰都沒有說……只想先告訴你……」

最後的話語整個模糊。

銀色的眼睛閉上，原本應該輕盈的身體墜落。

青年聽見的是劍鋒直接切穿了精靈肩膀，帶著黑血仍在原處的聲音。

他的腳邊躺著他詛咒的人。

黑暗的氣息會在瞬間侵蝕精靈，比任何毒藥都還要有效。

「你不救他嗎？」

隨著帶著笑意的聲音，他轉回過頭。

然後看到安地爾。

※

他們被領到一個山洞之中。

應該去了另一邊戰場的安地爾為什麼會出現在這地方他不知道，為什麼會曉得有這處山洞他也不知道，反正不論是什麼都沒興趣知道，這傢伙隨著心情不同會做出來的事情也不同，先前也曾有過一不高興就把自己整支軍隊的鬼族都殺光的動作，思考他的舉動沒太多意義。

耶呂鬼王根本放任他肆意做事了。

有時候他會認為，應該要可憐的是那些鬼族才對。

「我還以為你是開玩笑的，沒想到你真的下了殺手。」扛著精靈的安地爾在進入山洞之後，隨便找了一塊比較乾淨的地方把精靈拋下了。

「你是專程回來看我會不會動手的嗎？」冷眼看著氣息已經逐漸微弱的精靈，青年壓下了想上去看看傷勢的心情。

詛咒已經照著他所說的方向走。

先是愛人，接著是子孫，他們會永遠都必須承受痛苦折磨然後死亡。

「不是，我是覺得你這樣就殺死他就沒什麼好玩的事情了。」坐在一旁，安地爾把玩著精靈銀色的髮，然後揭下他身上的軟甲：「你還眞的連一句話都不願意和那些鬼族交談，明明有個很有趣的情報會讓你知道。」他還刻意臨行前提示，發展成這樣也不能怪他了。

「什麼意思。」瞇起眼，青年看著眼前的鬼王貴族，隱約感覺到一點不對勁的氣息。

「我想，你從來也沒想過要去了解精靈一族會突然攻擊妖師一族的原因吧。」

話語落畢，他立即聽見了身邊的氣息跟著改變。黑色的劍刃直接就抵在他的頸邊，只要多一吋距離就可以立即切斷他的頸子。

「安地爾，我想你現在最好將話說清楚。」握著黑刃的手微微顫抖，許久沒聽見風聲的青年似乎聽到了自己加快的心跳聲。

他從來沒想過精靈一族會去攻擊隱居妖師一族的原因。

自古以來攻擊妖師不需理由，唯一的理由就是他們會危害世界所以該消滅，他以爲永遠都是這樣。

「這件事情你應該去聽聽其他鬼族的說法會比較快，我並非當事人，也是從鬼族口中聽見的。」勾起了微笑，安地爾指尖彈開了架在頸邊的劍刃，清脆的聲音瞬間被空氣給吞噬：「在那之前，還有另外一件有趣的事情。」

「什麼？」

「我聽見亞那左右輔佐的那些武軍說了點有意思的事。」指尖撫上了精靈的眼皮，那底下有著一雙最清澈的眸子，安地爾舔了唇，對於力量強大的靈魂感覺到興趣：「征討鬼族中，精靈們受到黑暗之氣的影響，為了不讓士氣受損，他們並未告知底下的人甚至是記錄者——三王子已經逐漸消失能夠觀看現世之事的視力這件事情。」

「消失……視力？」愣了一下，青年聽見了劍刃落地的聲音，以及想起了剛剛見面時精靈奇怪的問語。他伸出手，推開了鬼王貴族，用著自己也不理解的動作快速地替應該是敵人的精靈止住源源不斷的血液。

「精靈遊走在現世與時間之流當中，能辨別各種事物，既然現世的視力已經逐漸消失，那代表他戰爭後期都是用異世之眼在分辨敵人和己方。」安地爾沒因為對方的動作而發怒，反而站到一旁靠在石壁上：「精靈的異世之眼是拿來看時間之流以及非現世的靈魂和氣息，並與之溝通，並不適合直接使用在現世上，用在現世上的話只能看見模糊的東西，我想他應該都是用氣息和感覺在分辨有惡意的敵人。」

所以在戰場上，精靈才會逐漸失去了猶豫的時間，模糊的景色讓他無法躊躇太久，因為在無法判斷中只要稍一遲疑，等待的就只有死亡一路。

「你沒有發現嗎，因為黑暗氣息的影響，精靈軍已經很多人都失去了光芒。」安地爾順便送了對方他自己正在觀察的事情。

據說精靈都有著世界的保護，而保護形成了身上的微光，要是少了那玩意傷害就會變得巨大，所以他正在看看會有多麼巨大。

「安地爾……」握緊了手掌，凡斯咬著牙，一字一句地吐出：「把所有你知道的事情……都說出來。」

「嗯？例如？」

「爲什麼西之丘的精靈族會攻擊妖師一族！」他深深地覺得他被騙了，他似乎被操弄、做了可怕的事情。

握緊了精靈友人的手腕，青年開始感覺到自己的顫抖。

他那天並未感覺到任何不對，就像以往父親在的時候也會這樣，僅是出門了短短幾日到處巡視，他不知道爲什麼這幾日當中會有改變。

如果時間可以重新倒流，他想聽見精靈想告訴他的眞相。

「唉，這樣說別人也眞是失禮。」環著手，安地爾勾了勾唇角，無視於青年迸出的強烈怒氣：「去看過妖師之地後爲了方便耶呂可以去尋找他要的幫手，所以我直接在你們族裡放了追蹤術。因爲想要妖師加入，所以耶呂當然不可能直接出手。不過在妖師一族搬遷之後……嗯，也就是你出去那天，比申不知道是那根筋不對，突然率領了大批直屬高手席捲了妖師之地，不過不是屠殺，而是用黑暗氣息將整個妖師之地籠罩起來。」

「你在鬼族中也待了不少時間，所以當然知道鬼族那些人形成的方法——除了自身的扭曲之外，就是吸收了太多黑暗之氣而改變。比申覺得這是招入妖師一族比較快的方法，就直接這樣幹了。本來應該是會順利的啦，她也很愉快地回去向耶呂討賞了，不過沒想到在這空檔時間裡被鄰近的西之丘精靈發現有很多未成形的鬼族，所以連忙通知冰牙武軍來幫忙。」

「成為鬼族之後除了會喪失心智，就是再也沒有靈魂不會重生、什麼也不會留下，我想應該是兩族精靈交換意見之後決定將整座村都殺淨了，在還未成為鬼族之前保有他們的靈魂，讓他們重新降臨在世界上或是前往安息之地才算是得救吧。」

凡斯的手鬆開了。

他整個人一瞬間瞠大眼睛，腦袋整個空白得無法思考。

「所以亞那說他不知道……」他的聲音在顫抖，再也無法直視孱弱的精靈。

安地爾笑了，「沒錯，在你出現之前，他們完全不知道他們殺的就是妖師一族，他們專心想解救那些眨眼就要成為鬼族的靈魂，根本沒注意那裡到底是什麼區域，是亞那看見曾經見過的面孔才跑去通知你，要你在被發現之前離開。」

砰地聲，青年無力地癱在地上。

所以，他做了什麼？

「你為什麼不阻止……」阻止那些黑暗氣息、阻止那些精靈，還有、阻止他……

他做了什麼？

我詛咒你們，黑暗會籠罩，生命會消逝，西之丘的土地不會有任何生機，而我眼前的人會死絕，這是你們應該付出的一切！

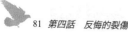

「為什麼我要阻止？」

安地爾愉快地笑了：「根本不關我的事情吧。」終究，他是鬼族的一方啊。

巨大的聲音響起，青年拽住了鬼族，狠狠撞在石面上：「是你害我們的！」他可以告訴自己，這樣自己就不會做出這些事情！

所有的事情都不會發生。

「不可否認，我只是什麼都沒說而已，因為我的目標是妖師，這樣比較快達到目標。但是什麼都沒有問的，是你喔。」輕易地撥開了青年拽住自己領口的手，安地爾拍拍上面的縐褶，聳聳肩：「我有告訴過你，你應該要去和那些鬼族聊聊，只要你問出口馬上就會知道這些事情，什麼都拒絕知道的人，是你。」

「我……！」青年驀然安靜了。

下詛咒的是他，殺了許多人毀了許多地方的也都是他。

他做了……這樣的事情。

滾熱的水珠從眼角脫出，滑過了臉頰。

如果時間能再倒流，他想親耳聽見精靈解釋的聲音。

他想要回去那一段在祕密基地中，只有他們到處玩樂的日子。

如果可以選擇，他想詛咒的人，是自己。

「你真的要下手殺他我也很意外，真是可憐啊。」扶起了昏迷中的精靈，安地爾按著發黑的傷口。

「亞那不會死……」看著以往最熟悉的面孔，青年搖著頭倒退，他無法接受這種自己親口下的詛咒、自己毀滅一切：「他不會死……」

他還有什麼臉可以見他？

「不要恨我。」

衝出了洞穴，他毫無去處。

※

抱著精靈，安地爾挑起眉看著離開的妖師。

唉，看來大概是要去想辦法解除那個詛咒了。

可惜的是他聽說在強烈心情下所下的詛咒似乎不太可能隨便就可以解開，尤其還是妖師首領自己賦予的。

算了，那又與他何干。

「不過留你在這邊……」看著精靈身上時強時弱的光，安地爾知道他應該是本能地想將黑刃中的毒以及黑暗氣息給逼出身體。

而，也的確是有效，他的面色也好轉了不少。

眞是方便的體質。

「如果我心情好一點，可能會直接吃掉喔。」精靈王子比普通精靈好很多，能力與身分都是，是最佳的吸收體。

……算了，反正也不差這一個。

「看在你們陪我玩過一陣子的份上，我讓你們自己去選擇最後吧。」抽出了銀針，安地爾難得多管閒事地替現在的敵人首領解了全身的毒氣：「一個妖師首領、一個精靈王子，以及一個鬼王貴族，也不知道先錯的人是誰呢。」

或者，從頭到尾這種遊戲都不應該開始。

「我還會活挺久的，之後要是能再見，再當一次朋友吧。」

站起身，他走到洞口最後看了一眼精靈。

閉著眼睛的精靈落下淚水。

於是，精靈對鬼族的最大戰爭在妖師死亡之後，開始步入完結。

時間往前走著。

過往的一切灰飛煙滅。

被烽煙拂過的大地重新抽出了新芽，年輕的種族再度居住於古老的古道當中。

西之丘埋葬了一切往事，靜靜地沉睡在死寂的地底下。

吟遊者傳唱著大戰中激烈的戰爭，那些過往的故人以及美麗的童話。

最後，王子與公主消失在世界上。

風之精靈再度吹起熟悉的微風，讓新草如同波浪般輕輕翻滾。

時間與記憶交錯，剎那瞬間。

再度開始——

第五話　延續的咒語

地點：鬼王塚

時間：未知

「所以，他們就這樣結束。」

我看著記憶的粉末逐漸將那些面孔帶走，久遠的故事方才鮮活地在我面前、我記憶中上演過，如同親身經歷。

那些人直到剛剛都像是還活著一樣！

但是讓我震驚的不是那些人、那些事情，最讓我震驚的是……

「漾漾！」猛然抓住我的手腕，我低頭一看，安因藍色的眼睛充滿了擔憂看著我：「那些不是你的。」他虛弱地說著，和我一樣將剛剛的事情全都看了、也聽了。

愣了愣，我看著安因。

沒錯，這些不是我的記憶……是很久很久以前，曾經活過那些人的記憶。就像過往的歷史一樣，只是一個太過於清晰的過去而已。

我抬起頭，記憶中唯一還在的人依舊在我們前方，支著下頷、好整以暇，「沒錯，那並不是你的記憶。」安地爾瞇起眼，看著滾落在我旁邊的珠子，明明剛剛還是粉末但是現在又變回圓珠，安安靜靜地散出些微亮光澤，等著再度被讀取，「如果你是眞正的妖師，那記憶應該會重回你身上、珠子也會被吸收消失，但是剛剛你只是旁觀看完記憶，你並不是完全繼承妖師者，只是血緣關係者。」

……我不是妖師？

有那麼一瞬間，我突然整個人放鬆了。

所以，學長並沒有騙我。

學長……

「亞那……精靈三王子和學長是什麼關係？」張開口，我聽見我自己的聲音微弱地從嘴巴裡面傳出來。

我還爲著剛剛所看見的事情而感到驚愕。

古代戰役的起源固然讓人震撼，但是更讓我感到意外的卻是三王子的長相。

莉莉亞怎樣都找不到的畫像在記憶中完整被重現。

亞那瑟恩．伊沐洛，傳說中對鬼族一戰的冰牙族精靈三王子，他有著與學長幾乎相差無幾、快要完全一模一樣的臉孔。

銀色的長髮，白皙到幾乎透明的漂亮面孔，如果不是因爲學長有縷紅色的髮，他們相似度會更高。

陌生人不會這麼巧合擁有如此相似的面孔。

所以……學長是精靈一族的後代？

但是與賽塔相比，他卻又不像是精靈族，連身上那種微弱的淡光……不對，他有。只有一次，但是我確實見過，只是那時候我當成是錯覺，而且那種光也只在一瞬間。

「什麼關係呢……凡斯那天出去之後的第三日，鬼族與精靈族起了衝突之後他又再度回來，我以爲他帶著解除詛咒的方法回來，但是在湖畔戰役過後凡斯死亡了，亞那身上的詛咒卻沒有解開。」沒有直接回答我的問題，安地爾目光像是在遠望著不同空間的另外一端：「之後亞那因爲黑暗之氣的影響離開了精靈族，與他的妻子，然後再也沒有消息傳出了。」

離開精靈族的王子……

我瞬間想起了另外一個故事，應該是說好幾個故事串聯在一起變成的眞實故事。

遭逢厄運，被黑暗詛咒而離開雪國的王子，進入了黑王的區域，妻子追去而全家人生活在無人尋找得到的地方，直到王子的逝去。

「雪國……講的就是冰牙族？」難怪登麗會說那個故事並不是雪國傳出來的，也不是其他種族，最久遠的源頭居然就是精靈族？

爲什麼精靈族要刻意把這件事情用各種不同方式流傳出去？

那之後發生什麼事情？

公主與王子進入了黑王的地區……然後最終迎接了死亡……之後……

留下一名小孩！

「你的學長，就是亞那、冰牙族第三王子唯一的孩子。」

※

我的腦袋整個像是被投了炸彈，轟地一聲完全沒有辦法思考。

學長是……

那他爲什麼要幫有妖師血緣……的我？

「不對……這樣與史實不符……」一把拉住我的手，安因勉強支撐起身體：「如果他是第三王子之子……那不應該……僅有十多歲……」

被安因這樣一說，我也馬上反應過來。

沒錯，這件事至少是一千年前發生的，如果學長是那時代的人，那他現在應該已經有千多歲了，那早就是所謂的妖魔等級，怎麼還會就讀高中部，只比我大一歲？

但是，我很快就想起了另外一件事。

我想起了扇董事曾經告訴過我，學長家的人曾經被她狠狠地敲詐了一筆……

「對，爲什麼會只有十多歲呢，這點我也不清楚無殿的人動了什麼手腳，我原本以爲他跟他的母親也都一起死了，畢竟之後精靈族都不曾有新的少主的傳聞，也沒有人知道第三王子遺子的事情。所以第一次在大競技賽神殿場地時並沒有認出來，但是交手過幾次之後，我就肯定他身上有亞那的血緣關係。」環起手，安地爾的表情突然有點複雜，同時也像是焦躁了起來，不過只有那一瞬間的變化，下一秒就改成那種幾乎是刻印在臉上的固定微笑：「除了他的遺子之外，誰能夠有這麼相像的面孔以及相同的血脈，非常不可思議吧。」

安因也愕然了，似乎只要扯上所謂的無殿，他們認爲怎樣的事情都變得可能。

「好了，故事到此爲止，現在我們也應該來做點正事了。」踏出了一步，安地爾目光銳利地對上了我們這邊。

幾乎同一瞬間，原本還半靠在我身邊的安因猛然把我往他身後一扯，已經很虛弱的身體不知道又從哪邊生了力量，強逼著自己要站起身。

「你現在最好不要亂動，靈魂才剛剛還你，我不想馬上又吸收過來，這樣我和褚同學的約定會失效喔。」眨眼剎那就出現在我們身邊，安地爾猛然出手按住了安因的頭，將他整個人壓在地上，然後直視著我：「不管你是不是妖師都好，現在你有妖師的血緣就算你倒楣，我們需要兩種東西讓耶呂完全重生，其中一個就是妖師的血緣。」

「漾漾，快點逃走！」

突然用力推了我一把，安因掙脫了對方的手翻起身，從空氣中抽出了透明的長刃：「無論如何……鬼王都不能復活。」

我被推得往後倒開，眼前看見的是很多散出落下的血珠。

稍微退開一步，安地爾表情愉快地看著眼前連站都站不穩的對手：「既然這樣，那就抱歉囉。」說著，抽出了黑色的長針。

「等等！」我急忙拉住安因的衣襬對著眼前的鬼王貴族：「你說過只要我來的話，他就會歸還我們這一邊。」

轉著手上的黑針，安地爾偏著頭：「是有這回事，不過我也確實將人還給你了，只是第二次就不在我允諾範圍當中。」

「即使是迎接死亡的降臨……神賦予的力量……不容許讓鬼王現世……」顫抖著手緊握住長刀，安因絲毫不為所動，護在我面前試圖想讓安地爾無法接近。

「真可惜，就算連神都會被鬼族所殺的喔。」

我只來得及聽見這樣的話。

下秒，眼前突然一空，接著聽見的是來自右側的巨大聲響，遲了幾秒我才意識過來而跟著轉過頭，看見的是安因整個人撞在一旁的岩壁上，安地爾按著他的頸子，將銀色的長針迅速沒入他的雙肩和手掌，然後穿透釘在牆面上。

「我放你一條生路，這是我答應過褚冥漾的事，你就乖乖地在這邊等到所有事情結束吧……呵，搞不好在所有毀滅之後還剩你可以留在世界上當見證呢。」輕輕拍著安因的臉頰，安地爾愉快地說著。

看著眼前這一幕，我居然什麼都沒辦法做。

沒有米納斯、沒有老頭公，沒有其他人給我的護符與所有東西，我跟個普通人一樣什麼都沒辦法做。

就像最開始的時候，我看著我身邊的人被傷害時一樣。

爲什麼我要進到學院來？

那是因爲我希望一切都能夠有所改變。

但是我現在改變過什麼？

幾近黑色的暗紅鮮血在岩壁上劃下一道道痕跡，像是紅色的爪印一樣怵目驚心。

然後，安地爾出現在我面前。

我能夠做到什麼？

「褚冥漾，我並沒有殺他喔。」抓住我的肩膀，安地爾幾乎沒有出力就把我從原地拉起。我所感受到的是來自於他身上的可怕壓力，於是我想起來我與學長第一次見到這個人時，連學長都會避開。他露出微笑：「現在該辦正事了，沒有妖師一族的血液，我做的東西就不夠完美了。」

那瞬間，我們的腳下出現了紅色的法陣。下一秒，我和安地爾已經出現在不遠處的冰川正上方，腳下整個凌空，法陣慢慢旋轉著，像是地面一樣讓我們踩著不會掉下去。

透過法陣，我看見了鬼王的屍骸在那下面。

與第一次不同，大概是經過學長他們的再次封印，整具屍體比起我上次看見的還要殘破，頭部重創嚴重。

在鬼王旁邊，我看見另外一個人。

如果不是剛剛在記憶中看過知道他已經死亡了，眼下看見這個人，應該只會以為他是在安靜地睡覺而已。

緊閉的眼睛與蒼白的面頰，甚至是完整的軀體和隨著水流漂動的黑色短髮，讓人看起來感覺完全不像是個死亡千年的人。

「很驚訝吧，我特地去找回來的。湖畔衝突之後，他的屍體被亞那用精靈石棺藏起來了，一點氣息都沒有，後來湖畔被建為城鎮，我根本不知道怎樣找起，要不是你們與景羅天的人誤打誤撞找到那地方，我也無法利用他的屍體重新塑造完整的妖師軀體。」安地爾的聲音從我旁邊傳來，愉快的，心情非常好。

我看見的是，在鬼王身邊躺著的是應該死亡千年的凡斯。

那個曾經是妖師首領的人。

「……我們？」被動地開了口，我整個腦袋都在嗡嗡亂響，像是被人丟了鞭炮一樣。

湖畔……

古戰場？

莉莉亞曾說過記錄上有兩場大戰，湖畔失落的古戰場並未被記載，現在我知道了，那是因為那場戰爭中精靈三王子的友人死亡，所以戰爭因為妖師的關係被隱藏了。

於是，歷史上並未記載。

那之後，湖畔邊有種族入住，然後開始建起了城鎮，因爲地理關係城鎮並未完整；在入夜時分便會開始被水所淹覆，將古戰場的痕跡完全覆蓋，也因爲會淹水，所以不夠時間再度往下挖掘，人們只能生活在水上世界。

之後景羅天的使者來到，鎮中開始有人消失，裡面的人向外求救引起了關注。

接著一場競技賽開始，那裡被當作任務的最後場地。

我去過，我從那邊回來又從那邊離開。

湖之鎮，被歷史淹沒的湖畔古戰場。

埋葬著妖師首領最後遺骸的地方。

※

「知道了嗎，我從醫療班帶走的，就是凡斯的屍體。」

安地爾指著水中沉睡的屍體，這樣告訴我：「花了很大的工夫，才讓他的樣子變回原本。」

「爲什麼要讓他變回來……」我看著那具幾乎睜開眼就是活人的屍體，突然顫抖起來。他就躺在鬼王的身邊，讓我想到可怕的事情，但是我卻希望只是我想錯而已。

「因爲，耶呂需要一個新的身體。」安地爾靠在我的耳邊輕聲地說著：「你不認爲，妖師是一個最佳的容器嗎？」

猛然往後倒退兩步，我想從這地方逃走。

但是退到法陣邊緣，卻怎樣都無路可以讓我離開。

我聽見了很大的心跳聲，是我自己的，眼前的人異常可怕，我怕他，怕得好像快無法呼吸，整個人開始覺得很痛苦，身體像是全都被擠扁一樣。

安地爾的身影變得很巨大。

我像螞蟻一樣，完全沒辦法反抗他。

「褚冥漾，你不是真正的妖師也好，只要你有妖師血緣就夠了，把你的血交出來，注入凡斯的身體之後讓他的身體活過來，耶呂就可以重新復甦了。」安地爾朝我伸出手，像是帶著死亡的手掌一般覆蓋到我上方。

就算跟著學長到處去出那些可怕的任務都沒有比現在還要令人害怕。

我後悔了，我不應該到這個地方來。

我真的害怕了。

暖暖的液體從我的臉頰落下來，一滴兩滴，我才發現我整張臉上都是自己的眼淚。

爲什麼？

我沒辦法思考。

還有很多事情想做，還想向學長道歉，還想和其他人出去玩，還沒跟老媽老實坦承其實我讀的不是普通學校，還想和冥玥說謝謝，因爲妳真的不喜歡甜點但是還都拿回來給我，還想向五色雞頭說其實你不是那麼難相處的人，只是神經了一點而已……還想跟雷多他說不要再被揍了因爲這樣雅多會很痛……

我還有很多事情想做。

死亡並不可怕，因爲與我擦身過很多次，但是眞正就在眼前了卻讓我害怕，閉上眼睛之後，我就什麼事情都不能再做了。

「放心，很快就過去了。」安地爾微笑地走過來，他的手指取出了黑色的長針。像是刹那間發生的事。

我只感覺到頸子一痛，整個人像是全身力氣都被抽乾了軟倒在法陣上，意識清晰地看見安地爾帶著微笑在我身邊蹲下，用黑針在我手腕上輕輕劃了一條線。

血液立即從那裡噴出，整個沒入法陣然後往下滴，下方冰川開始變成血紅的顏色，然後那些血液逐漸被妖師的屍體吸收。

看得到，感覺得到，可是我連害怕的聲音都發不出來，眼睜睜地看著手腕不斷淌血，不斷被妖師的屍體吸走。

我想，這應該就眞的是靜靜地聽著生命消失，手腕不斷有東西流出，我的腦袋也跟著越來越恍惚了……

爲什麼很多人都要選擇割腕這種可怕的死法呢？

「最後，我再告訴你一些事情吧，你不清不楚就這樣往安息之地去了也夠可憐的。」蹲在旁邊的安地爾用手指輕輕地劃過我的手臂，語氣很和緩：「剛剛也提過了，凡斯最後並沒有將詛咒解開就死亡了。當他到達的時候精靈武軍已經陷入苦戰，他是爲了保護亞那而被鬼王高手誤殺，連詛咒都來不及解開；所以亞那最後才會用那麼悲慘的方式結尾，那個耶呂所屬的鬼王高手之後在這裡被螢之森的武士給擊斃，我記得那人叫作辛亞來著……不過不是重點，好玩的事情是在後頭。」

我無力地將視線轉向了安地爾越來越模糊的臉，不知道他想說什麼。

等等……詛咒沒有解開？

昏沉沉的腦袋浮現了一點東西。

妖師的首領說過什麼？

——你不會太快死亡，你應該痛苦地直到最後，愛人、子孫都要承受妖師的憎恨，驍勇善戰的三王子，我詛咒你們——

子孫？

「既然你學長是亞那的孩子，那麼他身上必然還有凡斯的詛咒存在，即使被無殿的人弄到千年之後，你認爲他眞的能夠躲得開嗎？」安地爾偏著頭，瞇起眼睛：「很難喔，不過你也看不到他是會怎樣結尾了，大可以不用繼續擔心下去。」

「所以褚冥漾，你不用害怕，因為很快亞那的孩子就會像他父親一樣，陪你永遠地離開世界上了。」

「安、地、爾！」用盡了全身最後力氣，我發出低吼然後只能動彈一隻右手狠狠地抓住了眼前鬼王貴族來不及收回去的手。

然後我什麼話也講不出了。

為什麼他可以這麼輕鬆說著學長的事情！

為什麼他可以這麼無關己事地說著凡斯和亞那的事情。

他憑什麼可以這樣笑！

輕鬆地將我的手撥開，安地爾站起身：「這一點，你要恨應該去恨下詛咒的人吧，與我無關。」他轉了身，跳下了法陣，站在岸邊走往另外一端：「對了，我之前是眞的很誠心希望能夠和你好好坐下來喝個飲料聊聊的，不過看樣子是沒機會了。我還能夠活很久，假使有下一次，你能夠賞臉就好了。」

看著他的背影，我什麼都做不出來。

所有一切，就都這樣結束了嗎？

※

轟然巨響從外面傳來。

我越過安地爾的肩膀看見了有很多東西飛進來，是一大堆身體到處缺了東西的鬼族，每個人身上都在冒著黑色的血液，有一個頭還被打爛了一半。

「你們在幹什麼?」安地爾走了兩步，一腳踩住那個少一半頭的鬼族。

四周的空氣整個充滿了濃濃的惡臭，在黑色血液裡翻滾的鬼族掙扎著想要爬起來，不過大部分因為受傷嚴重所以連一步都移動不了。

「有、有東西跑進來了。」被踩住完好半邊臉的鬼族哀號叫著說。

「什麼東西?」

取代鬼族回答的，是一個巨大的吼叫聲。

像是野獸般的巨大物體衝了進來，一腳踩住了還堵在門口的其他鬼族然後再度發出巨吼聲響，震動了整個地底空間。

那東西幾乎有整個入口處大，一層樓高，整體都是黑色的，乍看之下就像大型的黑狼，兩邊有著同樣深顏色的翅膀，右側的身體上有著我看不懂的圖騰符號，額頭上有個金色的眼睛，看起來非常凶惡可怕。

就站在飛狼前面的安地爾瞇起眼睛：「使役幻獸?」

有著金色眼睛的黑色飛狼不用幾秒就發現了站在前面的安地爾，同時張大了充滿尖銳牙齒的嘴巴對著他發出咆哮。

還未被擊殺的幾名鬼族不曉得為什麼如此懼怕飛狼，像是一堆小蟲般到處慌忙四散，很快地整個入口處只剩下無法離開的鬼族，以及還站在原地的安地爾。

與其他鬼族不同，安地爾盯著飛狼身上的圖騰看：「睦光咒，難怪……」

巨大的爪子往前一踏，飛狼金色的瞳孔也同樣直瞪著安地爾。

眨眼下秒，原本應該站著安地爾的地方整個轟然聲響，地面被打擊出了巨大洞窟，來不及閃避的倒楣鬼族當場被打個稀巴爛，化成一堆灰消失了。

打出窟窿的飛狼一點時間都沒停留，蹬了後腳往上一翻，整隻追上了往後退開的安地爾，凶猛地咧嘴就要咬。

「眞麻煩。」安地爾皺起眉，甩了好幾支黑針出去，不過飛狼像是老早就知道會有黑針似地急速左右閃躲，連一點擦傷都沒有。

在他們纏鬥的時候，我發現我似乎恢復了點力氣，而且血好像也不是流得那麼迅速，雖然頭整個昏沉沉的不過意識算是清楚，趁著安地爾沒空理我之際我掙扎了兩下，想要爬起來。

不過身體整個還是軟趴無力，摳沒兩下又倒回去。

底下妖師的屍體似乎比我剛剛看見的還要更紅潤一點。

如果讓耶呂鬼王使用妖師的屍體，不知道會變成什麼樣子，我打賭絕對不會是好事。

「救命……」我想離開這裡，我想和安因一起離開這個地方，不管是誰都好，拜託快點來救我們……

入口處發出了一個哀號聲，飛狼被安地爾給打到另外一端去，將整個石台撞壞成粉碎，與大小石塊全都摔在一起，顫抖著身一時間居然爬不起來。

「帶著睦光陣的傢伙，在你造成妨礙之前，先讓你消失在這裡會比較好。」抽出了黑針，安地爾微笑地看著飛狼，往牠的金色眼睛甩出——

幾個破空聲特別明顯，當中挾帶著金屬碰撞聲。

黑針被什麼打落在地上。

咚地一聲，流光劃破空氣，一個最熟悉不過的東西就插在飛狼面前。

透明的長槍穩穩隔離他們的距離。

※

隨著長槍落地後，整個地下冰川的外面出口處傳來比剛剛還要大的聲響。

一個轟然，強悍的火焰像是失控的狂風一樣席捲進來，原本讓人感覺到冰冷的地下洞窟立即暖熱起來，連四周凝冰的部分都開始融化了。

避開短暫火焰之後的安地爾直起身，定定地看著入口處。

一個人背對著我們浮在半空中倒退地進來，第二個看見的是掐在那個人體脖子上戴著黑色手套的手掌，被掐住的鬼族整個不斷抽搐，脖子明顯已經被折斷了但是卻沒有死亡。

最後出現在那個身體前面的，是個穿著黑袍而且擁有銀白色頭髮的人，只是他的髮上有著像是血般紅艷的一縷，看起來非常顯眼。

「我只好奇，爲什麼你引起這麼大騷動衝進來，卻沒有正面與比申和其他鬼王高手撞個正著呢。」環著手，安地爾勾起笑容看著把鬼族身體甩開丟到一邊的人。

「這座鬼王塚我比你們還要熟，有多少密道我看你應該到現在都還不知道吧。」出現在鬼族後面的學長冷著臉，一點情緒都沒有出現在臉上，像是戴了一層面具，只讓人感覺到絕對的冰冷可怕：「我來帶回我們的人，交出來。」

簡單俐落，完全不多浪費時間。

安地爾挑起眉看著他：「你認爲單你一個人能夠帶走兩個人嗎？」他彈了下手指，地面立即裂開了道深痕，那裡頭開始不斷爬出一個接著一個被黑暗扭曲的鬼族，灰色的眼珠全都鎖定在學長身上，拚命往前攀爬。

學長分別看了我與不知道是不是醒著的安因一眼：「關你啥事。」語畢，他直接伸出手指在空氣中畫出圓，一個淡顏色的光跟著形成了法陣，瞬間整個空間就像剛才一樣急速升高了溫度，地面也跟著微微震動然後散出白色的熱氣，「還有，飛狼拉可奧並不是我的使役獸。」

眨眼瞬間，安地爾四周的地面突然爆裂開來，往上衝出了四、五根巨大的火柱，將他整個人困在裡面。

「契約之火，凌水之冰。」彈了手指，學長冷眼看著在火柱後突然又結出的冰壁，將安地爾整個人給困在裡面。

學長給我的感覺和以往不同。

他有著一種可怕的壓迫感，和安地爾有點類似，都令人有種無力反抗的畏懼。

抽起了長槍，沒有去管飛狼，學長直接翻身到岩壁上將安因整個人給扛了下來，然後才瞬間出現在我面前：「怎麼搞成這樣？」

我還是趴在陣法裡，一句話都講不出來，可是那瞬間我突然哭了。

不知道為什麼，看到學長的那時候我整個人鬆懈下來，什麼恐怖的害怕的都感覺不到，除了手還是在痛以外。

「哭什麼，該哭該生氣的應該是我吧！」沒好氣地踢了我一下，學長騰出空位。

將安因輕輕放在我旁邊，他除下右手手套然後指尖點在我的傷口上，瞬間我手腕的傷口整個消失，連身體那種無力感也跟著全部不見了，只剩下失血過多的暈眩感，不過也足夠讓我爬起來了：「學長，你的手……」我看見學長的手腕上突然出現剛剛的傷口，不過馬上就止血了。

「不會用治癒法術就只能轉移吧。」心情高度不佳的冷哼，學長瞪了我一眼：「褚，你居然敢亂來！」

「對、對不起！」我瑟縮了身體，準備等待接下來的狂罵。

意外地，學長並沒有開口多說什麼，我抬起頭，看見他在看著另外一邊，那裡有著收藏記憶的珠子，剛剛安地爾並沒有拿走的東西。

「那個……學長，我已經知道了……裡面有妖師的部分記憶……」小聲地說著，我想起了過往的記憶，那是屬於別人的東西。

靜靜地拿起那顆珠子，學長將它放到我的手上：「這是你們一族的東西，帶走吧。」他的聲音很低，低到讓人覺得悲傷。

我握住了那顆珠子，將它放進口袋裡：「安因……」

「放心，只是靈魂不穩定，回去之後提爾他們都有辦法處理，目前傷勢比較嚴重。」讓安因靠在我的身邊，學長伸出右手。

「等等，學長你現在要轉移傷勢？」現在如果轉移那變重傷的應該是學長吧！

「我替他分擔一半的傷勢而已，你以為在這種地方有辦法全來嗎。」沒好氣地拍開我阻擋的手，學長直接把手掌放在安因的額頭上。

幾乎就在瞬間，我看見學長身上出現了很多傷口，有大有小，很多都是安因身上原本有的。

就在我懷疑學長剛剛說一半是不是在騙我的時候，安因嗆了一聲，整個人幽幽地清醒過來，一看見學長就皺起眉，馬上截住他的動作：「不要做這種事情……」

轉移被中止，學長喘了口氣，然後將手從安因的手上抽回來，戴回了手套：「我進來時發現這裡已經被布下結界，很多術法都沒有辦法使用。」

「是的，術法無法使用，似乎比申鬼王與其高手布下很多結界防禦公會的進入……」安因閉了閉眼睛，然後在恢復些許力量之後自行撐起身體：「我是從地道進來的，但是被捉住之後地道應該已經被封死，他們想利用妖師的屍體讓耶呂鬼王附體重生這件事絕對要讓公會知道。」

「你們要告訴公會。」站起身，學長擦去從額頭上流下的血漬，然後拋了一塊水晶給安因：「還有一個人，等他三分鐘。褚，拿出你口袋的東西讓安因進行時間跳移。」

我口袋的東西？

抓了抓口袋，我摸到了兩樣，一樣我不敢拿出來，另外一樣……

會動的時鐘數字。

當初差點被時鐘劈到那時它掉個「六」給我，之前還很安靜，不過拿出來之後又開始抽動了。因爲洛安曾告訴過我的事，所以我在出來之前回了房間就順手拿出來，不然本來都封死在抽屜裡。

「學長……你……」我將不斷扭動的數字交給安因，不曉得爲什麼，學長不自己做跳移。

「褚。」直接打斷我的話，學長握住了長槍的槍身，然後背對著我們，就像最早我認識他時一樣，那個背影巨大到令人無法想像，在他身後我就像沙粒般微小：「我的父親你應該也知道是誰了，我的母親則是獸王族狼王、燄之谷第一公主，很小時候我曾經與他們在一起生活五年，那五年的時間裡父親告訴過我，他始終認爲妖師族那位是他的朋友，從來不曾改變過。」

「我……」我想告訴學長點什麼，可是又不知道自己應該告訴他什麼。

學長的父親並不曉得那時候的事情。

其實到後來，他們都是一樣。

重新爬起的飛狼發出了咆哮聲打斷了我們的交談。

然後，困住安地爾的冰與火在那瞬間徹底被炸開來了。

※

「你們以爲可以順利離開嗎。」

在那之後出現的是幾乎毫髮無傷的安地爾，他彈去了肩膀上的冰屑，看著跳下法陣的學長：「說眞的，我對於你或是你父親都感到欣賞，如果可以的話眞想要你們這種搭檔，不過你父親奇怪的部分就免了，某方面來說你比他好得很多。」

學長瞇起紅色的眼眸：「這種話輪不到你來說。」轉動了手腕，長槍在四周掃開了多餘的碎石，重新燃起了火焰，「要我和你搭檔，不如去死算了。」

「我不排除讓你直接死一次變鬼族的可能性。」安地爾伸出手，指尖扣著黑針：「畢竟我要讓鬼王復活，還得借用你的血來解開精靈封印。」

「想都別想。」

隨著一個吼聲，飛狼再度朝安地爾撲過去。

「快點回來，我要改陣法了。」安因抓著扭動的數字，另一手拿著水晶開始在陣法上改寫，原本紅色的陣法被水晶觸碰到的地方開始變成藍色的，連排列也都跟著改變。

「學長！」我看著學長，突然生起了非常可怕的預感。

「少囉唆。」看著飛狼又被打走倒在一旁，學長揮動長槍直接向前擋下追過來的安地爾：「安因，動作快一點！」說著，他猛力直接往安地爾那邊側撞過去，將人撞開很大一段距離。

「好的。」安因加快了動作，不斷地喘著氣，連我都可以看得出來他的負擔很大，但是剛剛才轉移傷口的學長也沒有好到哪邊去，一些慢慢癒合的傷口又迸裂開來。

如果這時候我有米納斯，我就可以幫得上點什麼忙……

等等，我現在才發現一件事情。

學長居然沒有對我發出不要亂想事情的警告聲。

他沒聽見？

完全沒有搭理我，學長伸出手像剛剛一樣在空氣中畫開一道線，四周馬上重新噴出火柱，連我這邊都可以感覺到強烈的熱感，整片冰川也似乎被波動了，水面上不斷冒出霧氣，飄出了很多漣漪。

「……目前你的狀況完全沒有勝算可言，還想要堅持多久？」環起手，安地爾輕輕鬆鬆避開了火柱，整個人就站在出口不遠處：「上回你中的毒應該到現在都還沒解吧，所以動作挺遲鈍的，根本沒辦法追上我的速度，只能用這種大型攻擊。」

「你說這個？」拉開了左手的手套，我看見學長的左手整隻都是黑色的：「哼，這種東西你以為我會怕嗎。」

中毒？

可是剛剛安地爾不是說精靈會自動淨化毒素？

我同時也想起來之前學長中毒也都沒事，在湖之鎮時也完全沒有干擾，如果是上次被安地爾傷到，爲什麼到現在毒素還存在？

「你是應該要怕，因爲那個毒只有我能解。」好整以暇地瞅著學長，安地爾勾起絕對自信的笑容：「你也感覺到了吧，那個毒就像你身體的一部分，無法排除，你只能隨著中毒時間拉長動作也跟著變緩，直到毒發死亡。」

「……」學長沒有說什麼，只是紅色的眼睛直直地瞪著眼前的對手。

「爲什麼會無法排除，看在你有勇氣闖進來的份上我順便告訴你，因爲那個毒是我用你的血肉去製作出來的，你的精靈身體只會吸收不會淨化，很簡單的理由。」聳聳肩，安地爾愉快地這樣告訴學長。

「你什麼時候拿到那種東西。」冰冷的語氣，學長重新戴上手套。

安地爾突然笑出來了：「小朋友，你們以爲我在船上眞的那麼無聊發揮善心去幫你治療傷口嗎？」

我想揍他……不對，我眞的想殺他。

看著安地爾的臉，我突然生起一股怒意，從來沒有過的感覺充滿全身，讓我連手都在顫抖。

我是眞的想要殺死他。

「我從來不覺得你有什麼善心會幫我治療傷口。」學長唇角勾起了毫無感情的弧度：「不管你做什麼，我都不會太驚訝，反正鬼族只會這種下流事情。」

安地爾的笑止住了。

不是因爲學長說的話，而是一點銀亮從他的胸口整個突刺了出來，帶著黑色的血液直接往旁邊切開。

在黑色血液飛濺之後，我從安地爾身後看見了無聲無息執行了暗殺動作的人。

「學弟，不要浪費時間了。」

帶著全身傷的紫袍、阿斯利安將眼前的鬼族給旋身踢開。

第六話　消逝的重要之物

地點：鬼王塚
時間：未知

「你真慢。」

學長皺起眉，把阿斯利安往我們這邊推。

「我遇到比申的鬼王貴族，差點脫不了身。」拍了一下掌，飛狼立即站到阿斯利安的身邊，然後蹭了蹭他的手掌：「快點，他們追過來了，封印入口的結界可能撐不了多久。」

「你先上去，我要毀掉耶呂鬼王和妖師的屍體。」看著飛狼在阿斯利安旁邊消失，學長催促著他。

「別鬧了，首先，那個叫作安地爾的人根本死不了。」指著已經站起身再生身體的安地爾，阿斯利安也開始有點急了。

「嗯，得先讓他無法妨礙我。」在空氣中畫出了火柱與冰壁，學長用了剛剛的方法把還沒避開的安地爾重新給封在裡面。

幾乎是同時，我看見了上次的紅色、銀色圖騰開始出現在學長的身體和臉上。

我知道，那是危險的徵兆。

「準備好了。」安因打破僵持的空氣，底下的法陣已經全部改變，成爲藍色的光芒，然後以法陣爲中心，我們四周瞬間出現了像是薄膜般的物質，將法陣包圍在中間形成一個球狀，開始緩緩往上飄：「你們兩個快一點，時間跳移只有一次！」

往前跑過去，阿斯利安抓住學長的手腕往這邊拖：「不管那些了，我們這次行動根本沒有向公會通知，擅自衝進來已經違反了袍級規定，先出去報告狀況讓他們派更多人來處理吧！」

「不行，如果現在不做就來不及了。」很堅持的學長甩開了阿斯利安的手：「你先跟褚他們一起，我立刻就過去。」

站在原地，阿斯利安瞪著學長。

「如果不是狀況緊急，我眞想給你一拳。」抽出軍刀，阿斯利安在學長的肩膀上捶了一下：「就五分鐘……我有預感回去一定會被夏碎打死。」

「你還打不贏他嗎。」勾起微笑，學長將長槍收回手上：「五分鐘夠多了。」

「好，速戰速決！」

話說完，阿斯利安立即衝出去。

幾乎在同一時間，地底冰川出口處傳來更大的巨響，將堆積在那邊還未死的鬼族全給炸開。

「你們居然敢觸動耶呂鬼王的睡眠！」

一個類似地獄三頭犬的東西砰地一聲踏了進來，不過體積比剛剛的飛狼還要大上一圈，三顆頭不是狗頭而是牛頭，身上到處都是爪痕和咬痕，看起來應該是跟飛狼搏鬥過一小段的時間：

「我、比申惡鬼王直屬七大高手，闇土鬼族哈布雷會讓你們這些下賤種族後悔進來過！」

在三頭牛之後出現的是永遠打不死的瀨琳，之後又是蜂擁而至的其他鬼族，將入口擠滿。

「暴風招來。」完全沒時間和對方打交道，阿斯利安直接翻身甩出颶風將鬼族給整個搧出去：「災厄之風。」

像是充滿利刃一樣，強悍的風把幾個衝在前面來不及逃走的鬼族給切得像是碎肉一樣，然後化成一堆黑灰。

不過似乎完全對鬼王高手起不了作用，除了那些鬼族被風搧走和死亡之外，三頭牛和瀨琳連一步都沒動過。

如果我現在可以做點什麼的話……

「褚，這些事情我們會解決。」站在下方的學長一腳踏入冰川，然後將手繞成一個圓圈：「我已經收回聽你心聲的能力，不好意思讓你長久以來都這麼困擾，那是我身爲黑袍的任務。」

我看著學長，突然不想聽到他在這種時候因爲這種事情向我道歉。

他的任務……如果早就知道我是妖師相關者，我怎樣都不會抗議的。

因爲，大家都畏懼妖師。

「學長……」我想跟他講，不要管什麼妖師和鬼王的屍體了。

我們可以一起回到學院。

應該先道歉的人是搞不清楚狀況的我。

閉了閉紅色的眼睛，再度睜開之後學長盯著水面，任由冰川的水蓋到他的膝蓋：「水之唱、風與風起舞鳴，壹之水刀狂。」隨著他開口說話，整片冰川水面也跟著震動了一下。

精靈百句歌？

爲什麼學長現在要用這個東西？

讓我更加疑惑的是，當學長在吟唱時百句歌居然沒有像以往一樣直接發出攻擊，而是突然出現了某種一點一點的光芒開始盤旋在冰川正上方。

「光結圓、光與影交織起，肆之烈光盾。影之線、影與風互生唱，伍之瞬風斬。」隨著百句歌被逐字吟唱出來，那些光點越來越加明顯，數量也越來越多。

「他知道完整的精靈百句歌？」安因抓住我的肩膀，我才發現我已經整個人在很邊緣的地方了，再多一點點就會掉出去。

「我不知道……可是學長曾說過很多都失傳了，好像現在只有到四十幾句……」我看著學長，心中突然出現一個想法。

如果他是精靈三王子的小孩，那知道完整的百句歌也不奇怪吧。

「……我曾聽賽塔說過，完整百句歌的最後一句有著可怕的力量，但是要有啓動的條件，只是他並沒有告訴我。」安因皺起眉，然後咳了聲：「他想使用百句歌的力量毀掉冰川所有的東西？」

其實安因現在想的跟我想到的是完全一樣的事，我覺得學長一定也是這麼打算。術法被封鎖之際，直接隸屬自然的精靈百句歌並不爲其所影響。

就在我們把注意力放在學長身上時，另一端又傳來巨大聲響，一次應付兩個鬼王貴族的阿斯利安一個沒注意，直接被三頭牛給撞開很大一段距離。

「阿利！」立即站起身，安因不顧身體狀況，直接想要抽出長刀幫忙。

「沒事，被卡車撞到也差不多是這種感覺。」阿利做出了阻止的手勢，然後呸了口髒血。

可是，一般人被卡車撞到應該是沒命的吧！

「不要小看我們！」已經連吃好幾次虧的瀨琳猛地陷入地底，再出現時已繞到阿斯利安的後面，浮現出一個類似巨大沼澤的東西，從那裡面又開始攀爬出很多鬼族。

「放心，對付你們我很謹慎。」轉動著軍刀，阿斯利安翻動了左手，迅速抽出了風符化成另把軍刀直接往三頭牛那邊射去，同時也一刀把靠近自己的鬼族腦袋削下來。

我直覺阿斯利安沒有辦法一個人對付兩個鬼王高手，雖然好像還可以防禦，可是他的動作居然已經慢到可以讓我看見的地步，而且也感覺很吃力。

跳開身，阿斯利安對著三頭牛張開手掌：「我的契約使役、拉可奧，進行全面攻擊。」

他的手掌前突然出現個圖陣，然後剛剛那頭黑色的飛狼直接衝出來撲到三頭牛身上，直接壓著對方去撞岩牆，凶狠地衝著牠脖子就是拽下一大塊黑色血肉。

突然遭受攻擊的三頭牛發出可怕的叫聲，讓人聽了連頭都開始痛起來，牠立即一把抓住飛狼的頭將攻擊者摔到一邊去。

完全沒有示弱，兩方氣勢洶洶地對瞪著，很快又撲在一起。

而阿斯利安也同時對上瀨琳，少去一個要注意的對手之後負擔看起來稍微少了些：「死息之風。」握住了軍刀甩在一旁，我看見了那把軍刀上面開始捲起讓人覺得不祥的黑色風團，逐漸擴大而越來越急速，四周接著傳出了碎石跟著碰撞的大小聲響。阿斯利安的髮整個被吹得四處散亂，「再給我回到獄界去吧！」

黑色的風整個捲開。

那種風給人有種很刺痛的感覺，我幾乎反射性閉上眼，再度睜開時整個地下空間被打穿了一個大洞，詭異的是它不像是被砸開的……而且也沒有聽到破壞的聲音，那個洞像是被切開的，切面非常完整，整個部分完全消失不見，連碎石都沒有留下來。

意外閃避開來的瀨琳可能沒有完全躲過，有一半的身體消失不見，打個比方來說，像是某部電影中用雷射殺人一樣。

抓到機會，阿斯利安立即衝上前去，直接布下陣法把瀨琳給強制遣送離開。

「學弟！還有兩分鐘！」

然後，他轉過頭再度對上了三頭牛。

※

「火之響、水與雷起兵哮，肆參驚雷爆。雷之聲、火與光圍轉繞，肆肆鞭之刀。」

已經將百句歌快唸一半的學長完全不被旁邊的事情干擾，繼續將之後的部分逐字唸完，整片冰川上都是那種奇怪的光球，連在下方的妖師臉龐都被照得發亮。

就在阿斯利安和飛狼把三頭牛逼出入口處再度把入口按下結界短暫防止敵人進入時，原本關住安地爾的火柱和冰面突然震動了一下，就像先前一樣毫無預警整個爆開來。

四周充滿了煙霧，緩緩飛散之後，站在原地的安地爾面無表情，看不出任何一點情緒，連他身上剛剛的傷口也全都消失不見。

地面開始緩緩震動起來。

「我原本還想說稍微放點水，不過你們已經讓我有點生氣了。」

一邊說出了這些話，幾乎是在瞬間安地爾就繞到阿斯利安的身後，動作也不慢的阿斯利安立即揮動了軍刀，迴身打下了好幾支黑針。

不過安地爾的動作比他更快，在阿斯利安還來不及收回軍刀防禦之際，安地爾已經快了一步搶到他面前，一手掐住他的頸子，然後收起手指緊緊抓住他的脖子將人給提起來：「亞那的孩子，最好現在中止你的行爲，不然這個礙事的紫袍我就不會留下。」

一看見自己主人被攻擊，飛狼眨眼間衝過去，但和之前不同，根本還來不及接近安地爾，飛狼就整個被彈出去撞在岩壁上。冷眼看著飛狼，安地爾揮動了手，上方突然轟地聲掉下了許多巨大石塊，將飛狼整隻給壓在底下。

「學弟……別理他……」單手抓住安地爾的手腕，阿斯利安的聲音變得很微弱，另手抓住了軍刀想要進行反擊，不過立即就被鬼王貴族給識破打掉。

「……地之守、地與木同復甦，陸壹絕擊壁。」像是遲疑了一下，學長皺起眉，但是沒有放下圈圓的手。

「你想賭看看這個狩人的生命可以維持多久嗎？」勾起陰冷的笑容，安地爾繼續收緊了手指，然後另手抽出了黑針抵在阿斯利安的眼睛前，再多一分就可以貫穿。

黑色的血液從阿斯利安的嘴角落下來。

咬了牙，學長狠狠地瞪著不遠處的安地爾。

「放下你的手，精靈百句歌你還想要拖時間唱完嗎。」稍稍鬆開了手指，安地爾順便掃了我和安因一眼，那一眼冰冷到像是可以讓人窒息而死，異常恐怖。

我知道這個威脅對學長絕對有效，學長不可能看著阿利學長真的被殺死。

就在學長真的要放下手時，被抓住的阿斯利安突然更快了一步動作，因爲安地爾鬆了半分之後恢復了力氣，另外空出的手猛地抓住鬼王貴族另一手：「你不會有人質來威脅我的同伴。」語畢，在所有人都錯愕不及的同時，他抓著安地爾的手，直接把黑針插進自己的眼睛裡，連猶豫也沒有。

「阿利！」在我旁邊的安因發出了喊叫，可是也來不及了。

黑色的血從阿斯利安的臉邊滾下來，像是一條黑色的淚痕腐蝕在面孔上，然後插在眼上的長針整個融掉，毒素全都竄進了他的眼睛。

「眞有決心。」直接把手上的人往地上一丟，安地爾冷哼了聲。

我看見學長紅色的眼睛睜得很大，但是他連一個聲音都沒有發出來，整張臉刷白了，然後用力閉了閉眼，顫抖著手繼續將百句歌給接下去。

「可惡！」直接拉出長刀，安因氣憤地要跳出法陣。

「不可以！」我連想都沒想，直接抱住安因的背後，他這種狀況現在衝出去一定會被殺死！

「我去殺了這個鬼族！」幾乎快失去理智的安因憤恨地吼著，藍色的眼睛怒極地瞪著眼前的鬼王貴族。

「不行！不要去！」我用了很大的力氣抓住安因，可能是因爲他也處於虛弱狀態，力氣並不會很大，幾乎掙脫不開。

在下面的學長看了我一眼，點了下頭，似乎也要我抓著安因不要讓他衝出去。

我不知道阿利學長的狀況怎樣，他靜靜地躺在地上動也不動，然後我想起了莉莉亞，爲什麼他們都會被傷害？

如果我有能力，我想要救他們。

任何一個人，我都不希望看見他們面臨死亡。

在記憶中我看見了妖師，但是血緣者並沒有像他一樣的力量。

誰都好，拜託來救救他們！

❀

幾乎在安地爾要往學長靠近的時候，整片地下冰川再度傳來轟然爆裂的聲響。

「該死的！說過幾次我不幹天降奇兵任務的！」

黑色的衣服隨著謾罵聲映入我的眼裡，在石台附近的整面牆壁幾乎全被打崩了，整片岩壁崩坍下來，露出了最大的缺口。

我看見原本要接近學長的安地爾被衝撞到旁邊去，闖進來的黑袍直接對上鬼王第一高手，俐落極快，完全不拖泥帶水：「沒有人教過你不准在老師面前欺負學生嗎！」

「老師！」沒想到會在這種時候看見班導，我緊緊抓著安因，喜出望外地大喊。

跟在班導之後還有另一個黑袍，一進來馬上將阿斯利安橫抱起來然後瞬間出現在我們面前。

我也認出了這個黑袍，很不巧的是我在近期招惹過他。

冷冷地看了我一眼，黑袍的奇歐王子把阿斯利安放下，我鬆開手，和安因連忙擠上去看。

閉上眼睛像是沉睡了，阿斯利安連動也沒有動，雖然很微小，但是我的確看見他還在起伏的胸口，也聽見了微弱的呼吸聲。

「必須快點送回去。」休狄皺起眉然後拿出一罐裝著透明液體的圓形玻璃瓶，拔了塞子直接把裡面的水液往阿斯利安的眼睛倒。

幾乎在觸碰到的瞬間，阿斯利安發出哀鳴，整個人震動了下，我馬上在休狄的瞪視下壓住他的手，讓他不能掙扎。

「只有你們兩位進來嗎？」稍稍恢復冷靜之後，安因也撲過來幫忙壓住掙扎得越來越劇烈的阿斯利安。

「……冰炎的殿下單身一人闖入鬼王塚，原本暫時替代戴洛而應該在外面監視鬼族活動狀況的阿斯利安跟著一道闖進來，在收到這種消息之後公會立刻派我們兩人前來救援，如果順利回去，他們一定會受到最嚴厲的處分。」平板地告訴我們這些話，液體用罄後，休狄轉過身看著纏鬥起來的班導與安地爾，突然吹了一個響哨。

班導幾乎在同時往後翻開，正要往前迎擊的安地爾身邊突然轟然炸開，不過可能是早就預料到會被突襲，他只被逼退了兩步，一點擦傷都沒有。

「哼，全都該死盡的種族。」瞇起眸，休狄直接連彈了好幾個響指，像是身邊被放了很多炸彈般，安地爾四周突然平空發出了好幾個小型爆炸，不過都讓他一一躲過，也將注意力放到我們這邊來。

看見這幕之後，我眞的很慶幸當初這個欠揍的王子並沒有繼續跟我追究。

他是個空氣炸彈魔！

「喂，小心同伴。」一下子也沒有辦法靠近的班導喊了聲，然後在爆炸之間逮著了空隙，在安地爾還沒反應過來之前一掌就將他打出了很大一段距離。

「哼……你不是資深戰鬥黑袍嗎。」完全不管他人抗議，休狄又連續引爆了幾次小規模的爆裂，讓安地爾一時沒有閒空靠近。

「資深黑袍炸到也是會死的。」沒好氣地應他，班導往後退開了段距離，保護在學長前面的位置：「同學，快點唸完快點閃人。」

連理都沒有理，學長繼續著百句歌，只是速度加快了，讓我似乎聽到了八十幾的樣子。

那些光點開始聚在一起，整片往上飄浮，像是另外一條會發光的冰川一樣覆蓋在上方。

見苗頭不對，安地爾立即擺脫爆炸，連影子都沒有看見，再度注意到他前進方向時他已經打破了整個入口結界，讓剛剛那個三頭牛和繼續追加的鬼族衝撞進來。

「哈布雷，阻止他們破壞耶呂鬼王的身體。」

「去死吧！」怒氣更盛直接往這邊衝過來的三頭牛整個眼睛全部都是赤紅色的，完全無視於休狄在他身邊引起的幾十個爆炸，像是被炸開的血肉都不是自己的一樣。

原本要衝過來救援的班導被安地爾擋下，無法立即脫身。

數字已經達到九十九之後，在冰川中的學長改變了手勢，整片光芒也瞬間散出更明亮的光澤：「全之數、百句歌，精靈眾、術士合。神之權、素與界降天空，壹佰殺魔落。」

瞬間，整片光芒加速穿過我們直接往上撞出岩壁消失在冰川空間。

三頭牛撲過來，把學長撞出去，巨大的身體整個覆蓋在冰川上面。

地面出現了奇異的聲音，緩緩地，先是細小的音量，接著像是共鳴一樣起了巨大的搖晃，就算深在地底我們還是稍微可以聽見從外面傳來的某種轟然聲響，然後是哀號聲；從最上方遙遠的區域開始，直接向下橫掃到我們這邊來，越來越清晰的聲響與哀號瞬間逼近。

我根本來不及去思考那完整的歌謠引起的是什麼，強悍的效果就直接在我眼前出現了。

「嘖！」踢開了班導，安地爾立刻往後退開很大一段距離，然後在身邊畫出一層層的結界，四周原本要擁進來的鬼族整個呆住了，像是不知道發生了什麼事情。

岩壁上方出現了光點。

先是一小點，然後兩點、三點，接著是一大片，那一大片已經變成紅色不祥的光芒整個像是水一樣潑倒下來。

根本無從閃避的鬼族一接觸到那種詭異的紅光之後馬上發出了淒厲的哀號，接著在光裡整個爆開來、化成黑灰。

光擴散得很快，連逃走都來不及。

不過奇怪的是我們碰到卻一點事情也沒有，紅光掃過班導、掃過學長也掃過我們，然後直接往下面壓下去。

正下方的三頭牛整個被紅光撲上，巨大的身體開始劇烈抖動，充滿紅色血絲的眼睛整個突出來，全身開始激烈地起了痙攣，像是身體裡所有東西都在扭曲震動一樣，先是皮膚爆開然後血管炸出了黑血，整個身體在瞬間突然被撕裂開來，裡面的血管肌肉骨頭跟著不斷往外翻開。

我忍住想吐的感覺，環著昏厥的阿斯利安用力閉上眼睛，耳朵聽見的都是鬼族的哀號、三頭牛的痛吼，還有身體與血管不斷爆裂的聲響。

那種聲音很可怕，讓人想用力捂住耳朵，最好什麼都別聽到就好了。

聲音很快就消失了，其實也不過是幾秒的時間，不過卻讓人覺得好像過了非常久，直到什麼聲音都沒有了之後，我才慢慢睜開眼睛。

冰川空間裡的鬼族已經全沒了，入口處充滿了一大堆黑灰，其他什麼都沒有。

往下看，我看見整片的黑色蓋在冰川上，底下耶呂鬼王的屍體不曉得是不是眞的有被保護到，只被震壞了一半。

但是，在旁邊的妖師身體卻詭異地一點損傷也沒有。

因爲他其實跟我們是一樣的嗎？

馬上反應過來的學長往前跑了兩步，想給妖師的屍體補上最後一擊。

「來不及了，先走再說！」班導從另外一端跑過來拽住學長的手，往我們這邊衝來。

「後面！」

一直盯著外面看的休狄發出了警告聲。

甩開班導的手，學長直接揮出長槍打落了好幾根黑針：「比申的氣息出現了，你們先上去，我馬上就來。」

說話的同時，入口處突然完全染成了黑色，在那一整片黑色當中我看見了有個女人的影子慢慢地浮現出來。

也不再拖延時間，班導直接翻上來陣法裡。

「學長！」

我朝著他伸出手。

沒有如我想像般直接上來，學長反而朝我丟了一包東西：「帶回去。」

讓我帶回去？

我看著站在下方冰川中的學長，突然意識到一件很可怕的事情。

他不打算上來。

轉過身，學長瞬間散出了冰面，直接擋下追過來的安地爾：「安因，快點轉移。」

「你們以爲走得掉嗎！」眼睛突然整個轉成可怕的血紅色，安地爾朝上面揮出了好幾支黑針，在一旁的休狄立刻彈了手指炸掉那些針，但是黑針卻沒有如我們想像般直接消失，而是被炸斷兩截之後直接變成了黑色的小蛇，幾個聲響後全部攀附在時間跳移的結界球上。

那些小蛇沾上來之後開始對我們吐出蛇信，四周的結界薄膜居然也跟著開始被腐蝕掉。

「這啥東西啊。」班導直接出手把那些小蛇打走。

「有毒的，不要用手碰。」制止了班導的動作，休狄引爆了那些蛇，不過一炸下去，小蛇又分裂成更多更小的。

「安啦，這東西毒不死人。」班導很快地把四周的細小蛇都打走：「同學，別跟他打了。」

似乎也很擔心下面的狀況，班導對著學長大喊。

「……」皺起眉，看起來根本甩不掉安地爾的學長完全無暇轉頭，更別說翻上來上面。

他不打算離開。

「老師，借我爆符。」抓住班導，我連等他回應的時間都沒有，直接從他的口袋裡抓了不知道什麼符紙就往下面跳。

「喂！」

我想要爲他做點什麼。

如果米納斯在我的手上，那就好了。

※

從上面到下面其實只有短短一瞬間而已。

在那眨眼過程裡，我感覺到那張符紙形成了我很熟悉的大小，然後我就整個摔到冰川裡面。

這些水比我想像中的還要冷，一進去整個人差點沒休克。

水並沒有很深，我馬上就掙扎爬出來，不用幾秒冒出水，我連發抖的時間都省下來，衝著安地爾就直接開了一槍。

就像是那個時候在大競技賽裡一樣。

沒有預料到我會突然來這麼一下，安地爾當場被轟個正著，不過這次不是被轟掉頭，而是整個左手臂被打爆，人也被衝擊力給打飛出去。

「褚！你找死嗎！」直接往我腦袋上一巴下去，學長拽住我的領子把我整個人從水裡扯出來，氣急敗壞地就開口罵人：「不要命了是不是！」

吐出口冰水，我打了個噴嚏，因爲太冷了全身一直發抖，凍到差點忘記講什麼：「快點……上去啦……」

不對。

我馬上回過頭看著學長。

他剛剛巴我，可是我沒有感覺到跟往常一樣的強烈痛感。

像是也知道我在想什麼，學長伸出手，脫掉了上面的手套，讓我看見他的雙手已經全部都是黑色的，像是最深沉的染墨一樣：「褚，我上不去了，你們立刻離開這邊吧。」

看著學長，我瞪大了眼睛：「可、可是……你踩我當樓梯也可以……」我的話在看見接下來的東西之後中止了。

在上面的時候因爲很不明顯所以一直沒有發現，學長的銀髮下、後頸的地方有著一支短短的黑針，不知道是哪一次被攻擊的，那裡除了環繞著圖騰，也有著黑色逐漸往外擴散。

「精靈只要染上毒素和黑暗，就再也回不去了。」

他很平靜地、告訴我，像是這件事和他完全沒有關係一樣，也像是快要死掉的人不是他：

「我的父親會離開冰牙一族，也是因爲這樣。不是變成鬼族，就只有死亡一途。」

越過學長的肩膀，我看見在他之後的安地爾緩緩地從地上爬起，他身後走出一個女人，一個名爲比申惡鬼王的女人。

然後，她開始笑了。

「眞是個好日子啊，不但妖師一族的人出現了，連精靈族的都有，這樣我們也可以省了上去挖屍體的動作。」

「我跟妳也有一筆帳要算。」瞇起眼，學長看著站在岸邊的比申惡鬼王：「關於燄之谷，該清算的可很多了。」

「呵呵，我原本就待膩那地方了，燄之谷的王沒有本事將我鎖在那邊，那就算是你們的倒楣。」彈了下手指，比申的旁邊出現了很多奇異的形狀，然後漸漸浮現成形，變成了很多像上次我在黑館見到的妖獸。

「妳會沉寂那麼久都沒有動作，不就是還忌憚著燄之谷的主人嗎。」勾起冷笑，學長把我推往後面。

「沒錯，不過耶呂復活在即，很快地燄之谷也不算什麼了。」

「我會出現在這個地方而不是出現在大戰那時候，就是爲了和你們終結所有的事。」看了一下安地爾，學長在空中畫出一道線，兩邊立刻出現了冰柱和火柱沖天：「冰之牙和燄之谷付出了所有讓我來到這個時代，這些都是拜你們所賜。」

站在後面，我看著學長。

那一瞬間，這個景色與我夢裡的相合了起來。

清醒之後，我一直沒記得起來夢境最後我看見了什麼。

我看見了冰川中，塵封著的不再是鬼王的屍體，沒有妖師，只有精靈靜靜地沉睡。

學長的嘴邊流下了黑色的血，指尖也開始不斷冒出血水，黑色迅速擴張開來，貪婪地不斷在他身體裡吞噬。

「時間差不多了。」開始再生手臂的安地爾抬起頭看著上面其他人。

就在同時，我突然感覺有人使力扯住我的領子把我往上舉高了起來。

我低頭，看見學長用很認真的表情看著我，紅色的眼睛上面有我的倒影。

「褚，善用你自己的能力，不要讓眼前的事物矇蔽。你身上擁有的不是他們能夠輕易探測，使用那些力量去改變建構你想要的生活。人的一生裡有很多好事壞事，把握住你所能觸碰的，然後用心去珍惜一切。妖師一族所有的力量不是壞，只是使用者以及他人的一種錯誤。」頓了頓，他勾出笑容：「我以精靈之名祝福你，往後的世界會更加遼闊。相信你自己，然後去開創未來，只有認可了自己，這個世界才會接受你。如果心能說話，那就是咒語般的言，用你自己的語言，去打開你往後的世界吧。」

最後，他沒有講出聲音，可是我看見了他的口型。

這是第一次，我聽見學長告訴我他的眞實名字。

我根本來不及眞正地叫他一次，學長就拽住我把我往上丟，被班導接住拉進去陣法裡。

「安因，不用等我了！」手上不知道什麼時候已經沒有幻武兵器，學長半跪倒在冰川裡，全身已經大半都是黑色的。

安因按住底下的法陣，藍色的眼睛裡全部都是眼淚：「可惡、可惡、可惡——」他的手下散出亮光，陣法很快開始啓動。

比申鬼王的妖獸已經全部撲上來了，結界膜被撞開了好幾個大洞。

再度站起身，學長把比申鬼王和安地爾全部都攔截在冰川裡。

我看著眼前這一幕，沒有辦法移動。

時間過得很快。

在火車站時，我站在月台上，對於未來的方向一片模糊。庚學姊消失的時候我立刻就沒了目標。

然後銀白色的死神就站在我面前。

那個時候，我是眞的覺得學長很漂亮，如果地獄都是這樣的死神的話，我想無論是誰都會想要直接進到地獄去的吧。

從頭到尾，他什麼都沒有說，但是什麼事情都想著替我鋪路替我做。

旁邊的班導抓住我和阿斯利安，我們眼睜睜地看著學長的影子在時間跳移之後逐漸模糊。

「……這是送你最後餞別的禮物。」

休狄閉上眼睛轉開臉，然後彈了手指。

最後，我們看見了巨大的爆炸和強烈的地搖。

冰川被崩斷，整個地下空間被炸毀坍塌。

之後，就再也什麼都沒有了。

第七話　血親的紫袍

地點：未知
時間：未知

我從來沒有好好想過一件事情。
如果我從來沒有遇見學長，那麼現在的我會在哪裡？
那個我，還是我目前的樣子嗎？
喵喵、萊恩、千冬歲……還有很多很多的人，他們又會在哪裡？
直到發現了，我才注意到。
原來失去比得到還要更加容易。

「漾漾！」
恍惚地，我好像看見喵喵朝我跑過來，什麼話都沒有講，用力地抱住我：「……喵喵以為你死掉了……萊恩他們又不能去……嗚……我以為你死掉了……」大大的眼睛冒出大顆大顆的淚水，喵喵緊緊地抱著我不放，全身都在發抖。

在她身後，我看見熟悉的保健室景色，那後面有更多藍袍，還有九瀾也在那邊。

為什麼只有我們回來？

「他呢？」似乎已經在這邊等很久的夏碎學長一看見班導，馬上就跑過來抓住班導劈口就問：「他人呢！把搭檔打昏說什麼馬上回來……人呢！」幾乎帶著憤怒的口氣，夏碎學長失去了往常那種冷靜。

班導看著他，搖搖頭。

「我們已經確實把黑袍的屍體給毀掉了。」依舊冰冷得毫無起伏，休狄向另外一個人報告這樣的事，因為那個人背對著又有點距離，我並沒有看見他在向誰報告，只知道是一個女性的紫袍，但是那個背影卻異常眼熟：「巡司，請如此向公會記錄。」

那名女性紫袍點了頭，一下子消失在原地。

同樣聽見這句話的夏碎學長瞠大眼睛：「不可能的……」他倒退了兩步，像是打擊很大。

「哥……」站在他旁邊的千冬歲擔心地想要上去說點什麼，可是什麼都不敢說出來。

「……不用管我，我去冷靜一下。」拒絕了一旁班導未出口的話，夏碎學長完全不再與任何人交談，直接走出了保健室；有幾個人想追上去，不過也作罷了。

到現在，我仍不認為剛剛那什麼毀滅屍體的事情是在說學長。

明明他強到見鬼，而且我覺得可能下一秒，學長又會像以前一樣突然出現在後面，隨時送我一巴掌說著叫我不要亂腦殘之類的話。

我不知道……我一直覺得，跟學長比起來，短命的比較像是我。

「漾漾？你還好吧？」鬆開了手，喵喵可愛的面孔直接在我眼前放大，很認真地盯著我，眼睛裡還有淚水微微泛著亮光：「是不是哪裡痛？喵喵馬上幫你治癒好嗎？」

看著她，我什麼話都說不出口。

現在應該說什麼？

「漾漾？」不知道什麼時候出現在我旁邊的萊恩疑惑地看著我。

透過他們，我看見大家在搶救安因、在搶救阿斯利安，他們的傷勢都很嚴重，連那個奇歐王子也都免不了去抓了個人來關心。

我想，回到這邊以後他們一定就都沒問題了……

可是，沒有回到這裡的人呢？

喵喵好像連續喊了我好幾次，不過我真的不曉得應該怎樣回應她，注意到這邊起的小騷動之後，九瀾走了過來。

「你們先過去旁邊幫忙其他人。」他把喵喵拉起來，這樣打發了她和萊恩。

看起來不怎麼放心的喵喵只在附近徘徊，一直在往這邊看。

不曉得從哪邊拿了一罐柳橙汁放在我手上，九瀾拉著我進去了一間沒有人的空房，四周立刻安靜下來，我也順著他的勢在病床旁邊的椅子坐下來。

很安靜。

隔絕了外面的吵鬧後，裡面除了異常靜默而且還讓人覺得空曠。

我拿著手上的罐子轉了兩下，發現其實飲料並沒有冰。

「我在石棺裡面找出來的，符合你與冰炎殿下之外，另一個是白陵然，但是那些又和你們無關，是關係人留下來的。」九瀾的聲音在室內響起，同樣很安靜。

我知道，那些是亞那和凡斯的。

我和學長是他們的後代關係人，會找出與我們相關的資料也不是什麼奇怪的事情。

但是……然……？

「另外還有一個人，她之前要我保密，因爲怕事情曝光太快會傷害到一些人、包括你，不過現在情況發展成這樣子，也不用了。」九瀾聳聳肩，然後再度打開保健室的門。

門外，我看見的是剛剛的那個女性紫袍，高跟鞋的聲音在前面止住，就站在我的眼前。

最熟悉不過的人。

其實那時候我只要仔細想想，精靈的石棺裡檢驗出了四個人。

學長、我、然。

其實第四個人，也同樣會是個血緣者。

站在我面前的人和我相處了十幾年……我一直以爲我瞞過全家人，誰也不知道另外一個世界的事情。

「漾漾。」

穿著紫袍的褚冥玥環著手，勾出笑容。

※

我看著她。

不知道爲什麼，我一點點的驚訝也沒有，可能是最近經歷的事情太多了，也可能早在某些時候我就覺得有可能會這樣，只是沒想到冥玥會在這種時候出現在我眼前而已。

「九瀾，讓我跟他聊一下。」冥玥向九瀾點了一下頭，九瀾聳聳肩就走出房間，然後關上門，四周再度恢復一片安靜。

高跟鞋的聲音響了幾下，在我旁邊停下來。

「我還在想如果是以前的你，不知道會不會抱著頭大叫著『什麼我姊姊會是個紫袍、不可能不可能』之類的。」冥玥拍了一下我的肩膀，然後在床鋪邊緣坐了下來。

看著我最熟悉的人，我無奈地扯了一下嘴角，可是卻笑不出來。

現在的我，已經覺得什麼都可能了，要是我媽穿著黑袍走過來，我應該也不會嚇到吧。

「……老媽知道嗎。」我以爲我跑到另外一個世界讀書已經很不得了了，沒想到我的親姊姊還直接在這邊當起紫袍。

冥玥聳聳肩膀，「當然不知道，要是她知道的話怎麼可能會讓你過來這種光是走路就會死人的地方，拜託，老媽很擔心你。」

「嗯……」現在想想，我也大概知道了家裡那邊應該都是冥玥在幫我擋著，不然我幾乎很少在和家裡聯絡，老媽不可能不聞不問的。

「你的那個學長來問過我妖師一族的事，也說過因爲董事直接命令所以會監聽你的心聲，基於安全立場所以我也同意了，不過聽說都是沒營養的話。」撐著下巴，冥玥用著像是在聊天一般的語氣這樣告訴我：「眞可憐，沒事就要聽你那堆像是噪音的亂七八糟想法，我光想像都覺得很煩。」

是董事的命令啊……

我看著冥玥，嘆了口氣。幸好我從來沒有想過要炸掉學校的這種事情。

「他問過我，當代眞正的妖師是誰。」

「……被安地爾他們追著跑的時候，我一直以爲眞的是我。」因爲他們都說我是妖師。

「眞的是你沒錯啊。」勾起笑容，冥玥丟了一個震撼彈給我。

我馬上從椅子上跳起來，瞪大眼睛看她。

「這樣說吧，其實和外界想像的不太一樣。妖師一族的能力並沒有那麼強，甚至大部分族人都只是毫無力量的普通人；當代只會出現一個完全能力者，那個人就會成爲首領。其實所有種族最懼怕的是這個人，不然當初精靈族殺進來時，爲什麼會沒有辦法抵抗。」就像平常一樣，冥玥述說著她並未向我說過的事：「當初妖師最後殘存的人逃走之後，改姓白陵，對外自稱姓白，放棄了古老的傳承之姓隱居在潮流之外。」

「……所以，老媽是妖師一族的人？」不敢置信，那個看起來是普通人的老媽？

「是妖師一族的普通人，一般沒有力量的族人離開本家之後就被改變記憶，讓他們相信他們只是人類，不要被族裡牽連。當時因爲某件事情，爲了保護老媽所以將她所有相關記憶全部都封鎖，包括你也是。」冥玥站起身，戳了一下我的額頭。

記憶封鎖……

我想起了有一間老房子、一雙吊在天空的腳。

在學院時太過忙碌，那些事情老早就被遺忘。

「可是……妳剛剛說當代能力者只有一個……那個人是首領……」像凡斯一樣，身爲帶領妖師一族的人。

「原本是一個。」冥玥看著我：「當代只有一個，但是在精靈大戰緊急將妖師首領埋葬時，因爲有人搶奪記憶、甚至想奪走靈魂加以融合；害怕這些東西被利用的精靈王子來不及等待一切被自然之力銷毀，就把妖師所有一分爲三加以封印。」

細長的手指在我面前伸出了三根，一點一點地收了起來。

「記憶、先天能力、後天力量。經過了某些有心人的安排，隨著他的孩子一起出現在這個世界上，這個當代，一共有三名妖師能力者，其中一個就是繼承凡斯身爲妖師先天能力的你。」然後，手指指向了自己：「第二個，是擁有後天能力的我。」

我想，不用她說，我應該已經知道最後一個人是誰了。

「第三個，是繼承所有記憶，身爲當代妖師首領的白陵然。」

這下子，什麼都清楚了。

從一開始我就覺得很奇怪，主動來接近我的是然，但是我們應該根本一點交集都沒有，他沒理由對我那麼好。

「當初是我拜託他們參加大競技賽的，因爲某些問題，所以你這個搞不清楚狀況的傢伙需要快速鍛鍊一下，否則沒有辦法應付之後的事情。」冥玥看著我，大有把一切都托出來的氣勢：「爲什麼以前我經常不在家，因爲我一邊讀著老媽知道的普通大學，一邊就讀的是七陵學院的學分班。」

「……我現在已經可以大概猜出來了。」

早該在很早之前我就應該猜出來了，我跟冥玥和一位叫作辛西亞的女孩逛過街，那個女生是她大學的同學、也是我表哥的女朋友。

「然是我表哥對吧。」這樣，一切就都說得通了。

「是啊，他說有空想來找你逛逛，你以前小時候很纏他。」冥玥笑笑地說著。

「辛西亞……」

「她是辛亞的後人，一開始我們都很驚訝，不過現在他們感情很好，你不要蓄意去破壞別人的感情，不然走在路上會被豬踢的。」

「我才不會。」突然，我有點很想笑的感覺。

結果到後來，妖師還是跟精靈走在一起。

我跟學長、亞那跟凡斯、然跟辛西亞、冥玥跟辛西亞……

一切都那麼自然。

爲什麼這樣的事情，在古代就不行呢？

當朋友，應該不用那麼多的限制、那麼多的誤會……也就不會到最後，變成這樣子……

「漾漾。」

之後過了好一段時間，冥玥輕輕地喊了我：「想哭、就哭出來吧。」

「……嗯。」

※

約莫半個小時之後，我跟冥玥一起走出病房。

「漾漾，沒事吧？」突然就從門邊冒出來的萊恩一把抓住我往後拖，非常警戒地看著冥玥：「公會的巡司……他應該和你們不相關吧！就算他是古族的後裔，也輪不到你們來管！」

看起來，巡司眞的很惹人厭耶。

不過一聽到萊恩好像也知道我是什麼東西還這樣幫我，我突然有點感動。

「萊、萊恩，她是我姊。」小心翼翼地拉了拉萊恩的衣襬，我咳了兩聲，不敢說太大聲，幸好醫療班裡沒人搭理我們。

萊恩轉過來，用一種錯愕的表情看我，認識這麼久我從來沒看過萊恩有這種表情，除了某次吃飯吃到一半他的飯糰長腳跑掉。

「你姊是傳說中那個紫袍的邪惡巡司？那個沒事愛找碴讓很多黑袍都敬而遠之、然後自己又不繼續往上考用紫袍欺壓別人的巡司？」

老姊，妳到底都在公會裡面幹了什麼！

「哈，眞是謝謝你的稱讚，山水總有相逢，幻武兵器高手的白袍萊恩，要不要我讀讀今年你在公會裡有多少疏失和重點記錄呢？」彈了一下手指，冥玥手上出現了一個本子。

萊恩整個氣勢都沒有了。

我眞的很想知道我姊姊平常都在對別人做些什麼事情。

「不要欺負萊恩。」突然走過來擋在我們前面，千冬歲推了一下眼鏡，跟我姊槓上：「欺負一個消失人很好玩嗎！」

我好像聽見了萊恩被打擊到的聲音。

「呵，不好玩，那要輪你嗎？」冥玥收了那本書，邪邪地盯著千冬歲。

千冬歲倒退一步。

我的眼前好像在上演蛇和青蛙對峙之類的劇碼。

「不要玩我同學了。」跟她認識快一輩子了，我當然知道冥玥現在正在打什麼主意。

聳聳肩，冥玥才打消了繼續欺壓別人的念頭。

「漾漾之後會怎樣？」還是擋在我們前面，千冬歲皺起眉詢問著：「既然妳是他姊姊，那即是說公會應該不會對妖師血緣者做什麼吧？」

「這很難說，有時候公會要做什麼我也不曉得，而且妖師血緣者每人的能力繼承又不一樣，我並未具備妖師先天能力所以公會才沒盯著我。」冥玥看了我一眼，像是刻意地說著：「目前當代首領雖然在七陵學院那個三不管地帶，但是公會仍然很注意他的一舉一動，現在漾漾的事情也曝光了，我完全不曉得他們會決定怎樣處理。」

「既然是這樣，漾漾我們就不會讓妳帶走。」

立即抽出幻武兵器，萊恩和千冬歲不由分說地將我和冥玥隔離開來。

說實話，我和冥玥已經相處了這麼多年，她絕對不可能會對我怎樣……除了欺壓和跑腿以外。就算現在她是紫袍，我想應該一如往常。

在室內抽出幻武兵器的大動作很快就招來全部人的視線，幾乎所有人都停下了動作，往我們這邊看著。

「不要在裡面打架！」喵喵跑過來，抓住千冬歲的手。

「她是敵人！」萊恩直接劈口就說。

「敵人？」愣了一下，喵喵看著冥玥半晌，突然了解狀況了：「如果要帶走漾漾，喵喵也不會袖手旁觀！」

「沒錯！幹掉她！」

我看見擋在前面的三個人，突然覺得我眞的有很多好朋友……他們知道我是妖師血緣者之後什麼也沒有講，就這樣毫不猶豫地站在我這邊。

「夠了，你們幾隻小朋友，全部給我滾出保健室！」

在事情鬧大之前，輔長已經走過來把我們全部給轟了出去，當然也包括那個據說很可怕的紫袍巡司、身兼我阿姊的冥玥。

被趕出來之後，千冬歲他們還是維持著劍拔弩張的緊張氣氛。

略過眼前幾個人，冥玥看著我，然後勾起淡淡的笑容：「有空，你應該帶你同學回去見老媽，她幾乎沒見過你太多同學，一直以爲你在學校裡會和以前差不多、到處被排擠。」

看著我最親近的家人，於是我點點頭：「嗯。」

「那就這樣啦，我要先回公會去報告這次鬼王塚的事情了，近期之內你小心一點，我怕鬼王那邊的人會再來找麻煩，有事情用手機找我。」揮揮手，冥玥轉過身，幾乎下一秒就直接消失在我們眼前了。

來去迅速，好像剛剛看見的人是個錯覺。

沒料到她會爽快俐落地閃人，千冬歲幾個人一愣一愣的，確定對方眞走掉之後才收回兵器。

「萊恩，你先送漾漾回黑館吧。」

原本以為他們接下來會問我所有事情發生的經過，沒想到千冬歲反而發出意外的言語：「事情太多了，讓漾漾好好睡一覺，之後的事情之後再說吧。」

我感激地看著千冬歲。

確實，如果現在真的要問我，我什麼也說不出來了。

鬼王塚、安地爾，還有學長……

我什麼也不能說。

※

萊恩將我送回黑館前，沒有多加逗留很直接就離開了。

我站在熟悉的建築物看著黑玻璃的大門，不知道為什麼有一瞬間突然覺得建築物給我陌生的感覺，玻璃門上什麼也沒有，平常偶爾還會有人頭，逼人不得不用腳去踹。

現在，它整個很安靜，幾乎到完全沒有聲響。

這麼近看著它，我突然又感覺到當初那種詭異的壓迫感。

提起腳步，我緩慢地走進去黑館，不曉得為什麼今天整個黑館裡什麼東西也沒有，連尖叫女鬼的畫像也幾乎不動，我猜大概是因為黑館裡的住戶差不多都回來了，所以目前為止還不敢妄動吧。

沒有和平常一樣用衝的上去，我慢慢地爬著樓梯，怎樣都感覺這裡面好像哪邊和往常不同，安靜到有點太過不協調。

我走回我住的樓層，走到我的房間前。

然後進了我自己的房間裡，桌上靜靜地擺著米納斯、老頭公和那些有的沒有的護符，安地爾果然有守信用把我的東西都傳回來。

一如往常，我把東西整理好，該放在哪邊的就放回哪邊，米納斯和老頭公戴回了手腕上，冰冷的感覺帶來微微的安心。

之後我整理衣服、整理盥洗用具，看見還擺在我桌上的鑰匙。

原本該還的東西不知道爲什麼還在這邊。

我的浴室不能使用，裡面有東西。

所以我拿著那把鑰匙，就像平常一樣走出了走廊，走到隔壁房門口，用那支鑰匙打開房間。

整個房間裡空蕩蕩的，空氣很清淨冰冷，裡面多餘的東西都沒有，連一點點聲音也沒有，大概還有幾本書來不及收被丟在陽台旁邊的座位，桌子上還丟了一些藥物和藥布一類的東西。

對了，我記得出去之前那時候他一直按著左手，到最後還是沒有追上來。

如果按照平常，我應該早就被海巴然後狂罵一頓了。

室內有點微暗，我這才注意到裡面的燈好像很久沒有使用過了，估計都是讓光影村來節省能源。

小廳角落有點亮亮的粉末，不曉得是幹什麼用的。

放下盥洗用具，我在陽台邊的地上坐下，旁邊的書完全都是不懂的文字，大概看了也沒用。

於是我從口袋裡拿出一樣東西，跟莉莉亞看完黑史之後被我順手撕下來，後來還去過鬼王塚的紙頁。

原本上面有著畫像，但是圖紙已經翹起了一小角，整張被我給扯了下來。

打開之後，裡面有個摺疊成小四角形的老舊紙張。

其實看見的那瞬間，我大概就已經知道那個裡面有著什麼東西。透過了妖師久遠以前的記憶，他曾經把這東西交給了同族的人，之後輾轉被精靈族給帶走。

於是跟著記憶，埋藏在黑史之中。

就如同我曾經夢過那個重疊的夢一般。

曾經有過那麼一個人，在大戰中作過一個預知的夢。然後他依照夢境在大戰當時繪製下了圖案，在沒有人知曉的時候完成了圖，最終消失在歷史的潮流裡。

打開第一個摺，然後再打開第二個對摺。

那張紙並不大，在時代動盪不安時誰也沒心情畫張特大號的圖，它只比巴掌再大一點，泛黃破舊，是幀小號的家庭繪畫。

上面只有三個人。

一個銀髮的父親、一個紅髮的母親，然後還有個很小很小的孩子，大概才幾歲大，銀色的髮、染紅了一小縷。

他並未眞正看過那個女性、那個小孩，只是在夢裡匆促一瞥。

圖紙後有著幾個模糊的字體，有著日期和一行應該是名字的東西。

輕輕地再把畫摺起來之後，我隨手夾進一旁的書裡，因爲這個東西不屬於我，而是屬於那個年代那個妖師想要送的那個人。

房間裡很空曠，什麼也沒有。

靜寂無聲。

這個時候，我居然眞的看見了學長房間裡面有「什麼」了。

有個穿著白衣服很透明的人就坐在我正對面的櫃子上，輕柔隨風飄逸的衣飾以及透明的髮，美麗的面孔對著我沉默。

他的身上傳來了乾淨冷冽的氣息。

與風之白園的有點相像，只是這裡只有一個，然後我理解爲什麼學長的房間總是偏冷，因爲這裡居住著一個同樣冰屬性的大氣精靈。

我們相視一眼，都無言。

我看著他、看著空曠的房間看著地上那些書還有顯得空蕩沒有擺飾的地方。

從今天以後，這裡再也不會添上更多東西了。

於是我意識到，學長已經不在了。

不會打人不會罵人，也不會心情不好還有起床氣，就這樣，什麼都沒有了。

再也不會有了。

滾燙的淚水從眼眶裡落下來，我蜷起身子就坐在陽台邊，什麼聲音都沒有發出。

大氣精靈靜靜地從櫃子上走下來，穿過我的身邊，在我背後也坐了下來，冰冷冷的，也沒有發出任何聲響。

我想他也知道。

學長不會再回來了。

第八話　古老的種族

地點：Atlantis
時間：上午九點七分

那天我不知道哭了多久，總之到後來好像就直接在學長的房間裡面睡著了。

醒來之前有個冰冰的東西一直在摸我的眼睛，原本還昏沉沉的不太想醒，不過到最後實在是沒有辦法才勉強睜開眼睛。

一睜開眼，我就看見昨天那個大氣精靈依舊坐在那個櫃子上，偏著頭在看陽台外的景色。可能是現在明亮許多，他的身體又更加透明，赤著腳晃動，感覺年紀好像一下子小了很多。

既然他坐在那邊，那動我的人就不是他了。一想到這裡，我馬上爬起來，這才發現我身上不知道什麼時候被人蓋上了薄薄的被子，原本正在幫我敷眼睛的人也立刻抽回手。

「早安，您需要再多睡一會兒嗎？」

不曉得什麼時候出現在我旁邊的尼羅把手上的毛巾放回旁邊的小水盆，然後微笑地說著。

我這才發現，我頭下連枕頭都有了。重點是，尼羅什麼時候進來這裡？該不會我昨天進學長房間之後就一直忘記鎖門吧？

枕頭和被子看起來都不像學長房間的東西，有點高雅華麗，應該是從伯爵那邊帶過來的……不對啊，就算我忘記鎖門，可是尼羅不是我的管家，他跑來管我幹嘛？

「所有袍級們今日有大型共同召集命令，目前已經全數趕往公會中進行最高會議。」尼羅像是看出我的疑問，主動開口：「在出發之前，主人吩咐我過來照顧您。」

原來如此，我躺回軟軟的枕頭上，嘆了口氣：「我不會做什麼奇怪的事情啦……」

微微勾起唇角，尼羅沒有說什麼。

大概躺了幾秒之後，我手腳並用地爬起，因爲是學長的房間所以我不想待太久，越久只是越感覺到那種壓迫人的死寂而已。

也沒多問什麼，尼羅一邊收拾他帶來的東西，然後隨著我往我房間的方向走。

才剛出房間沒幾步，眞正麻煩的事情來了。

那個大氣精靈跟著我們後面出來，完全沒有回去的意思，重點是他手邊還吃力地拖著兩樣東西跟出來。

兔子、法陣紙。

兔子是上次我和學長去原世界時抽的，法陣紙我記得應該是用在光影村上的。他拿法陣紙我可以理解是要代爲給付光影村食物，可是他拖隻很貴的兔子過來幹嘛？

尼羅立刻幫他把東西接過來，輕輕鬆鬆地就挾在手上，顯然大氣精靈的實際力氣並不大，只能使用自然力量而已，「先讓他進去嗎？他似乎有事情要告訴您。」

既然尼羅都開口了，我也只好開了房間讓他們進入。

一進到我房間裡，大氣精靈又自動飄往陽台附近的櫃子上坐著，像是這裡還是學長房間一樣，他也不關心任何東西，把視線放在窗外的風景。

我房間的空氣馬上變得有點冰冷清淨，就如同隔壁。

兔子和紙被尼羅放在桌面上。

如果大氣精靈拿這種東西來，我想應該有他的道理，尤其是從學長房間來的，但是他完全不講話也不搭理我們，我就不知道這兩樣東西要幹什麼了。

「該不會這個兔子是要給光影村的吧……」我看著桌上的東西，抱持著隨便亂來的心情把兔子放到紙上，反正只要時間不到，對方是不會來收東西的，總不可能放不是食物的物品就炸掉吧。

事情就是發生得很突然。

在兔子放到紙上之後，光影村的法陣突然整個被啟動了，尼羅馬上擋在我面前，警戒地看著突如其來的變化，然後我那瞬間想到的是「完了還眞的會炸掉嗎」。

法陣紙散去了光芒之後倒是沒有發生太過可怕的事，只是站在上面的兔子突然站起來了，紅色的眼睛自己轉過來看著我們，好像瞬間被賦予了某種生命力一樣。

「啊……去他的，給本大爺準備這種身體！」突然自己動起來的寶石兔子發出了好像在哪邊聽過的聲音：「我是村長啊！這麼可愛的東西怎麼可以拿來當媒介！」

「村長……楔？」尼羅立刻認出來那隻兔子的身分。

「喔？小狼人？」自動活動起來之後，兔子把光影村的法陣紙給踢到旁邊去：「既然我被強制召喚……是不是那個冰與炎的殿下出事了？」

我與尼羅對看了一眼，然後才緩緩地深呼吸嘆出了一直很不想說的話：「學長……已經不會回來了。」其實我真的不想這樣說，只要不說出口，學長好像真的隨時會再出現一樣，然後一巴掌往我頭上搧下去。

直到現在，我還是希望所有的一切都不是事實。

「果然如此。」兔子……應該說是光影村的村長、楔呼了一口氣，然後直接在桌子上用奇怪的姿勢坐了下來：「我跟冰炎的殿下有過契約，只要他離開這裡，我就會過來替他處理一件事情。」

「你要幫學長處理什麼事？」看著商店街抽來的兔子現在坐在我面前，我突然有種五味雜陳的感覺。

就算學長已經不會回來了，他還是把很多事情都做了事前準備。很有他個人的一貫作風，不知道他到底還有多少事情會讓人出乎意料之外。

其實我總有個感覺，學長好像經常在幫自己和我鋪路，像是已經知道很多會發生的事情一樣，所以他不斷在打算與安排，包括如光影村或是其他。

「那是機密。」兔子左右張望了一下，抖抖耳朵：「感覺身體裡面全都是棉花……晚點要做全身體的寄體轉移。我們沒有辦法直接出現在這個世界上，要有媒介跟契約才可以。請幫我準備一點食物，暫時在這地方生活會耗損很大的力量。」

「好的，這點請您放心。」尼羅很快回應他的要求：「我想您會喜歡這世界的許多甜食。」

我看見兔子對尼羅伸出拇指……很短，幾乎快看不見就是了。

完全沒有加入我們的大氣精靈開始哼起歌，很小聲，幾乎融在空氣裡讓人無法察覺，過了一會兒我就注意到我窗戶外面多了好幾個透明物體，不過因為太透明了，只看見一點點的輪廓，其他的都沒有。

之後，尼羅才告訴我那個是風精靈，很快地他們就會把學長和鬼族的消息全都傳到世界各個地方了。

大氣精靈還在哼著歌，而原本聽得懂的人已經不會出現。

※

楔借用了房間，進去之後沒有多久，我的陽台外就傳來了某種敲窗的聲音。

比我還要快，尼羅停下了正在幫我們準備食物的手直接打開半關的窗，外面站著一隻看起來很像是鳥的白色東西。

「我們的主人要給褚先生的邀請函。」那隻白色很像鳥的東西突然開口說話：「請務必要來。」才剛說完，鳥突然砰地一下變成了一張卡片，被尼羅穩穩接住。

他將卡片遞過來給我，是手工紙，看起來很古典，上面有個圖騰，正面署名我的名字。是中文，打開一看裡面與當初伊多他們的一樣有附上一個陣法圖，然後用漂亮字跡寫著邀請我今天如果有空閒的時間請過去一敘。

卡片的最尾寫著：白陵然。

我想，時候應該也差不多了，現在都變成這樣了，如果然沒有找我我反而才會感覺奇怪。

「需要幫您準備點什麼嗎？」沒有多問，大概也確定我一定會去的尼羅詢問著。

「呃……不用了，沒關係，我自己想想就好。」突然多了一個人要幫我打理東西讓我覺得很奇怪，尤其我東西都亂塞，還是不要隨便亂來比較好。

「好的。」

房間裡突然多了不少人和東西，我偷偷瞄了一下大氣精靈，他還是沒有離開的打算，也不曉得他會在這邊住多久？

「需要我陪您一起前往嗎？」把食物布置在桌上之後，尼羅盯著我吃下去，過了一會兒才再次詢問。

我想了一下，雖然對方是我認識的然……

可是據冥玥所說，他是當代妖師首領，從一開始他接近我也是有所目的，我現在無法辨別他是不是還是像以前那樣友善。

但是我想要相信他。

「嗯……我都可以。」咬著像是沒有味道的三明治，我慢慢地回答。

現在的我也不想自己一個人去赴約，我無法預料接下來還會發生什麼事，我不知道是不是還會有人在我面前消失。

那種可怕的感覺……

什麼都想不到、什麼也看不到，只讓人感覺害怕。

用完餐後，楔一直沒有出來，我猜想應該不能隨便打擾他，因爲他在進去之前似乎曾說過他要做身體轉移需要很長一段時間。

要是打擾了，搞不好變成一半棉花一半血肉就糟糕了。

尼羅在停留的短暫時間裡將我房間大致上都整理好，然後交給我一份備用鑰匙，說可以到伯爵的房間借用浴室盥洗。

我有種得救的感覺。

因爲我想，短時間內我應該不會再踏進學長的房間裡了，那裡太空蕩……

借過浴室整理洗澡之後，我跟著尼羅一起出到黑館外，拿著那張卡片，開啓了裡面的陣法。

一如往常，我們就這樣被傳送到陌生的地方。

那裡有著樹、有著古老的房子，然後是……已經斷了一半繩子的盪鞦韆。

有那麼一秒，這個景色好像與我腦袋裡某種東西做了連結，一下子我的印象整個飄到很久遠之前的時間裡，感覺好像這裡曾發生過什麼很可怕的事……

「您怎麼了？」尼羅的臉突然在我眼前放大，我嚇了一大跳，然後才清醒過來。

「我、我對這裡有印象耶……」環顧著四周，房子外圍全部都是山景，好像不是在台灣，可是也不是在守世界裡，因為那邊世界的植物與這裡的有點不太一樣；正確來說，那邊的植物不會這麼「安靜」，所以這裡一定是地球的某處才對。

感覺很幽靜，唯一的建築有點像是電視上見過的古厝般，四周還種滿了花草，像是有人很仔細在照顧這些東西。

「有印象？」

「就……」

還沒來得及描述我的感覺，尼羅突然整個人皺起眉，猛然向後轉身，瞬間掐住了不知道什麼時候無聲無息靠近我們身後的人。

是個老人，頭髮花白的老太太，穿著大襖，臉上眼睛和其他五官分得很開，看起來有點像是某種動物的感覺。

「妳要做什麼！」

尼羅收緊了手指，對方發出了異樣的咕嚕聲響。

「主、主人邀請兩位進屋……」

掙扎了下，老太太突然像是洩了氣的氣球一樣整個人往下摔，從尼羅的手上不正常地掉落，大襖鬆垮垮地掉在一邊，整個人不見了。

然後我們都看見了一隻灰白的老鼠從衣服下鑽出來，一溜煙消失了。

我和尼羅交互看了一眼，然後點頭。

「進去吧。」

❀

說眞的，那房子的確很大很大。

走進之後，要不是尼羅說這種房子的規格應該都差不多在前面領路，我可能一個人會找不到入口。

我們兩個一起走到一扇木門前，門板散著某種香香的氣味，上頭雕刻著像是鳳一樣的圖騰，大概是有點年代的作品，感覺一整個很有古早味。

就在我有點遲疑的時候，大門被打開了。

意外地，從裡面推開門的，是我曾見過一次的人。

「冥玥的弟弟，怎麼還不進來呢？」推開門的辛西亞勾起微笑看著我，然後向尼羅點了點頭：「我們還在想你是不是不想來了，畢竟然之前沒有講實話喔。」

「嗯……沒關係。」知道她是辛亞的後人之後，我也沒有多說什麼，在她的招呼下我和尼羅一前一後進了門。

就像在外面看見時一樣，裡面也大到令人咋舌，一整片散著同樣氣味的鋪木走廊延伸出去的盡頭有段不小的距離，兩邊都掛著畫軸擺飾，意外地有很古典的感覺。

不過，這裡不曉得怎樣感覺不到有人的氣息。

除了辛西亞之外，到目前爲止我也只看見剛剛那個奇怪的老鼠太太，其他會活動的人體生物就完全等於零。

要是我們在這邊被殺了棄屍荒野，應該也不會有人注意到吧……

「這邊請。」看起來似乎住在這邊的辛西亞領著我們走上那條長長的走廊，通過了一個很像大廳的地方，左轉之後才看見第二扇門扉，上面有個大型的圖騰，「這是妖師一族的圖騰記號，因爲現在所存的妖師一族後人在各地有著不同職業，爲了能彼此幫助，若是你以後在外面看見相同的印記，就代表這裡有同族人可以幫你，儘管進去就是了。」不是妖師一族卻比我還要清楚的女性精靈微笑地打開門。

不曉得我家外面有沒有這種圖案……不過冥玥說過老媽的記憶有被改變過，對於這邊的事情一概都不清楚，那我想應該是沒有吧。

瞬間考慮之後，門整個被開啓。

在那扇門完全敞開後，我看見了門後出現已經在這邊等待很久的白陵然，另外還有一個應該要在聖地休息但卻出現在這邊的熟人——

「伊多？」

四周全是稍微架高的木地板，必須脫鞋才能踏上去。裡面的擺設看起來好像年代都很古老，連火堆這種東西都有。木地板上有著小桌子、沒有椅子。而半靠在一旁小木墊的水之妖精微笑地向我點了下頭：「很久不見了漾漾，你好像經歷了很多事情……希望我能幫得上你些什麼。」

我走到伊多旁邊去，讓他輕輕拍了一下頭。

「我從風之精靈那邊聽見了關於冰炎殿下的事，結果亦然相同，但是過程並未朝最糟的方向發展……」頓了頓，伊多有點悲傷地看著我：「不能告訴你這是好或者不好，但是我慶幸應該發生的事曾經被扭轉過，那代表我們的結局可能會不相同。」

看著伊多，其實我仍然有點不太懂他要說的話。

坐在另一邊的然起身走了過來：「請慢慢來吧，這裡沒有醫療班，所以千萬要小心您的身體狀況。」

「嗯。」微笑地朝他點了下頭，伊多稍稍往下靠了一點，有點頑皮地朝我眨了下眼睛：「出來時我沒有告知雅多他們，只有留個短箋，估計現在他們應該也很生氣了。」

「咦？你自己來的？」我以為伊多的狀況應該不到可以自己單獨出遠門，就算有移動陣也一樣。

「不是，是我將他帶過來的。」然咳了一下，然後拿了坐墊過來，讓我和尼羅可以在伊多旁邊坐下：「在與水之妖精談過一些事情之後，我們取得共識，必須讓你曉得。」

走在木板地上不發出一點聲音的辛西亞無聲無息地端過茶水，爲我們擺在地板旁。

「也是，我有很多事情都不知道。」我不確定我是不是冷笑，總之，我有太多太多想要他們告訴我的事情了。

並沒有立刻坐下來，尼羅就站在旁邊點的位置，像是在警戒一樣，大概確定四周眞的無害之後才坐到後面。

「我想，冥玥也應該有告知過你關於我這邊的一些事情了。」在坐正之後，然緩著語氣這樣告訴我：「這裡是妖師一族的本家，四周布下了層層結界，除非有血緣者帶領，否則一般人是無法進入的。」

「喔。」我對這件事沒有太大的興趣，因爲我想到的是另外一件事——就是我確定對這邊有印象、應該眞的曾來過，加上冥玥說過我以前都纏著表哥玩，意思就只有一種了：「以前我們家也來過這邊嗎？」

「是的，正確來說你們曾在這邊住過一小段日子。」也沒什麼要隱瞞的意思，然直截了當地告訴我：「大概在四歲左右，你父親出差，那時候你母親的記憶還沒被修改所以趁著機會將你們帶回本家走走，不過因爲發生了意外，所以我們才決定將你母親的記憶修改，爲了保護你們一家的妖師血緣者，抱歉。」

「那時候發生什麼事情？」我只記得有人掛在半空中。

「嗯……你親眼看見我的父親、也就是上一任妖師首領在外面鞦韆的地方被獵殺妖師一族的人殺死。」然伸出手，單指點在我的額頭上：「其實我希望你不要知道這些事情比較好，本家的事情讓本家的人來處理，我們希望在外面的妖師血緣者都能過著正常人的生活。」

「但是現在我想知道所有的事情。」閉上眼睛，我感覺到然的手指有點冰涼。

幾乎在那瞬間，腦袋裡浮現了很多記憶。

幼小的孩子其實記得並不清楚，大多就都是片段，時長時短。

模糊的記憶中有著同樣的老房子，附近很多古樹，幼小的我跟著高我一個頭的表哥四處追逐著玩樂。

那時候的然似乎就已經很成熟了，一點一點地說著很多古代妖師一族的事。

他曾說過，因爲我和姊姊都是能力繼承者，所以他會在本家裡面保護我們。

大概某年的夏天，老爸一如往常出差去了，所以老媽帶著我和冥玥回到本家這邊，那時候冥玥似乎有點怪怪的，拉著然在屋子裡講事情，講了很久很久沒有出來，老媽也跟舅舅在說事情。

本家裡住著的一向只有首領，爲了避免被無謂地追殺，出入事項都是讓動物或者使役代勞，所以幾乎沒有其他人或侍者。

幾乎泛黃但熟悉的記憶中，我一個人走出屋外，無聊地在附近玩耍，摘了花想要給冥玥和然。談完事情的舅舅正好出來，說先不要進去打擾老媽，就在老樹旁邊坐著跟我講故事。

他說著關於妖師一族和狼人一族曾有一面之緣的故事，說著後來即使離開，那個當代的妖師仍然留意著被捨下的狼人一族，只是到最後再也見不了面了。因爲那名妖師在離開沒多久之後，被循線而來的人追上，沒有抵抗，就這樣被殺了。

妖師直傳的能力超乎人們想像的可怕，也因爲可怕才會面臨被追殺的命運。

雖然很消極，但是大部分當代妖師都盡量不顯露能力，所以在面臨死亡時也很少會大規模反擊。也因爲有前人這樣幫我們流著血鋪路，所以往後的人才會越來越覺得妖師沒有傳說中那麼恐怖，甚至在之後找不到了，便直接斷定妖師已經全部滅絕。

近代再出現的妖師已經沒有什麼能力了，透過公會的保密，才又漸漸成爲一般人存活下來。

而繼承所有力量的妖師首領則依舊隱居在沒有人知道的地方。

他們取得共識，不參與世界之事以換取族人無恙的生存。

舅舅拍拍我的頭，說可能一切都是命運吧。

妖師一族的靈魂能力在千年之後會寄宿在你們身上，最開始的精靈大戰中，我們都分別需要保護那時候的力量、記憶。

所以我們會比較辛苦一點。

而且我們直傳了古代妖師的力量即表示那位精靈的後人應該也出現了，因爲這份力量是某人的計畫而跟著他一起來到世界上還給我們的。

如果遇見了精靈三王子的後人，能做到的就是保護他不被鬼族盯上或者爲他做點什麼，讓妖師一族欠他們的罪孽能夠稍微還上一些。

當時我還太小，並不明白舅舅話中的意思。

講了一會兒話之後，舅舅才說讓我自己去附近玩。

我跑了一段路之後，才想起來要問舅舅可不可以找一天讓然也去住我們家、跟我玩。

轉回過頭的那瞬間事物已經和剛剛不一樣了。

鞦韆咿咿啞啞空蕩地響著，我看見一雙腳在半空中盪著。剛剛還在那邊的人被一個黑色的東西給拖到樹上，枝枒間站著一個我完全沒見過的大人，穿著黑色的衣飾然後伸出手掐著舅舅的頸子。

伏在他旁邊的大黑蜘蛛六個黃色的眼睛骨碌地看著我。

被掐著舉高的人頸子上深深陷入了六根手指頭，黑色的血液從異常的指中滲透出來。

我就呆呆地站在原地看著，看著那個人的手發出了喀答的聲音，把頸子整個給絞斷，然後旁邊的蜘蛛貪心地湊了上去想要分咬點什麼。

那個人看了我幾秒之後，就突然慢慢地淡化消失了。

後來的事我有點不清楚，好像是有人把我拉回屋子裡去，然後有隻手蓋在我的眼睛上，輕輕地說著：「把所有關於妖師的事情忘記吧，人之前、記錄之後，隱去一切離開這裡。」

再之後，我睜開眼睛回到了家中，便什麼都不曉得了。

而過了很久很久，當我再度回到這個世界之後，我才又想起所有的一切。

於是我睜開眼睛，看見了已經長得很大的然。

他還是衝著我微笑。

「歡迎你回到妖師一族本家，褚冥漾。」

※

我再度回到這裡了。

「我一直以為舅舅是上吊自殺的……」在我的記憶中，我只記得有一棵老樹、鞦韆，以及半空中的腳。

「嗯，或許是那時候你太小了，只讓你對某些印象產生衝擊沒有抹滅掉。」依舊笑得平和的然這樣告訴我：「之後殺害我父親的凶手並沒有找到，將屍體焚化之後我便繼承了他的位置。為了避免對方找上你和冥玥，我才抹去了你母親對於所有妖師的記憶，而冥玥則是維持著一般生活沒引起別人的注意。」

說到這邊，我幾乎清楚了。

所以，那時候冥玥才會替我爭取那所正常的學院。或許她是想讓我有另外一個機會過著什麼都不知道的正常人生活。不過，我還是誤打誤撞進來了。

我現在連她那時會說小心時鐘的事情都覺得有問題了。

雖然之前很倒楣時也不是沒有差點被其他學校的鐘打到過啦……

「對了，另外一樣物品應該還給我吧。」然向我伸出了手，微笑著：「謝謝你從安地爾那邊帶回來，原本我打算如果他再不交過來的話，我會當面逼他交出來。」

幾乎是下意識地，我立即就知道然是在說什麼。

翻了翻口袋，我拿出了那顆從鬼王塚帶出來的記憶球。安地爾說過我不是繼承者，所以這東西無法被我吸收。

輕輕地將裝著部分妖師記憶的球放在然的手上，我看著他攤開著手，那顆小球無聲地、像是沉下水一樣，就這樣直接沉入他的掌心中，一點滯留的感覺都沒有。

「所以你是凡斯的轉世？」看著眼前的然，不知道爲什麼我完全無法將這兩人搭在一起。

「不是的，其實我只是那位先祖的保管者。」頓了頓，然稍微做了解釋：「這記憶並不屬於我，只是放在我這邊，我並非那一位。他的靈魂早就消失在時間的潮流之中，分裂的力量與記憶被保管著，直到有一天逐漸被時間沖刷洗淨、消失在世界之中。」

那不是也差不多意思嗎？

我疑惑地看著然：「可是你出生開始就有這個記憶吧？」

「嗯，其實這是不同的。現在在這邊的白陵然是以自己的當今身分而活，不是爲這個記憶而活，即使這個記憶悲憤、快樂或者哀傷，對我來說都只是別人的東西，並不被其所干擾。」

他解釋得有點奇怪，我無法理解眞的可以分得那麼清楚嗎？

轉頭看著伊多，我看見他點了頭，我想他應該在我來之前也把一切都搞清楚了吧。

「不要因爲過去而哀傷，即使花之雪會凋謝，但是泥土下仍然會再生一切。」做了一個禱告般的手勢，伊多微微撐著身體靠在一旁的墊子：「我曾經告訴過你一個關於你們的預言。」

「我記得。」第一次聽到時我還在想一些有的沒有的，現在想起來自己都覺得好笑。

因為他的預言真的成真了。

「未來時時刻刻都在改變，當初我所看見的是黑色般的絕望，但是事情並未往最糟糕的方向走去。」嘆了口氣，伊多看著我：「我只想告訴你這件事，你知道嗎……那時候在湖之鎮中我看見的最後未來……是你親手殺了冰炎的殿下。」

「我？」那瞬間，我整個腦袋是空白的，完完全全的空白。

我完全無法想像伊多所說的那個原本的未來。

別說我殺不掉學長了，就算能殺掉，我也沒有那種膽子去把他殺掉。

「被操弄的陰謀遲早有一天會爆發出來，我在水鏡當中看見的景象是鬼王貴族將事實改變，將朋友變成了敵對，你在離開黑館之後使用了妖師的力量，前來將你帶回的人們離不開鬼王塚，血色沉澱在冰川……」閉了閉眼，伊多似乎不想再多加描述他看見的東西：「那個未來使人絕望。」

「不過現在已經改變了。」然接了他的話，這樣說著：「未來一直在改變，預知的不會永遠都準確，鬼王塚中犧牲了亞那的後人，但是同時免去了其他人的死亡。」

「可是我並不想犧牲學長！」如果可以，我並不想看見任何人死掉。

「但是他的未來無法改變。」伊多悲傷地看著我：「水鏡上顯現了精靈所承受的詛咒，唯有他的未來會按照妖師的詛咒而行，只是形式不同，詛咒卻不可能被改變。」

「可是那個是誤會……」

如果不是安地爾，那些什麼該死的詛咒都不可能會出現的。

那只是一個誤會……

其實，他們都並不想要這樣。

「憎恨大過一切，即使我有著記憶，但我卻不是過往的那個人。」無奈的語氣，然偏開了頭：「我不是過去的人，那時候的憎恨、那時候他們的友誼我無法完全感受，我沒有辦法用相等的立場、用凡斯的感覺來驅動那時大過於憎恨的後悔來幫他們解開詛咒。」

憎恨……

我明白然的意思，但是還是無法接受。

四周立即陷入沉默。

伊多也沒有再繼續往下說了，或許他從頭到尾什麼都知道，也努力想要改變這些。

可是，我認爲很重要的人已經不在了。

「除去那些事情不說，在安地爾手上的這份記憶回來之後，我一直覺得奇怪的地方終於也補足了。」似乎不太想探討分不分得清楚的話題，然瞇起了眼睛，即使他還是對著我們在微笑，但是已經給人一種冰冷危險的氣息：「看來，妖師一族參戰的時間將再度來臨。」

他站起身，我也馬上跟著跳起來：「咦，你不是說妖師一族不可以干預……」

「當然不行，但是安地爾他先動了我們這一族，公會方面也沒有理由禁止我們向鬼族討回代價。」然拍了一下我的頭，然後往前走了幾步到旁邊的窗戶：「漾，你在鬼王塚時被放過血，忘記了嗎？」

「欸？有什麼關係？」回來之後，我完全忘記有這回事。

「冥玥傳回來的公會消息說，安地爾動了凡斯，將他的身體重塑。」看了我一眼，然似乎在斟酌要怎樣說：「妖師跟一般種族不一樣，所以他需要妖師血緣者的血來喚醒重塑的身體……同時會吸收原本應該有的力量……」

「你的意思是說我身上本來那個什麼先天力量現在跟著血被吸回去了？」我愣了一下，馬上知道然想講什麼了。其實這一點都不奇怪，因爲力量本來就是那個身體的，被吸走也沒什麼特別之處。

「我第一次見到的你和現在的你，所擁有的力量差很多，我想至少有一半現在已經在那個重塑的身體身上。」然拍了一下窗格，一旁樹上立即有很多鳥降下來，停在四周：「光是這件事情，妖師一族就有充足的理由開戰。他利用我們祖先，現在還要污穢遺體，就算我們是黑暗種族，也不能任這種事情發生而置之不理。」

那些鳥鳴叫了起來，瞬間變成了很多有著翅膀的小孩。

「你要對誰開戰？」我看著然，然後看了一下旁邊的辛西亞。

「千年前，妖師一族對所有種族宣戰是爲了仇恨。而千年後，我以妖師一族首領身分再次宣戰，是為了捍衛妖師一族的尊嚴。」瞇起眼睛，然看著那些小孩：「將有能力的血緣關係者召集起來，失落的一族即將全面支援Atlantis學院以及公會，讓那些鬼族知道妖師一族不是可以這樣簡單被耍著玩的！」

小孩發出了叫聲，很快地全部都消失在天空的另一端。

然轉回過身靠在窗邊，笑容不減地看著我：「我同時帶來七陵學院的訊息——我們將無條件全力支援，只要鬼族開戰，Atlantis學院將能得到七陵學院最多的後援。」

看著他，我點了點頭。

是了，比申鬼王曾說過，只要鬼族再起，第一個攻擊的對象就會是我們學院。

隱隱約約，我終於知道為什麼黑館的黑袍會開始全部回館的理由了。

「螢之森的武士也即將宣誓，我們與冰牙三王子的結盟和誓約不會終結，即使先人已去，榮耀仍然會降臨在這片大地。」辛西亞微微欠了身，如此說著。

彎著笑意，然握著辛西亞的手掌，輕輕地，一會兒才放開。

將決定告訴我之後，然走了過來，站在我的面前：「既然你的能力被帶走了大半，我想為你進行第二次的開眼，雖然相當匆促，但是我想你只要經過之後，很快就能發揮更多力量彌補那些被取走的。」

閉上眼睛。

我想起最後在鬼王塚看見的那一幕。

然後，我睜開眼睛：「麻煩你了。」

轉過頭，然注視著站在一旁的尼羅：「我想，你也一起吧。狼人並非無法調高力量，只是欠缺了些許東西而已。」

尼羅看著他，思考了片刻之後，於是點頭。

「嗯，那就開始吧。」

第九話　襲擊者

地點：妖師本家
時間：下午一點二十九分

如同先前一樣，開眼的過程感覺上並不長。

之後，然吩咐我們回去一定得立即休息，因爲每開一次眼就會更加耗費體力。

於是我和尼羅與伊多道別之後就直接離開了那棟古老的房子，沒有多加停留便回到黑館的房中。

依舊停留在房間裡的大氣精靈換了位置，這次不是在櫃子上了，而是端坐在我的矮桌前，正在和那隻不知道什麼時候出來的寶石兔子打撲克牌。

其實我很懷疑他們眞的會打嗎，不過在聽到兔子喊心臟病時，我就直接走進房間了。

「需要幫您準備一點飲料嗎？」看見我疲憊地倒在床上，尼羅細心地幫我整理好床被然後詢問著。

「不用了，謝謝……」我看了看眼前似乎完全沒有任何感覺的狼人，開始覺得二次開眼應該很傷身，因爲我全身幾乎都沒力氣了，與第一次不太一樣。

有種跑完馬拉松後的感覺。

可是，尼羅怎麼一點感覺都沒有？

把臉埋入枕頭裡，昏沉沉的腦袋中全部塞滿了今天聽見的事，我的記憶、那樣子的來歷，我想后會改變或許是正常的。

畢竟，喵喵他們似乎也沒有喜歡過這個種族。

迷迷糊糊的，我好像就這樣睡著了。

清醒與昏睡之中，夢裡不斷交雜著一個接著一個的場景。

有過去的，那時候的妖師與王子他們從來不干涉任何事情，只在洞穴碰面之後，看過一個一個美麗的風景。

時間在流逝，所有的事物都在改變。

學長的臉不知道和誰重疊了，也或許那個不是他，因爲學長很少會笑得如此燦爛；與過往的人完全不同，白白浪費了那張好看的臉。

夢幾乎要醒的時候，我看見了一大片草原。

就像一開始他來找我一樣，他就在深綠色草原裡，四周其他風景同時開始崩裂。

「我們聽見風之精靈的消息。」

在草原上的羽裡站在原地沒有走近，只是看著我：「瑜縭讓我帶話給你——時間會流逝，不當的歷史在不當的操作下會一再重演，你要仔細思考然後選擇，就如同那時候你在船上選擇你的方向一樣。」

我跑了兩步，靠近他：「可是，我現在……」止住話，我不知道應該和羽裡說什麼。

「別撒嬌了，沒有人在你前面就自己走，你應該早就到了可以自己判斷的年紀了吧！」羽裡搥了一下我的肩膀，臉色依舊不太好：「我的力量在夢裡停不了很久，我自己想告訴你一件事。」

「什麼事？」

「不要管別人，做你自己的決定。」

說完的那瞬間，我還來不及回話，整片深綠色的草原就破碎了。

同時我也從夢中驚醒。

那瞬間，我看見房裡全部都浸染了紅色，好像是誰在間房裡潑上血水一樣十分驚人，眨眼過後，房間又恢復成正常，好像剛剛看見的那個顏色是假的一樣。

被嚇了一大跳，我馬上從床上跳起，立即發現床邊還站了另外一個人。

「伯、伯爵？」我看見蘭德爾不曉得什麼時候出現在我房間裡，整個人往後退開一大段距離；要知道房間裡突然出現吸血鬼是種滿可怕的事情。

蘭德爾豎起一根手指，做了個噤聲的動作。

我這才注意到房門還是半開的，隱約可以從這邊看見外面的小廳，睡前還看見的尼羅趴在外面的桌子感覺上好像是在打盹，另一邊趴著寶石兔子，從這角度看不太清楚大氣精靈，不過從四周空氣依舊冰冷來判斷，他應該是又坐回去窗邊的櫃子上了。

走過去無聲地把門給關上，蘭德爾才開了口：「我剛剛才把他趕出去休息一下。」似乎沒打算讓我出去，他就拉了張椅子舒適地坐在旁邊，「公會連了兩天召開緊急會議，我想你應該知道爲什麼。」

我點點頭，坐回床鋪，不過是離伯爵最遠的距離。

「即將開戰了。」看著我，蘭德爾說出了好像只是要去喝杯茶一樣輕鬆的話語：「我們收到比申鬼王將獄界的鬼族引出的消息，不過因爲之前鬼王塚的伏兵被消滅了九成，所以我們還有一點時間可以做準備。」

消滅九成……

我突然想起百句歌，原來那個全部都唱完威力那麼大。

「一般學生會從今天晚上開始送回原本居住地，這所學校位居於守世界最重要的出入口跟陸地時間的交會點，所以鬼族攻擊我們不是只有私心而已，公會已經下達命令，在將鬼族擊退之前，你必須和一般學生一樣離開學校，我們會有專人去保護你直到事情解決。」直截了當地把來意說完，蘭德爾瞇起眼睛看我的反應。

「專人？」完全清醒之後，我看著眼前應該是被公會派來當說客的伯爵。

「因爲你是妖師的血緣關係者，雖然沒有正式力量，不過按照之前鬼族襲擊你的狀況來看應該也會有某程度的危險，我們會有一名紫袍前往原世界在附近保護你們一家。」

紫袍？

我突然有點想笑了，原來妖師血緣者眞的那麼重要啊？

「我可以自己做決定嗎？」

蘭德爾站起身，看了我一眼：「說眞的，公會方面態度滿強硬的，應該是不會讓你自己做決定。」他壓低聲音，露出了某種冷笑：「不過呢，我個人認為，小學弟啊……自己想做什麼就去做什麼吧，管他們去死，反正你又不是公會的人。」

看著眼前的黑袍，我露出笑容。

※

送走伯爵和清醒的尼羅之後，我同時也收到一張學院寄來的緊急停課函。

上面很清楚地寫明了鬼族的事，完全不隱瞞學生，因爲估計近幾日會遭到攻擊所以讓所有學生在今日晚上開始撤離，學院方面會調度人手協助。

而，因爲是大規模襲擊，所以大學以下未有袍級的學生一律不准參戰，除非有特殊資格者向上申請，否則以安全爲重，禁止大學部以下的學生自行加入。

「玩眞的咧。」接過那張紙，楔嚼著自己從房間裡翻出來的洋芋片，順便把學校寄來的紙函也一起嚼下去：「按照本人的估計，鬼族最慢四天之內就會到了。」

「你跟鬼族很熟嗎？」看了兔子一眼，我把其他人給我的東西都放進另外的小背包。

「不熟，按照往常推算都會這樣。」兔子把空包裝袋踢掉：「你準備好了沒？」

拍了拍旁邊的背包，我點點頭。

就在我將東西都打包好準備等晚上統一集中的時間來臨時，房門被人敲了兩下。

快步打開門之後，我看見門外站著意料之外的人。

「夏碎學長？」沒想到來找我的紫袍會是那天後就沒見過的夏碎學長，說眞的我有驚訝到。

「褚。」勾了勾笑容，夏碎學長拍了一下我的肩膀：「我提早來帶你先回原世界。」

他的聲音感覺上好像有點疲累的樣子，不過看起來沒有什麼事情。

「……是夏碎學長跟我回去？不是對鬼族要開戰得留在這邊警戒嗎？」我以爲夏碎學長會是很大的戰力。

微微一笑，夏碎學長看了旁邊的楔一眼，然後打了招呼：「我無法確定我不會因爲私人情緒而影響其他事宜，且目前還是高中部的身分，所以公會派遣我和你一起回原世界。」

看著夏碎學長，我很能明白他所謂的私人情緒是怎樣。

說眞的，如果再讓我看見一次鬼族，我也不能確定我會做出怎樣的事情。

「夏碎學長，我……」我其實並不想就這樣回去，就在我看過凡斯的記憶之後，然也替我開了第二次眼，我想我其實能幫上忙。

就在，我已經知道妖師眞正能力是什麼的現在。

那是一種永遠不可能被別人接受的力量。

止住了原本想說的話，我突然不敢直接告訴夏碎學長，或許他早就知道了，但是我卻不敢親口告訴他。

那種力量……就連我自己都開始覺得害怕。

側聽人心，然後化爲實。

我從凡斯那邊繼承的妖師先天力量，即是用心想就可以化成眞實的力量。

世界上不應該有這種東西，不然很容易會天下大亂。

或許，我多少可以理解爲什麼全部種族都會因爲害怕妖師而下達全面追殺的命令了。

換個方向想想，如果我每天想著去搶銀行能夠搶成功而且不會有任何人知道是我幹的，那多搶幾次一個國家應該就倒了吧？

這樣想著，我突然覺得然和其他當代妖師沒有變成世界上最大的搶劫盜匪集團眞是太好了。

「藥師寺家的小子，你現在也有想說的話吧。」爬到我肩膀上掛著，其實還有點沉重的楔用著昂貴的紅色眼睛瞅著夏碎學長看。

「我？並沒有……」微微一笑，夏碎學長瞄了我一眼。

不知道是不是我多心，我總感覺夏碎學長今天眞的怪怪的，怪到一種讓人無法解釋的地步，雖然他和之前看起來還是一樣，但是給人的感覺不同了。

「你自己應該知道，妖師的力量僅限於改變未來，已經『發生』過的事沒有辦法變動。」直接點破對方所想的事，楔完全不客氣地說著：「要改變『發生』的事情，除非你自己去當妖魔鬼怪了，不過本大人還沒聽過最近有哪個妖魔鬼怪可以把時間倒流。」

愣了一下，夏碎學長偏開臉：「我並沒有這樣想，如果可能的話……不，其實已經不可能了，不是嗎。」

依舊掛著微笑，不過現在我終於知道夏碎學長給我的那個怪異感是怎麼來的了。

我想，他在來的路上應該想過非常多次如果可以，想要借用妖師力量讓學長回到這邊吧……不只是他，我自己也想過很多、很多次。

但是在冰川學長活著的那一刻，不管我怎樣想過他會跟我們一起回來，他終究是沒有。

透過那些記憶，我隱約知道一點怎樣使用那種奇怪的力量。其實說穿了，就和學長以前一直告訴我的一樣，要很用心地去使用才會實現。

然後我驚覺，原來從頭到尾學長在教我的一直都是怎樣可以獨自操縱這些力量，包括不可以亂想。

這麼簡單的事情，我到最後才知道。

「褚。」站在前面的夏碎學長毫不迴避地看著我：「請放心，我發誓絕對不會向你要求妖師的力量，已經『發生』的事情不可能改變，所以為了不辱沒曾經有過的搭檔之名，我能夠走回我的道路繼續接受一切。」

看著夏碎學長，我知道他已經沒事了。

「我們回去吧。」

※

其實從學校到家裡根本花不了多久時間。

後來我才知道，轉移地點的速度和時間與一個人的能力有關係，那時候夏碎學長曾告訴過我，如果是現在的我想要進行這種大型的空間跳移應該得花上一、兩分鐘左右，可能是之前被學長或其他人帶著所以才沒感覺。

不過基於可能會被卡在世界的哪邊，我還是不敢在夏碎學長建議下嘗試。

「像是進入學院的入口都是經過特別設計的快速法陣，那類的通道大概瞬間就到了，所以對陣法不太熟悉的新生才可以趕得上上課時間。」一邊這樣解釋著，很快地我和夏碎學長還有一隻兔子就站在我家門口了：「當然，很多舊生貪圖方便也會去使用。」

……我應該算舊生了吧？

「修練不純熟的傢伙也都要用入口。」心腸不怎樣慈悲的兔子把事實給說了出來。

「眞是不好意思喔！」按了門鈴之後裡面都沒有聲音，我一邊覺得奇怪一邊從旁邊窗縫處找出預備鑰匙打開門。

奇怪……我記得老媽好像不會在這種時間出門，是材料沒有了嗎？

仰起頭看著我家二樓，夏碎學長突然瞇起眼睛：「裡面有奇怪的氣息，快點開門！」

「咦！什麼？」一被催促我也突然有種慌張的感覺，這種時間冥玥應該不會在家裡，現在她應該會在學校……不然就是公會，家裡只有老媽的話怎麼可能會有奇怪的氣息？

我記得，學長曾經在這邊設下結界。

匆忙轉開門鎖後，一開門我也瞬間感覺屋子裡有個很奇怪的感覺，與其說是感覺……還不如說是一種奇怪的味道，四周空氣好像很緊繃，一走過去就會崩壞哪邊空間的樣子。

還來不及詢問那是什麼東西，我先聽到的是尖叫聲，從我最熟悉的廚房裡傳出來。

有那麼一瞬間，我覺得心臟好像漏跳一拍。

「有別的東西在這邊。」直接甩出了幻武兵器貼在手臂上，夏碎學長一點猶豫的時間都沒有，蹬了腳直接往前衝。

幾乎是反射動作，我也跟在他後面跑過去。

這種時間在家裡廚房的只會有我老媽——

「重柳族的人！」還未踏進廚房，我就聽到趴在肩上的楔這樣喊著。

「蟲……？」

直覺就是不好的東西。

一轉過去廚房，夏碎學長已經比我早到一步，伸出手就將我擋在門口處護在身後。

我透過他的背看見的是個全身穿著黑衣的青年，旁邊棲伏著一隻人般大小的黑色巨型蜘蛛。

記憶與現實重疊。

老媽就倒在他腳邊，我看見他身上似乎有著過去掐著舅舅的身影，雖然他與記憶中的是不同人。

黑色的蜘蛛安靜地趴在旁邊，藍色的眼睛轉動了幾下全部對過來看著我們。

「重柳族的人為什麼對一般人下手？」夏碎學長瞇起眼，像是隨時會跟眼前的人動手一樣。

那個青年緩緩轉過頭，他連臉和髮也全都覆上了黑色的布，只露出一雙很深邃的藍色眼睛：「重柳一族、獵殺妖師一族，我們收到了妖師再出的消息。這個世界的秩序不容妖師一族打亂，在時間被扭曲之前，我們必須導正時間的錯誤。」

他的聲音很沉、很年輕，但是給人的感覺也很冰冷。

「你現在腳下躺著的是人類的婦女，她一點妖師的力量也沒有，重柳一族要對人類痛下殺手嗎？」

看了我老媽一眼，青年抬起頭：「確認過，婦女身上有著妖師的血緣，最小的機率都會造成時間失序，必須盡早除去。」

「等等！我老媽和那邊完全沒關係啊！」看見對方話裡的意思越來越不對勁，我馬上推開夏碎學長的手：「她什麼都不曉得！根本和妖師沒關係……連記憶都沒有！你們這些人怎麼這樣子到處亂殺人！」

還來不及抽出米納斯給他一槍，夏碎學長已經連忙把我抓回來。

藍色的眼睛轉過來看我，「我收到的消息是男孩……你是婦人的兒子，所以我要剷除的對象應該是你們兩個。」

所以，其實他是衝著我來的才對？

有種怒火突然整個滿出來的感覺，胸腔被氣到幾乎發痛。

爲什麼這些人不乾脆都衝著我來就算了，爲什麼每次都是我旁邊的人被他們傷害！

他們到底還想怎麼樣？

「重柳一族已經變得完全不分青紅皀白了嗎？」甩出長鞭，夏碎學長勾起冰冷的微笑：「公會已經全面發出消息，再過不久戰爭就會開始，既然重柳一族有著必須守護時間的使命和力量，爲什麼不將力量用在保護那些事物上不受鬼族侵襲？鬼族才是最大的扭曲，你們千年前視而不見，連精靈大戰都沒有挺身而出，千年之後還是一樣。」

「造成鬼族的扭曲，根源是來自各大種族，重柳族或時族都沒有必要爲種族善後；我們的任務是用在時間之上，並非生命的扭曲……」

「歪理，當初我的搭檔到這裡來的時候也沒聽見你們囉唆什麼。」心情似乎非常不好的夏碎學長直接和他槓上。

「精靈族的殿下有著時間之流的保護契約，我們認可他在這世界上，但我們不接受他存在。」黑色的青年彈了下手指，本來伏在旁邊的蜘蛛突然動了兩下站起身來：「妖師一族造成了強烈的時間變動，必須從世界上抹除才不會繼續傷害時間之流的行進。」

「老媽——」我看見蜘蛛往我老媽那靠過去，一緊張馬上拿了米納斯對那隻黑蜘蛛開了一槍。

直接被打中前腳的蜘蛛整個轉過來對我發出可怕的嘶嘶叫聲。

「喂喂，麻煩兩邊都等等。」

就在蜘蛛要撲上來、夏碎學長要衝過去把牠打飛之際，趴在我肩膀上的寶石兔子突然開口說話了：「那個重柳的小朋友，你很面生，可是你身上有光影村的契約，你跟哪個傢伙訂的？」不怎樣客氣的兔子手直指著青年，語氣很囂張。

終於注意到有隻兔子的青年轉過頭：「……參之村村長、嶼。」

「啊啊，果然，我就記得那個死傢伙是負責那邊區域的。」抖了一下耳朵，楔睜著那雙很貴的眼睛看著眼前的青年：「我長話短說好了，有人跟我簽訂契約，契約內容有部分和這家人有關，你如果要妨礙光影村契約執行的話，我就把你斷電喔！」

……

那一瞬間，四周全部沉默了。

我和夏碎學長轉過來看著旁邊的兔子，他一點都不像在說笑的感覺。

可是，我覺得他好像是在講笑話。

站在廚房裡的青年終於有比較大的反應，藍色的眼睛瞪得大大的，不敢相信居然會聽到這種話的樣子。

「而且還是全族斷電喔。」

兔子補上第二刀。

❋

客廳的時鐘指針聲音很明顯往前走上了一格。

「……威脅？」

大概過了快五分鐘，全身都是黑色的青年才緩緩開口。

「沒錯啊，我並沒有說不是威脅。」直接承認自己在威脅的兔子很舒服地趴在我肩上：「全村喔，我記得重柳在光影村簽約很多，嘖嘖……都斷光的話應該會很有意思；想嚐嚐不管怎樣都無法用法術呼喚亮光的滋味嗎？」

我看得出來，這招好像很有效，因為青年眞的動搖了。

「即使與光影村作對，我還是必須執行任務。」頓了頓，青年決定忽略被斷電的嚴重性。

「你有把握能夠贏得了在場的人嗎？」夏碎學長完全沒有放鬆地緊盯著他。

「唉唉，年輕人不要這麼衝動。」打斷兩人的再度對峙，楔揮了揮短手：「重柳的小朋友，妖師一族已經重新涉世了，鬼族戰爭重新再啓，連黑暗一族都踏入這邊幫忙，隱藏在時間幕後的重柳一族既然不想插手，也別來干擾我們抗戰吧。」

「……既然妖師再出，重柳一族會傾巢一舉消滅他們。」

兔子咧了笑：「你們想幫助鬼族嗎？」

有那麼一秒，青年愣了一下：「兩邊都不可能幫助。」

「喲喲，你們把妖師都殺光了我們還打個屁，這不是幫鬼族是幫啥，自己說不干預啥生命有的沒有的，還不是變相要幫助鬼族。」

「我沒有！」

我看著那個青年，跟剛剛不太一樣，他好像有點激動起來：「重柳一族只守護時間的進行，不會干預生命的戰爭！」

「既然這樣，你就假裝不知道妖師再出這回事，這個消息連公會以外的大型種族都不知道喔。」楔勾出了老奸的笑：「重柳一族，如果我沒記錯的話……好像是各自做各自的事情吧，你不說出去就不會有人知道你所擁有的情報，如果現在重柳一族要出來攻擊妖師就等於幫忙鬼族，你也不想被別人說你們一族是鬼族的走狗吧。」

伏在旁邊的大黑蜘蛛動了動，藍色的眼睛全都轉向青年，像是要徵詢青年的意見。

「……我知道，算了。」拍拍蜘蛛的前腳，青年稍微往後退了一步：「看見妖師是事實……除非有任何意外，否則我無法放棄追殺妖師的任務。」

「這個意外，就是你敵不過這裡的人被打成重傷回去吧。」

我愣了一下，馬上把兔子從我的肩膀上抓下來：「等等，為什麼他要重傷？」在他們談話過程中，我突然覺得青年好像也不是什麼壞人，怎麼突然進度就變這樣了？

「如果不是受傷的話，重柳一族的人不會放棄任務。」直接幫楔接了話語，下一秒夏碎學長就出現在那個青年的身後：「至於受傷被救離之後，妖師跑到哪邊就不關他的事情了。」

幾乎沒有給我和那個人多談點什麼的機會，眨眼過後，我看見的是白色的血從青年的背後整片灑了出來，抽出風符的刀，夏碎學長完全沒有手下留情就撕裂了對方的背後。

「等等！不要下手太重！」那個人整個跪倒下去，不知道爲什麼，我把他和另外一個人的影子疊合，那個……擁有銀白色髮的影子：「夏碎學長，這樣就好了！」

一停下手，旁邊的大黑蜘蛛馬上發出憤怒的聲音，不過沒有攻擊其他人，只是把青年馱到身上，瞬間一人一蜘蛛馬上就消失在空氣之中。

如果不是地上和牆壁上有那些白色的血，我會以爲剛剛那些全都是幻影。

等到那兩個東西完全消失之後，楔才呼了一口氣。

「還好是年輕的，小朋友比較重視族的名譽可以騙他，要是遇到老手，你們就死定了。」兔子跳到地上，這樣來回看著我和夏碎學長：「老手根本不廢話，瞬間就讓人斃命。」

不曉得爲什麼，他這樣講的時候讓我想到上一任妖師死亡時的那個黑衣人。

與青年的打扮很像，但是不是同一個人。

比起到底有沒有關係，我現在只想確定一件事——

「老媽！」

躺在地上的人沒有反應，一時間我突然不敢上前。好像有什麼東西崩落的聲音，我害怕現在往前踏，看見的結果會讓人難以接受。

夏碎學長快了一步將我老媽半扶起來，然後稍微按了下手腕：「沒事的，只是昏倒而已。」一邊說著，他一邊快速唸了點什麼東西。

「沒受傷吧？」戰戰兢兢地靠過去，我從夏碎學長手邊接過老媽，她眼睛完全緊閉，臉色有點蒼白，安安靜靜地一點也不動。

這種時候，我突然發現那個每次揪著我耳朵的老媽原來這麼嬌小……

「沒事，我已經將剛剛重柳一族的相關記憶修正了，你母親會以為自己只是摔倒而已。」不輕不重地拍了一下我的肩膀，夏碎學長安撫地微笑說著：「我先將她移到臥室休息好嗎？」

像是大夢初醒，我連忙點頭，帶著夏碎學長到我媽的房間讓他把人安置好。

楔從後面爬起來，還是趴在我肩上。

放好人後，夏碎學長從房間退出來，我將他們帶到我房間裡，然後帶了飲料和零食上來。

一看見零食楔就直接撲過去了。

沒有立即坐下，夏碎學長左右看了一下：「看來這個房子原本的結界被剛剛那位重柳族的人破壞了，難怪他會知道這裡住著妖師的血緣者。」

「重柳族是什麼？」

看著重新布下結界的夏碎學長，我急迫地想知道這件事。

他來意不善，而且還說自己是時間什麼的一族。

一想到這裡，我突然感覺到害怕。因爲那個人連沒有力量的老媽都不放過，如果這種人還有好幾個，那我家……

「就跟妖師一族和精靈族一樣，他們是時間的古老種族。」扯開洋芋片的包裝，楔一邊忙一邊轉回過頭看我：「妖師是被派下監督世界的黑暗種族，時間一族是守護時間正確行進的種族，精靈一族是貫連生命的種族，同樣的道理。」

「時之族聽說在很久很久之前，比精靈大戰更久，在對陰影之前的戰爭之前、白精靈還存在時候就已經很少人了，據說他們原本住在看守陰影的聖地，後來聖地被破壞之後時間種族就退到世界之後，大約在精靈大戰之前聽說有一個分支出現，時間不確定，總之就是後來的重柳一族。」夏碎學長頓了一下，我也想起來之前莉莉亞曾說過相關的事，更久之前的戰爭的確好像有這個東西的樣子。微微看了我一眼，他才繼續說下去：「重柳一族主要的任務是殲滅妖師的存在，因爲他們認爲妖師的能力已經超過原本所賦予的任務，嚴重破壞了時間的走向，甚至可以操控未來發展，所以無法容忍妖師的存在。」

「是個熱血又正義的一族。」楔補上這句話：「不過都是笨蛋。」

夏碎學長輕咳了下：「總之，若是那位剛剛要動手的話，我想我們應該會全被他收拾掉。」

「咦？」那個人有這麼強？

光聽他的聲音和看感覺，我以爲他應該只比我們大沒多少而已。

「對啊，這邊會全軍覆沒，房子被夷爲平地，於是就GAME OVER，可以按重覆鍵看看有沒有辦法再生。」兔子發出了完全廢話。

「這下麻煩了，一個還好……重柳族做事情通常是獨立作業，如果他不要張揚出去其他人應該不會發現，如果他回報了族中發現這邊的事……」夏碎學長皺起眉，看起來事情好像會變得很棘手。

「……除了死掉，不然也不會再糟了。」嘆了口氣，我突然有種隨便他了的感覺。

從開始到現在，每件事情我都無能爲力。

除了最後被他們殺光，現在我也不曉得會有什麼事情更糟糕了。

有種豁然開朗的感覺，反正都要死掉了，其實我也突然覺得那個人並不是那麼可怕，而且他剛剛還放了我們一條生路。

打開背包，既然要回來住，我想稍微把東西整理一下，等等老媽醒了之後再隨便用個理由搪塞過去，冥玥應該另外也會有辦法幫忙吧……

我曉得夏碎學長他們都在看我，但是我無法遏止自己不消極。

從背包裡抽出一小包東西，我幾乎瞬間就認出來了，最後那時候學長交給我的。其實回來之後就沒看過了，所以我一直不曉得裡面裝著什麼。

那是一個布包，正確來講是個布料團，裡面不知道有沒有放東西，白色的布料團用紅色的線綁著，外面沾了些許血污。

「等等，那個玩意……」兔子丟下零食靠了過來。

「褚，借我看一下好嗎？」夏碎學長伸過手，接過那個布料團之後很快地將東西打開。

那真的是一大塊白色的布料塊，方形的，四周鬚邊很嚴重，可以猜得出來應該是從某個地方隨便撕下來的，例如像窗簾。布料上有著不太顯眼的複雜銀色圖騰，圖騰整個是粉狀的卻奇異地固定在上面不會散落下來，安安靜靜地發著淡淡的光。

「這是藏匿結界的高級法陣……」頓了頓，夏碎學長垂下手，神情有點複雜：「有這個的話……重柳族就找不到這個地方了……這個、很少人懂得如何製作……」

看著那塊應該是在很匆忙狀況下繪製好的法陣，我突然有種鼻子酸了一下的感覺。

我不曉得這是在什麼情況下畫出來的，也不知道原本作用是什麼，但是這是學長交給我的，也就表示說這個東西他打從一開始就要用在我身上……或者我的周圍。

這個人真可惡，連不在我身邊也要管這麼多事情。

如果他少管一點……

用力揉揉鼻子，我沒有繼續想下去。

「將陣法使用在這邊好嗎？這樣的話，這一帶都會有這種陣法的保護，如此一來重柳族就不會再找到這邊了，會變得很安全。」夏碎學長輕聲地徵詢我的意見。

「嗯。」我點點頭，對這些事情沒什麼特別的意見，就算夏碎學長不問我，其實我也不知道要拿那個東西做什麼，所以就隨便吧。

看著夏碎學長和兔子又各自去做自己的事情之後，我繼續把行李從背包裡拿出來。

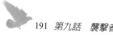

短短半學期裡，我的雜物突然變得很多。

最早去到學校時只有衣服，現在拿出來的不只有衣服，還有很多東西。

一邊收的同時，我突然發現很久沒有使用的書桌上擺著一封信，上面寫著我的名字的掛號信，應該是老媽幫我拿上來的。

地址是我熟悉的，來自於幸運同學。

拿起信件，我看了下上面的日期，是我最後一次碰到他之後大約一個星期後寄的。

爲什麼他會寫信給我？

印象中，幸運同學幾乎是不寫信的，因爲現在網路很發達，基本上我們晚上在用網路時偶爾會聊個一、兩句，不過他總是很忙，只有回到這邊時才可以見面多聊天。

信件有點厚度，不用打開就可以感覺到裡面塞了一層東西。

輕輕地打開封口，裡面是很多顏色。

那是一疊相片。

※

室內幾乎一點聲音都沒有。

我突然驚覺，那個大氣精靈還一個人留在我學校的房間裡，那裡面現在也什麼都沒有了。

信封整個拆開之後，我將裡面的相片拿出來。

前面幾張是風景照，看得出來是商店街的相片，從布置來看應該是上次聖誕節期間，相片裡的情景非常熱鬧，有著許多漂亮的燈飾和布置。

一張、兩張、三張……

翻開第四張之後，我的動作停了下來。

隨著相片附來的還有一封信，信上寫著這是去年商店街聘請的攝影人員拍下的照片，因爲幸運同學和商店街活動的主辦單位人員認識，所以拿到了部分相片，加洗之後寄了一份過來給他。

第四張相片上印著一個人。

應該是說很擁擠、很多人當中，被當作攝影主角的一個人。

黑色的長髮黑色的眼睛和我熟悉的漂亮輪廓，用很認眞的表情正在看路邊的攤販製作聖誕節創意小吃。

旁邊沒有我也沒有幸運同學，估計應該是走散那時候被拍的。

大概是因爲被攝影的主角很出色的關係，類似的照片還有幾張，另外也有一些拍到我和幸運同學，不過張數很少，也有一、兩張是三人照。

機械式地將相片一張張翻看著。其實相片說多也不太多，大約十來張，很快就能全部看完。

我可以聽見那天聖誕節的鈴鐺聲響，還有煙火預備的熱鬧。

輕輕翻開最後一張，那是一張特寫，背景全都模糊，讓攝影主角完全獨立出來的手法。

空氣中有著煙火美麗的折射。

那上面的人抱著兔子，柔軟的細毛貼在他身上，四周有著商店街燈飾灑下造成的微弱光芒；他閉上眼睛，在那個時候跟著所有人一起閉上眼睛祈禱。

但是再也不會有人能知道那時候他閉上眼睛想的是些什麼了。

我想，我應該是第一次看見學長放鬆到幾乎沒有防備的微笑，但卻是在這張相片裡，第一次有著、那個和精靈三王子有點相似的笑容。

放下最後一張照片，我小心翼翼地將這些東西收回信封，再放進去背包裡。

轉過身，夏碎學長和楔都在我眼前看著我，等著我說話。

「我不能留在這邊。」抹抹眼睛勾起嘴角弧度，我看著夏碎學長，突然自己都感覺自己有著莫名的堅定。

沒錯，現在的我不應該待在這邊。

我有事要做。

夏碎學長靜靜地看著我：「如果你現在回去代表不配合公會命令，以後可能會有些事。」

我想，我笑了。

「管他的，我又不是公會的人。」

這是我的決定。

第十話　前哨

地點：Atlantis
時間：下午五點七分

「如果這是你的決定，那我無法干涉你。」

那天下午，夏碎學長似乎勾起很淡的微笑，這樣告訴了我。

其實我覺得他的笑容好像意味著什麼，不過他不想說，所以我沒有多問。

確認老媽應該很快就會清醒，我連等待也沒有，撥了電話給附近的阿姨請她過來一趟之後，就把所有重要的東西都塞回背包，再度離開我最熟悉的地方。

那是我的決定，跟誰也沒有關係。

陣法轉移時，兔子趴在我肩膀上：「說真的，我早就知道你會這樣決定。」他露出奸險的笑容。

「是喔……」其實我也沒想到我會做這種決定。

「我的眼光一向很準。」兔子紅色很貴的寶石眼睛動了動，然後轉到旁邊。

就和回家時一樣，其實我們在轉移上並沒有花很多時間。

轉移地點之後，我看見同樣不陌生的地方。夏碎學長的目的地不是黑館也不是紫館，而是另一個聚集了許多藍袍的終點。

整個保健室的藍袍都轉過來看著突然出現的我們。

「漾漾！」原本正在準備藥品的喵喵突然丟下手上的藥罐，馬上撲過來。看見我們的同時，輔長也馬上從另外一端跑過來：「夏碎，你在搞什麼鬼？不是應該下午就要把人送回去……」

「抱歉，因爲褚不是直屬公會的人，所以我無法控制他的行動。」夏碎學長用有點無奈的口氣看著輔長，稍微惋惜地說：「另外我已經回報公會，他們的住所被重柳族的人發現，已經不安全了。」

轉頭看著夏碎學長，我知道他在說謊。

「這樣嗎……？」輔長的口氣有點疑惑：「雖然醫療班是後備輔助的袍級，不過危險性同時也比其他人還要高，如果你要將人寄放在這邊的話我們也不能保證安全。」

「這沒關係，我還有公會另外的指令，到結束之前我都必須跟在他旁邊。」夏碎學長稍微看了一下醫療班裡其他讓我覺得很面生的人：「況且，如果我待在醫療班的話，對你們來說應該稍微有利些，畢竟我會的並非醫療範圍。」

輔長看著我們，微微皺起眉。

「唉，考慮什麼呢。」突然有人從輔長背後繞出來，拍了一下他的肩膀：「既然有紫袍就拉進來啊，雖然我很高興可以留在這邊物色我想要的東西啦，不過叫我一個人待在這邊做安全警衛，我也很累的好嗎。」身爲黑袍也是醫療班的九瀾陰森地在後面這樣說著。

「漾漾可以和喵喵一組。」拉著我，喵喵露出大大的笑臉：「對吧。」

我看著她，喵喵知道我有著怎樣的背景，可是她的態度從以前到現在都完全沒有改變。我曉得千冬歲和萊恩也一樣，有可能我突然變鬼族了，他們也還是會跟以前一樣吧？

「我是無所謂啦，多個幫手也好，醫療班肯定會很忙……」一邊這樣說著，沒有再多管其他事情的輔長一邊被其他做後備的人拖走，繼續忙碌著即將迎接事情的準備。

喵喵和九瀾還待在我們這邊。

「漾漾突然跑回來，要戰爭了，不會害怕嗎？」放開我的手，喵喵用擔心的表情這樣看我。

我看著她，微微搖了頭。

應該說，其實我也沒有什麼好害怕的了。

如果是以前的我，應該在回到原世界後，就永遠不會再到這邊來了吧。

「真勇敢，放心吧褚小朋友，萬一你翹掉的話，我會幫你做成美麗的收藏品的。」陰森眼鏡後面發出可疑的光芒：「畢竟要收到妖師的屍體是很困難的一件事情……」

「如果我不小心翹掉了，麻煩你可以的話，盡量把我埋在土裡面……」我並不想死後進入標本世界。

「嘖！」九瀾哼了一聲，然後才從他身上很多口袋的外套裡翻出一個東西遞過來。

只看了一眼，我馬上就知道那是什麼：「我的手機怎麼會在你那邊！」我還在想說要找時間去向尼羅拿回來。

「喔喔，那個吸血鬼寄放在我這邊的，說什麼你會過來叫我轉交給你。」

聽著這些話，我接回手機。原來伯爵他老早就知道我最後會做什麼決定了啊，連夏碎學長會帶我來醫療班的事都知道：「伯爵他們人呢？」

「目前在學院的所有人已集結完畢，已經分批到各個據點去了。」站在旁邊的夏碎學長這樣告訴我：「學生撤完之後，學院中所有建築物也會暫時進入第二空間避難，不過學院裡的基礎、也就是建構起整個學院的四個據點無法移動，會留在原地需要保護，只要據點被攻擊破壞，這個學院就會不存在了。」他用很容易理解的方法快速解釋完。

意思就是現在所有人也不能都撤掉，一定要逼退鬼族就是了？

「學院的四大據點漾漾也知道喔，就是白園那四個。」喵喵很好心地告訴我。

「嗯，我曉得，你們曾說過那是學院的根本結界。」而且還是萊恩最喜歡去的野餐好地方。

「我們也正要出發喔。」拍拍身後的醫療背包，喵喵眨了眨眼睛，可愛的臉上有著比平常更成熟的嚴肅表情：「醫療班人雖然很少，但是在奮戰上不會輸給其他人的。」

「喵喵他們被分配到風之白園。」九瀾看了我們一下：「白園地點在高中部，清園在大學部，其他兩個分別坐落在東方和南方……你應該還沒有到大學部或其他學院區域去過吧？」

「大學部？」

被他這樣一說我才想起來，我只看過高中生……但是我從來沒有在學區範圍看過其他年級的學生。所以說……

我們學校其實比我想像的更大？

「大學部的學區在北門那邊喔。」喵喵微笑地告訴我：「漾漾應該沒注意到，因爲校門會辨認學生證，高中部的學生會送到西門、也就是我們常常使用的校門口，大學部會傳送到北門，低年級就都傳送到東門。原本南門是國中部的，不過聽說之前遭到破壞，所以變成教室散步的大空地了。」

被喵喵這樣一說，我才隱約想起似乎有這麼一回事。

「另外每個校門出去一定會連結左右商店街，所以不管從哪個校門出去都是一樣的。」喵喵幫我附註上這句。

拍了一下手，夏碎學長中斷了我們的對話：「好了，這些以後再說吧。」他勾起一如往常的微笑：「我想主要力量都集中在西大門吧。」

九瀾環著手，露出了感覺上好像很陰森的笑：「當然，南門已經壞了，北門代表死亡道路，東門是初生之路，這兩條都不是鬼族會選擇的地方，所以一定會從代表轉換的西大門進來。」

西大門……即是他們會從高中部大門進來。

被他們這樣一說，我才注意到以前出事好像真的都是從高中部這邊開始。

喵喵很歡樂地撲過來抱著我的手臂：「大家要加油喔！」

「褚小朋友，這件衣服先借你穿吧。」黑色仙人掌突然拋了一包東西過來。

我手忙腳亂地接住後，一打開看見裡面裝著的是一件藍袍衣服：「這個？」

「規定無袍級不可以穿袍級衣服，不過既然你要參戰，根據我是黑袍的分析，這是你必需的所以先借給你。」他發出詭異的笑聲：「沒有袍級衣服的特殊保護，我看你應該很快就可以讓我收藏了。」

「非常謝謝你。」我毫不猶豫地打開衣服開始著裝。

然後，外面的天色開始暗了下來。

※

我可以感覺到在那片黑暗之中，有學院的領路人帶著學生開始撤退的聲音。

整個校園一片漆黑，與往常不同，連花園中以往會出現的幻獸都不見了，燈、光什麼的也都不存在，偶爾會看見幾盞搖晃的燈光，那後面就跟著其他要返回原先住所的學生。

「喵喵，你們可不可以先等我一下？」被領著走過層層花園，我突然想起另外一件事，這樣告訴喵喵和其他的醫療班隊員。

所有人都停了下來：「怎麼了嗎？」喵喵湊近詢問著。

「我想回一下黑館，有個東西忘記了。」記得這邊的路，就算是很黑暗，我應該還是可以走回住所。

喵喵向領首的人詢問了一下，對方點點頭她才轉回來：「要快點喔，等等校園所有東西都要撤走了，我們在時鐘那邊等你好嗎？」

「我會帶他過去的。」夏碎學長拍了一下我的肩膀，這樣告訴她。

「嗯，那我們先走了喔。」

很快地，醫療班就消失在我們眼前的黑暗之中。

四周又安靜了下來，如果不是可以隱約看見石板道路兩旁還有花草，真的會讓人覺得這片黑暗窒息到難以脫離。

「褚，你想要做什麼？」

走了一會兒路，直到再度看見黑館大門時，夏碎學長才緩緩地開口詢問。

微微回過頭看著他，我推開了黑館的玻璃門，上面已經什麼都沒有了：「大氣精靈還在裡面。」那裡現在什麼人也沒有，天空和空氣都是黑色的，我不知道那個白色的透明精靈是不是還在櫃子上面唱著歌。

我不知道他是哪裡來的也不知道應該將他送回去哪邊，所以想要回去看看。

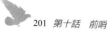

整個黑館大廳靜悄悄的，幾乎感覺不到任何一點氣息，原本住在這邊的東西全都沒有聲音了，什麼動作都沒有，太過安靜。

快步走回我的房間，拿出鑰匙打開門，裡面是整片黑暗。

「在房間裡面。」趴在肩膀上的楔拍了一下手，房間亮了起來。

空蕩蕩的沒看見大氣精靈，我連忙打開睡房的門，這才看見他待在房間角落，一點表情都沒有，感覺上不曉得是在放空還是發呆。

「你要和我們一起走嗎？」我蹲在大氣精靈面前，發現他好像變得更透明了一點，不仔細看很容易忽略。

大氣精靈偏著頭看了我一下，然後才慢慢地伸出手。

像是磁石被吸引一樣，我的手腕突然跟著被莫名地拉高了起來，然後戴著老頭公的部分就飄浮在他的手掌下。

我不曉得他想幹什麼，不過我的注意力先被手環引去。

米納斯在發光。

「米納斯？」輕聲呼喚之後，一點水珠從手環裡落出來，然後在空中直接擴展成熟悉的女性形體。

「請問呼喚我有什麼事情呢？」溫柔的目光放在我們身上，米納斯微微舒展了一下身體，視線才注意到旁邊的大氣精靈。

「呃、我想應該是他要找妳。」指著仰頭看著幻武兵器靈體的大氣精靈，我咳了聲說著。

米納斯調低了身體，同時白色的精靈也站起身，兩人對看了半晌，然後她才轉過頭來：「這位想要借宿在我棲息的地方，你同意嗎？」

你們可以這樣精神對話？

我愣了一下，馬上才意識到她說了話：「什麼地方？」棲息？

看了一下手腕，我直覺他應該是在說老頭公。

「幻武兵器的寶石裡面。」米納斯平穩地說著。

「寶石？」那個地方可以一次放兩個嗎？

「幻武兵器的寶石有結界可以保護大氣精靈，能夠當作暫時棲所，但是必須經過持有者同意才能使用。」

臨時收容所？

我看著嵌在老頭公上的寶石，突然想到這個名詞。

「同意嗎？」再度詢問了一次我的意見，米納斯浮游在空氣中。

「沒、沒問題啊。」如果不會擠的話我真的沒有意見，反正住戶又不是我……

得到同意之後，米納斯朝大氣精靈伸出了手，對方很快就搭在她的手上，像是融化般直接消失在空氣中。

「在大氣精靈離開之前，幻武兵器會有暫時的附加能力，請妥善使用。」彎下頭，米納斯握著我的手腕這樣告訴我。

「附、附加能力？」

「是的，請小心使用。」

語畢，米納斯就化成一堆水珠，消失在空氣之中。

妳還沒有告訴我有哪種附加能力啊……

就在我滿頭疑惑之際，旁邊的夏碎學長突然拍了一下我的肩膀，我這才注意到他的表情似乎有點奇怪：「褚，你的幻武兵器靈體……都是這樣自行出來？」

「咦？對、對啊，有什麼問題嗎？」自從我威脅要燒大豆之後，好像都是這種模式。

「嗯……沒什麼。」沒有多說什麼，夏碎學長突然臉色一變，快步地走到陽台邊。

不知道他想表達什麼，看他動作不對勁，我也跟著跑去。

外面的天空依舊是深黑色的，濃稠又讓人感覺黏膩，非常不舒服。

「在那邊！」用力抓了一下我的肩膀，楔指著右邊的天空喊道。

跟著那隻短手看過去，在整片都是黑色的天空中我看見的是一道紫黑色的閃光劃破了天空厚重的暗色雲層，一閃即逝，但是被劃過的天空沒有立即復原，反而直接留下一道可怕的空曠裂口，裡面不停有紫黑的顏色閃爍著。

隱隱約約，那裡面似乎有什麼在竄動著。

「……比預期的還要早。」夏碎學長瞇起眼，緊盯著那塊地方。

幾乎是在同時，有個很像煙哨的東西從校門口方向飛出來，轟地一聲炸裂成無數火花，接著從那些火花裡猛然出現金白色的鳥全部衝向天空。

黑色的天空被照亮了一整片，上面滿滿都是東西在攢動，像是長滿了各種爬蟲一樣。

「好噁心。」看著黑色的天空雲層，我有種想吐的噁心感。

「那個是斥候。」楔揪著我的肩膀，聲音整個沉了下來：「來太快了。」

「我們馬上去校門口。」沒有繼續看下去，夏碎學長一把拉了陽台窗緊閉之後，喚出了移送陣：「學生還沒退完，不能讓斥候侵入學院。」

話才說完，一種奇怪的悶響聲從上空傳來。

「來了！」

※

轉移瞬間其實花不了幾秒。

一到校門口，我馬上看清楚整個校門口都已經封閉了，放下了電影中常常看見的那種西方式城堡鐵門，第一層是鐵柵然後是厚重的三層門扉，門扉上全部畫著圖騰，而校門的城牆上則密密麻麻地站滿了好幾排人。

「漾漾！」才剛到達沒多久，有個人突然朝我們跑來，仔細一看是穿著紅袍的千冬歲，他一邊拿掉臉上的面具一邊氣急敗壞地站在我面前：「剛剛喵喵告訴我，我還真不敢相信……你跑到最前面幹什麼！」

「喔，你也在最前面啊。」看著熟稔的同學散發罕見的怒氣，我吞了吞口水，這樣告訴他。

「你去安全的地方待著，這裡和以前那些場面都不一樣，非常危險！」千冬歲生氣地抓著我的手左右張望，視線停在後面的夏碎學長身上：「你們都快點去醫療班那邊……」

話還沒說完，整片天空突然發出巨大聲響，狠狠地震動了一下，像是整個雲層都要垮下來般久久不止。

我的注意力被高高城牆上的一個人吸引，他站得有點高……可以說直接站在牆磚上了，穿著黑袍拿著一張巨大的弓箭，然後直接朝著黑色的天空放了一箭。

就與剛剛我們看到的景色一樣，那支箭瞬間沖上了天空，拉長的尾巴發出了沒有止息的哨響，接著轟地聲炸裂開了，一隻白色的飛鳳鳥竄過天空；與剛剛不同的是牠並沒有立即消失，而是拖著長長的尾巴直接竄往雲層另外一端，被牠飛過的直線整個凌空燃起了巨大的白色火焰，黑色天空中正在竄動的東西瞬間縮回去裡面。

那隻箭鳥最後在裂口處轟地一聲爆炸了，將裂口的黑紫雷炸得四處飛散。

城牆上的人我幾乎全部都沒有看過，部分穿著袍級服，但是更多穿著另外一種暗色的服裝，裝飾著些許圖騰的軟甲，感覺上不像是公會的人。

「那些都是協助公會和學院方面的外兵，從各個種族過來這邊集合的。」跟著我的視線，楔這樣解釋著：「袍級不可能應付所有鬼族大軍，所以有參加公會聯盟的各個種族都會派出援兵，當然學生方面一定也有背景人士協助。」

「不管是怎樣來的，你們快點到醫療班所在的位置吧。」千冬歲看著天空，被黑暗蓋去一半的臉有點焦急。

「校區學生還沒撤完，建築物也還沒進入二度空間轉換，我們能夠暫時先待在這邊幫助預備，你不用擔心……紫袍的能力足夠保護一個人。」微笑著，夏碎學長這樣說著。

我愣了一下，看著夏碎學長的側臉。

他想幹什麼？

望著與自己一樣的面孔，千冬歲咬了咬下唇：「我並不是質疑紫袍的能力……」他開了口想說點什麼，不過還是沒發出更多的聲音。

「不用擔心我們這邊，倒是、你的搭檔似乎比較擔心你。」看了幾乎要隱沒在城牆裡的萊恩一眼，夏碎學長轉開了話題：「放心，我們不會干涉多餘的事情。」

「這……」頓了頓，千冬歲難得地退步了：「好吧，你們一定要小心一點。」說完，就將面具推回原位又跑開了。

千冬歲走了之後我才有餘暇觀察四周狀況。

那些聯合隊伍其實並不少，整個大樓外全都是一排排安靜的黑色隊伍，如果不是天空剛剛炸裂存留的白光，這些隱藏在黑暗中的列隊其實並不容易察覺。

他們甚至連呼吸聲都細小得幾乎聽不見。

在校區大樓之後，隱約可以感覺到還有少部分學生正在退離。

在白光消失之後，天空又恢復一片沉重的顏色。

「要下來了。」

白色的煙霧突然輕輕從我旁邊拂過去，很久沒有見到的瞳狼出現在沉重的空氣中：「耶呂惡鬼王回來了……這個是他的直屬高手。」

下來？

我還來不及理解鬼娃口中下來的意思，四周各角落突然拉出了光絲覆蓋整個學院的上空。

幾乎同時，天空發出了巨雷般的聲響，接著砰咚砰咚的幾十、幾百個聲音，很像是有什麼不小的物體從天空掉下來，砸在那些光絲形成的保護層上面，沉重的聲響不斷傳過來，也不斷的有光線崩裂然後被補起。

一大堆東西在上面滾動，接著傳來某種啃食的聲音。

夏碎學長和著其他人一樣，幾乎是下意識抬頭看著黑色的天空與不斷落在上方的不明物體，然後面色很凝重：「這是耶呂惡鬼王的第幾高手？」

瞳狼看了他一眼：「大戰時耶呂鬼王七員高手被擊殺了四名，一個下落不明，一個安地爾，另外一個……」他仰起頭看著黑色的雲層，「如果沒有替換或新增，這是第四高手，雷空的闇之王族、艾比希蕾克。」

王族？

我一直以為鬼王高手都是貴族……因為安地爾也都自稱貴族，但是耶呂鬼王的手下居然有王族？

而且只是排名第四？

「我記得了……大戰之後被封印在時間之地的黑色天空女王。」夏碎學長握了握手掌，然後轉過來看著我：「褚，無論如何，千萬不要脫離我身邊。」

「我知道。」拿出米納斯，我做好了自己應該要有的準備。

反正，也沒有退路了。

到現在，我不想再看見我認識的人就這樣再也不會回來。

至少，在我還能看見之前，我想跟著所有的人。

整個上方的東西掉了大概有一分多鐘，不過顯然設下結界的人也不是簡單的角色，連一個洞都沒有被撞破，滿滿的黑色物體就在上面爬著，但是無法下來。

紫黑色的雷又響了幾次，隱約我看見了上面正在爬的東西是一隻比一隻還要大的多節黑蟲……要死了，這個如果掉下來，不用被咬死就先被砸死，這些蟲每一隻至少都有一部轎車那麼大，張開了嘴有著黑色的利牙，正在拚命啃咬著結界的光線。

沒有人說話，安靜的聯合隊伍只看著領首人的手勢，其中一隊寂靜地拉滿了同款式的弓，瞬間像是雨般的箭支劃破了空氣全都往上飛去。

場面像是默劇一般，除了咻咻的破空聲之外就什麼也聽不見。

滿天的箭沒有再落下來，異常銳利的箭矢全都插上了黑蟲的腹部，瞬間結界上方傳來無數可怕的劇烈嘶吼聲。

沒入蟲腹之後的箭突然燒起了熊熊烈火，像是瞬間燃燒一般黑蟲被凶猛的火焰給吞噬，連灰都沒有剩下多少。

整片上方幾乎不到十幾秒就被淨空。

第一次看見這種沒有聲音的戰鬥，我開始害怕起來。

這或許是第二次最大的對鬼族戰爭。

如果我身上真的還有妖師的能力，那我深深地希望，這場戰爭不會奪走任何人的性命——

「來了！」楔喊了一聲，把所有人注意力都拉上了雲層。

黑暗的天空中，奔雷撕破了好幾道口子。

在那上面出現了一個裸身女人的形體，紫色的皮膚上有著黑色鱗片，身體從胸部之後全部都是巨大捲繞的蛇尾。

那個女人異常高大，蛇尾纏繞在厚重的雲層中，而雲層之中還有著竄動的其他物體，全部都是黑蛇組成的長髮四散亂飄著吐著舌信，發出某種可怕的音波。

接著，空氣中傳來了像是刮著玻璃的尖銳笑聲，四處都在震盪著。

「是艾比希蕾克！」

眨眼瞬間，半空中的結界碎成千萬光片，毀掉了。

嗡嗡的尖銳聲襲向了所有人。

❋

我看見巨大的蛇尾從天空中甩下來，差點掃到我們的頂端。

結界被打破的同時，第二層的結界立刻補上，不過這次並不像剛剛一樣擋得那麼順利，第二層結界直接被尾部砸開了一個大洞，像是俯瞰著獵物巢穴一般，紫色女人臉表情貪婪地出現在那個大洞上，異常靠近我們。

黑色的天空下，些微的反光讓我們能稍微看清楚她的面孔，她咧開有著黑色尖牙的嘴發出了那種讓人寒毛都會豎起的尖厲聲音，灰紅色的眼睛裡都各有著兩個瞳仁亂轉，像是要把裡面所有東西都看得仔細。

砰砰的好幾個聲響，上面又掉下了好幾隻那種巨大黑蟲，有一、兩隻從破開的結界洞摔下來，那邊馬上就有人跳開，不過蟲一落到地上瞬間便燒起來，立刻連灰都不剩。

一種臭氣在空中蔓延開，嗅到的同時我馬上感覺到某種劇烈的頭痛，像是要被人打破腦子的那種劇痛。

「老頭公！笨蛋，快點用老頭公！」楔的毛手不斷拍打我的頭，差點沒直接把我給打到昏死過去。

一片忙亂之間，我連忙對著手環喊：「老頭公。」幾乎在眨眼間，黑色的結界從手環產生而出，然後在我四周布下，那個令人做噁的氣味馬上跟著消失殆盡。

「嘖！明明那小子說什麼有鍛鍊你，怎麼實戰上還是慢一拍。」發出抱怨，楔又讓我退開一段距離，一退開剛好就從天空上摔下一大條那種蟲，近看感覺更加恐怖，非常有隨時會被這東西了結的壓力。

還來不及把蟲看個清楚，整個地面跟著轟地一個爆炸聲響，那條黑蟲立刻變成灰燼，接著又從灰燼變成空氣，一點都不剩了。

站在附近的隊伍收起了攻擊法陣，用很不屑的鄙視目光往上看著還想掉下來的黑蟲，感覺上他們對付這些蟲應該是沒問題。

「褚，小心點。」抽出了爆符，夏碎學長看著天空那個女人的臉。

「那傢伙只是斥候，應該還沒有要真正攻擊。」楔拉了拉我的頭髮然後站起來：「先趕走再說，不然你們學院接下來會很精采。」

「我想也是。」

這樣想的絕對不是只有我們，校牆上那排人在剛剛那個黑袍的指令下全部再度搭弓挽箭，唰地瞬間整齊往天空中的鬼王王族猛射。

箭雨在半空中幾乎融合在一起散出了銀色的強光，像是幻獸一樣的馬型強光直接往天空上的敵人身上猛力衝撞過去。

冷冷一笑，王族高手只往後不到半步的距離，充滿鱗片的巨大手掌像是驅趕蒼蠅一樣猛地揮了下，整片白光倏然被揮散，變回了大量箭支在天空中被黑色的火焰燒燬。

黑暗中的隊伍動作也非常快速，第二片箭雨很快重新被放出，在校牆下有幾個穿著打扮看起來比較像術士的人圍成了一圈吟唱起咒文，同時在地面也引出了繁複的大型法陣。

因爲介意未撤掉的校區與僅剩的學生，所以他們並沒有進行全面驅逐攻擊，法陣在形成之後重新搭上了巨大結界，不過這次堅固了許多，天空上的鬼族一時打不破但也不急著要衝進來，就在上方盤繞著發出詭異的笑聲。

天空上的黑色蟲子還在往下掉，大概又掉了一層被消滅之後，整個厚重的雲層開始轉變，接著是某種奇異的聲響。

「不是吧……」一直望著天空中的發展，在第二支白色的鳥箭被射出之後，強烈的白光讓我們全部看清楚了這次翻捲在雲層外的東西。

像是大型的黑色蜻蜓一樣，有著蝙蝠似的翅膀，不知道有幾百隻還是幾千隻從雲上下來，不斷拍著翅膀，就像被訓練完備的軍隊一樣整齊地排列了好幾個V字型，虎視眈眈地從上面俯瞰著我們。

「一般斥候不是都是打探而已嗎……」看著上面簡直該稱爲攻擊的陣勢，我愣愣地發問。

「嗯，那是一般斥候。」夏碎學長聳聳肩。

所以鬼族不適用嗎……

看著上面很愉快大展身手的鬼族高手，我深深有著這種感覺。

安靜的隊伍開始移動了，不過不是要攻擊上面的那些東西而是往校園內撤走。

我不曉得這是什麼意思，一般不是應該先往上把那些打光再說嗎？

還來不及先自行分析那些用意，艾比希蕾克異常尖銳的笑聲整個迴盪在空中傳出了遙遠的回音，她身邊一隊黑色蜻蜓突然往我們後面、校園內的正上方俯衝，像是隕石一樣，那些黑色蜻蜓衝到一半燃起了黑色的熊熊火焰，像是沉重的巨大石頭般轟然砸到學院的結界正上方。

這次的攻擊比剛剛的黑蟲還要厲害，第一隻蜻蜓撞上時我們就感覺到整個學校發出了像是哀鳴一樣的聲音，地面開始晃動，結界發出了虛弱的光，不過仍然用力挺住。

但是黑色的蜻蜓並不只有一隻，就像之前我們在天文學院看見的流星雨一般，整片天空的黑色蜻蜓像是被第一隻吸引一樣，開始第二隻、第三隻，無數黑色火球開始失去重力猛然下墜，瞬間像是天空塌下來一樣，黑色的火焰覆蓋眾人視線，轟然全部撞上了學院正上方。

地面震動到沒有辦法站穩，來不及抓住旁邊的夏碎學長我就先摔倒，四周可以看見的範圍也摔了好幾個人，不過他們很快又爬了起來，在劇烈震盪中勉強維持平衡。

強烈的攻擊中，我隱隱約約看見了上面的結界層開始出現裂縫。

我現在知道那些人爲什麼往校內撤退了，因爲不這樣的話學校裡面和其他學生現在應該早就被攻擊了，他們得以校內做優先考慮。

「他們不打算先做點什麼嗎？」注意到校牆上混了好幾個袍級，我看著天空上面的裂縫逐漸變大，開始擔心起來。

「會啊，又不是笨蛋什麼都不會做。」楔大概把我一起罵進去了，因爲他順便給了我一個白眼。

就在講話同時，還留在這邊的其他人再度把上層的結界加強了，不過上面的衝擊力也跟著不斷加強，一時之間就這樣僵持不下。

看來公會與學院方面並不打算在斥候這時候用上攻擊的兵力，大概是害怕被對方察覺到有多少實力吧？

不清楚他們要怎樣處理，原本在校牆上射箭的那個黑袍突然把弓箭往旁邊一拋，沒預料到他會這樣幹的周圍人嚇了一跳，連忙手忙腳亂地接住被他亂丟的東西。

沒有穿過校牆梯樓，那個黑袍直接一翻身，從至少有幾層樓高的校牆上直接跳下來，動作輕快得像隻鳥一樣，一點灰塵都沒有揚起就已經落地了。

「夏碎！」直接往我們這邊衝過來，無視於地面還在翻騰的黑袍揚手喊著。

等到那名黑袍跑到我們面前站定之後，我才看清楚那是一個紮了短馬尾淡褐髮色的少年，年紀看起來不太大，甚至很有娃娃臉的感覺，看起來應該是十七、八歲的樣子，跟我們差不多大……有可能更年輕點。

我啊了一下，突然覺得他的聲音很耳熟，像是不久之前曾聽過。

眼前這名黑袍的衣服不太像黑袍，可以說和學長他們那種正規服裝不太像，整個樣子有稍微給改過、搭上了其他的圖騰與色彩，看起來還眞像某地方的原住民之類的東西……衣服旁邊還有點裝飾，在他乾淨的臉側旁邊還有點刺青的樣子，整個看起還眞的很像哪個地方的原始民族。

「其他人能夠拉白羽箭嗎？」看著上面有點緊張的他人，夏碎學長詢問著。

「沒問題，紫袍以上程度都拉得開喔，這是學校交給我們使用的……拉不開就太搞笑了。」愉快地這樣說著，然後他轉過頭看著我：「上次給你的餅乾好吃嗎？」

餅乾？

上次給我的……

「啊！你是被另外一個人追的那個人！」我想起來了，之前在黑館時莫名其妙被塞了包吃的，後來打開裡面是些點心，因爲不曉得是誰送的，就傳給五色雞頭了……反正他吃了應該也不會有事。

「是我！」娃娃臉很高興地舉手：「年輕的小朋友，又見面了。」

年輕……

看了一眼那張好像很好捏的娃娃臉，我咳了一下：「您好。」能幹到黑袍的都是妖怪，我打賭他的臉和年紀絕對不相等。

「跟你介紹一下，黎沚是學院的專任講師……大概是吧。」

夏碎學長頓了下，似乎覺得這樣介紹好像有哪邊奇怪，便稍微改了說法：「因爲從未開過課、也未在課單上登記，所以其實我也不太清楚是哪個類別的，他常年都在外面接受長期任務，這次因爲收到召集令才臨時趕回來。」

「啊，我是教格鬥技，有空就會開的喔。」娃娃臉說出了與他外表完全不符合的課名，然後伸出手把我從地上拉起來。

整個地面仍顛簸得很厲害，不過被他拉著感覺突然變得很穩，像是搖晃也搖不倒我一樣。

「果然直屬於耶呂鬼王的人就是不一樣……」看著似乎無止盡的攻擊，夏碎學長嘆了口氣。

「嗯啊，很厲害的說。」點點頭同意夏碎學長說的話，娃娃臉轉過來勾著笑容看我：「幫個忙吧？你是妖師血緣者對吧，請幫我個忙。」

「我可以幫得上忙？」愣了一下，我呆呆地看著娃娃臉。

「可以喔，一起加油吧。」拉著我的手腕，娃娃臉的另隻手不知道從哪邊抽出了與他身高差不多、類似長矛的東西，活像變魔術一樣神奇：「只要能用心祈禱，任何事情都可能發生。」

他說話的感覺其實一點都不像……可是給我的感覺、有點類似學長。

將長矛給拋高，那根疑似中國古代兵器就停留在半空中，娃娃臉的手掌便張開在下方：「請相信我能夠做得到……」

讓他拉著手腕，我其實有點不太曉得他想做什麼。

「褚，看著天空。」夏碎學長從後面按著我的肩膀：「其實，艾比希蕾克仍然是有弱點的。黑暗之物並非全然強悍，不管是怎樣的物體總有脆弱的一面。」

「黑袍不會因爲這點問題就無法反擊，請你看著我的手。」娃娃臉依舊笑著，我的視線轉回了他手上的長矛：「我將其投擲出去，依照黑袍的實力，能夠將她逼退對吧。」

這個畫面很熟悉。

我看著眼前的娃娃臉，黑袍的能力無窮盡，既然他說了可以，那就絕對是可以的：「嗯，一定可以。」

然後我想起來，曾經也有人做過類似的事。

長矛散出了微光，娃娃臉猛然放開我的手瞬間揚手上去抓著長矛，一氣呵成地甩手直接就把兵器使勁向上投射。

他的手勁很大，長矛完全沒有減慢速度直直往上面的鬼族射去，注意到有不善的東西飛過來，那名鬼王高手立即側了身體，不過卻慢了一步。長矛整個穿過了她的肩膀，幾乎是在瞬間，全部的攻擊都停下來了。

那種嗡嗡的銳利笑聲突然變成可怕的尖叫聲。

「空中不是鬼族專用的喔。」

娃娃臉對著上面的王族斥候做出了一個單手開槍的動作，那柄長矛瞬間拉成一道白光直直往上飛，然後化成了白色的大鳥穿過了厚重的黑雲，整個雲層像是被從中剝裂一樣，那些令人不快的黑雲瞬間散開，很快地整片天空開始揮去了掩蓋的厚物，緩緩露出了一如往昔、學院夜晚中美麗的天空。

一看到黑雲全沒了，艾比希蕾克巨大的臉衝著我們吼了好幾聲，然後突然撕開了黑夜，整個沒入消失在所有人面前。

四周瞬間恢復了死寂般的安靜，像是剛剛的一切從未發生過。

除了還有些黑蜻蜓沒離開。

第十一話　攻擊的開始

地點：Atlantis
時間：不明

地面安靜下來。

娃娃臉鬆了一口氣，啪地聲拉著我重新坐回地上：「幸好這樣就逃走了，不然才剛開戰就有得打了。」

「你剛剛做了什麼？」我有一種很奇怪的感覺。

最早的時候我並沒有這種奇異的意識，但是剛剛娃娃臉在拉我時，我的確有一種……好像有什麼東西附著在那個長矛上的感覺。

「是力量喔，我借用了一點點妖師的力量順利擊中艾比希蕾克，不然那麼高，她可能看見矛射出去就躲開了吧。」娃娃臉聳聳肩，用一種不要太在意的語氣說話。

我注意到瞳狼不曉得什麼時候不見了，因爲斥候撤退，外面的守備隊伍明顯都放鬆了些，不過還是很警戒地在巡視著四周。

「力量可以這樣使用嗎？」重新修正了觀感，我認爲眼前的娃娃臉好像知道不少事情。

「可以的，這是引導出力量的方式，只要你堅信的話，能夠製造出不可能中的機會。」把玩著身上的飾品，娃娃臉抬頭看著夏碎學長：「對吧。」

「是如此沒錯。」夏碎學長點點頭。

「你可以自由地使用這種力量？」雖然說大概的方式我知道，可是我自己仍然沒有辦法順利使用，尤其是已經被安地爾他們抽走大半的現在，感覺上有種障礙。

「你也可以的，你身上經過二次開眼了對吧，那麼其實只要自己有所感覺就能使用。」娃娃臉站起身，拍拍後面的灰塵，然後把手掌放在我頭上：「嗯……對於一般人可能有點困難的，但是請你先閉上眼睛，然後順著風的感覺走。」

有點懷疑，不過我還是閉上眼睛。

隱隱約約，四周好像浮上了一點氣流，像是來回轉動著，讓人稍微平靜了下來。

「察覺風中的空氣，然後讓它引導你。」

娃娃臉的聲音變得有點飄忽，我一邊跟著他的話想，突然感到氣流裡好像有某種一絲一絲冰冰的東西。

注意到之後，那些東西緩緩靠了過來，慢慢聚集成一小團像是球體一樣的東西。

我覺得似乎可以抓住那個東西。

所有感覺像是瞬間而已，就在我試圖想抓住時，風整個散掉了，我也下意識跟著睜開眼睛，看見了娃娃臉和夏碎學長都還在旁邊。

「……是那個東西？」嘗試著，我還是隱約感覺到好像能碰到那個球體物品。

「是的，雖然很微小，但是這就是屬於你的力量，請妥善使用。」娃娃臉彎起了眼睛笑笑地說著：「雖然很小，但是有著不讓人察覺的堅定力量。」

我點點頭，想試著去抓那個東西，不過不是很容易，感覺一下子又散開，就這樣幾次之後，我突然發現我有點累了。

「不用那麼著急啦，我想一下……普通人最遲也得等上一點時間才可以抓到感覺，最快約是四、五天吧，習慣之後就會覺得其實很容易了。」說完之後，附近有人喊了幾聲，娃娃臉轉過頭去應了聲，又轉回來：「斥候回去之後應該會有一、兩天準備時間，你們可以到我休息地區這邊，大家一起練習吧。」

「……啊，謝謝。」不過我看應該需要練習的應該只有我吧。

「先這樣囉，晚點見。」很歡樂地說完之後，娃娃臉就快步跑開了。

看著他立即消失的背影，我看了看手掌，剛剛那個感覺還留有一點，一般人要幾天的話……不曉得我要用多久喔？

「黎沚他……」盯著離去的黑袍，夏碎學長突然開口：「其實他的資料並不多，我只聽說他原本是原世界羽族那邊的長老親近之人，後來好像發生過什麼意外，來學院之前在翼族的聖地沉睡很久，之後被董事們找來時其實沒有任何記憶，大約不久前才取得黑袍資格。」

我轉頭看著夏碎學長，喔了聲，沒有去揣測對方為什麼會對我們這麼熱心。

來到學院之後，太熱心的人太多了，現在只要有一個人受傷我就會受不了，如果可以的話，不想要再增加人數了。

「現在看樣子應該還有一小段時間可以準備。」楔拍了拍我的肩膀：「小子，快點去做練習，不然開戰你就等著被瞬間秒殺。」

「我知道啦……」

鬼王手下離開之後，這邊的聯合隊伍也稍微開始鬆動了，我大致有注意到每個隊伍都有一個領導人，不過不知道誰是最後發布命令的人就是了，後來聽夏碎學長說移動命令好像都是黑袍們判斷討論再觀看狀況做更動。

將隊伍重新統整之後，所有人留下了防守兵便各自往休息領域退開。

夏碎學長稍微幫我解釋了一下，我才曉得隊伍裡似乎以妖精最多，然後是獸王族和其他有的沒有的。

因爲我們本來就不應該留在這邊，所以大致上讓我看了一下其實並不算多的防守軍後，夏碎學長就領著我一起過去醫療班的區域。

醫療班駐紮在比較後方，以位置來講，算是我們平常上課的教室附近。

「漾漾～這邊喔。」遠遠地就看見喵喵站在藍袍區域對著我們用力揮手。

快步跑過去後，我才注意到駐紮區好像有幾個傷患。

「剛剛那個蟲打傷了一些人，還好學校裡的結界還在，不然被打死就糟糕了。」喵喵皺起可愛的小臉這樣告訴我：「漾漾也要小心喔，如果基礎結界被破壞的話，就眞的會死掉了。」

被她這樣一說，我才想起來學院不會死人的這回事。

「我知道了。」

接下來，戰前準備的這段時間異常平靜。

也或許是大家都不想打破暫時安穩的和平，所有人一邊戰戰兢兢地巡防著任何一個鬼族可能會混進來的地方，然後一邊維持著秩序與安靜。

像我們一樣到處走走看狀況的人反而很少。

喵喵他們教了我一些醫療班的基本常識，說這幾天要混在這邊一定要有點基礎，這樣才可以幫得上點忙。

其實我壓根不知道兔子到底和學長訂了什麼契約，因爲他一直沒有說任何有關的事情，平常沒有在旁邊扁我就是啃聽說是糧食的餅乾，過得比任何人都還要悠哉。

夏碎學長也和平常沒兩樣，就是繞在我附近執行他的任務，偶爾會到處跟人家打招呼。

不過大家很有默契，對學長的事情一個字也沒有提。

這樣走著，我實在是覺得我和這個地方有點格格不入。

少了一個人，差別就突然變得很多。

然後，我開始沉默了。

※

時間在無聲無息中流過。

當天晚上學生全撤走之後，學校內的建築物也跟著變動，像教室宿舍那類的全都沉下了地底，連花園什麼的也都沒有了。

第二天一早在醫療班駐紮地清醒之後，我看見的就是空曠到極點的超級大空地，遠遠望去可以看到幾個像是法陣的圖形和一些剩下來像是遺跡一樣的石造物，有些比較明顯的就是那些石像雕刻。

接著，就可以看見備受保護的四個結界地。

「聽說最早學院還沒成立之前，這裡的樣子就差不多是這樣。」

就在我看著眼前大空地發呆時，旁邊的楔這樣告訴我：「更早之前，住在這個交界所的聽說好像也是精靈一族，不過不清楚是哪一族，學院創立之前就已經消失了，只有一些遺跡。」

點點頭，我看見了地上開始長出了綠色的花草樹木。

第三天一早的時候，除了之前看到的東西之外，又加上了那些已經成長完全的花草樹木，看起來整個變成了有點像遺跡叢林的感覺。

校牆大概是還唯一存在的東西，那邊被當作第一防守地點，附近全都是臨時的營地駐紮點，每天都可以看見不同的人和隊伍在那邊走來走去的。

所有事情都在一片安靜下被改變。

這些安靜維持不到第四天。

第三天傍晚，日夜轉換之際，黑色的厚雲不知道從哪邊開始蔓延出來，將原本金黃色的夕陽籠罩了起來。

一看見這種情形，所有人全都繃緊了神經，注視著校牆外。

其實完全感覺不到任何前兆。

「褚，小心前面！」

就在我還在看遠一點的地方時，站在旁邊的夏碎學長突然對我喊出這樣一句話，然後楔直接用腳勾住我的脖子給我來個垂直落下技。

根本來不及抗議這樣脖子會斷就被摔趴倒在地上的同時，我聽到頭頂上傳來一個巨大驚人的爆裂聲響，眼角瞄到非常刺眼的白色光線，像是有幾十噸的炸藥引爆一樣，地面恐怖的大震動，引爆的強烈颶風馬上颳了起來，還來不及保護頭部我就被吹滾了好幾圈，接著才有人抓住我的手沒讓我直接飛出去。

爆炸持續很久，幾乎要把整塊草皮都翻過來一樣，一大堆土屑直往我鼻子嘴巴鑽，旁邊楔毛茸茸的手伸過來蓋住我的臉，我才沒有被塞死，不過差點被悶死。

「結界平息。」在我們附近的醫療班、還有更遠的隊伍唸出了咒語，就像是被人硬生生抽開一樣，暴風與震動瞬間不自然地強制中斷了。

旁邊那個人馬上把我拉起來，我才注意到是夏碎學長，他張開了結界，所以我們才沒有被爆炸的斷木碎石給擊中。

來不及讓我們有收拾的時間，上面突然又散出白光。

不過這次那個強悍的爆炸沒有再出現，我看見黎沚翻上了校牆最上端，接過了那副弓箭再度往上拉開了一箭。

白色的鳳鳥轉上天空，衝破了那道光同時也撕裂了黑色雲層。

我看見一個帶著黑光的東西慢慢從上面降下來到半空中。

不是前兩天當斥候的王族，而是另一種東西。

具體描述我不太會形容，但是第一眼印象的確讓我想到四面佛這個詞。不過是完全不同的東西，從天空下來的也有著四張臉，四張完全扭曲到讓人感覺害怕的面孔，有人憤怒的表情也有野獸的，大多帶著惡意和不善。

那個東西只有一個身體，與其說像神像不如說像是某種惡佛之類的，巨大的身體上有著幾十隻正在擺動的手，然後底下坐著黑色骨頭拼成、像是長長蜈蚣的奇怪骨架妖獸，就這樣騰在半空中。

「鬼王高手？」我看著上面那個鬼東西，深深覺得太誇張了。

有那麼一瞬間，眞的會讓人覺得……以前比申的高手眞是太和善了。

「之前不是，現在應該是吧。」楔看著上面那個感覺上很像電動裡會出現的魔王東西，這樣回答我：「這是鬼族王族，以隘王，之前一直待在獄界裡，不過現在看起來應該已經加入耶呂鬼王的手下了。」

我發現一件事情。

楔的情報似乎非常靈通，因爲旁邊的夏碎學長剛剛的表情是：他不知道有這個東西的存在。而且看過去，附近的隊伍也都是錯愕，沒預料到有這種對手。

「要小心，以隘王最拿手的是大型攻擊，剛剛那個我看只是他的隨手遊戲而已。」沒有注意到我在看他的楔繼續說著他所知道的事。

「爲什麼耶呂鬼王的手下都是王族？」他跟比申的等級也差太多了吧？

兔子的眼睛轉過來看了我一眼：「耶呂是獄界最強的鬼王，鬼族的王者定律即是打贏就是王，所以一定會有很多王族找他挑戰，打輸了就當他的手下，這有什麼好奇怪的？」

是不奇怪啦……

只是有這種手下……我突然理解爲什麼當年精靈大戰會如此慘烈了。

就在術師馬上重新修補防禦結界接著其他人準備迎戰攻擊時，天空黑雲的顏色更爲深沉，像是濃濃詭譎的稠狀物一般沾黏在天空上。

然後在以隘王的另外一邊，傳來了讓人不快的熟悉笑聲。

幾天前，曾經以斥候身分在這邊大鬧一場的艾比希蕾克從天空另一邊降臨，伴隨而來的是更多黑色蜻蜓，幾千百萬的翅膀拍動聲讓人覺得毛骨悚然。

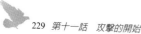

氣壓瞬間降低，四周空氣也跟著越來越混濁。

「真有意思，看來已經要開始進攻了是嗎。」一個沉重的聲響，我回過頭，看見奴勒麗不曉得什麼時候帶著巨大的重槌就站在我後面，紅色的髮隨著那些冰冷的寒風左右擺動著，像是有著自己的生命力一樣雀躍：「血腥、戰爭，越多越能增強我的力量呢。」她勾出了非常美麗的笑容，但是也非常危險，然後看了我一眼，「要不要去前面看看？」

「奴勒……」

夏碎學長的話還沒有說完，我便伸出手朝向那個惡魔。

幾乎是在觸碰到她的同一秒，我與楔和奴勒麗已經被同時轉移到剛剛看起來還很遠的校牆上面，四周全部都是持著弓箭和長刀的武軍。

夏碎學長是在兩秒之後才跟上來。

我的眼前，出現了一整片黑壓壓的長形物體。

※

「還真多呢。」

跳下高牆，其實也就在附近的黎沚直接站到奴勒麗旁邊，把手上的弓一丟，悠悠哉哉地撐在牆壁上：「全都是鬼族，不過沒有看見比申和耶呂，只有上面那兩個王族。」

就如他所說，校牆外全都是滿坑滿谷的移動鬼族。

之前我們站在很後面完全不曉得，現在上來一看，才知道情勢比我想像的還要嚴重。

那些鬼族就像是蟑螂翻了窩一樣，密密麻麻全都在外面，一眼望過去都是黑波，幾乎看不見盡頭。

「洛安呢？」左右張望了一下，顯然對外面鬼族興致缺缺的奴勒麗看著上面暫時還沒有動作的兩個大鬼王，隨口問了一下。

「洛安和蘭德爾分別去了東門及北門了，雖然鬼族不是朝那邊進攻，不過還是有結界要固守。」

因爲是和黑袍一起過來的，所以這次居然沒有人對我出現在這邊產生疑問，也或者有可能是我穿著藍袍所以他們被誤導。

稍微看了看，我在這附近沒有看見千冬歲他們，不曉得被編到哪邊去了。

「我剛剛從公會那邊回來，公會也遭到耶呂手下的鬼族高手攻擊，現在正在抵抗，不過沒有我們這邊這麼麻煩。」奴勒麗勾起愉快的笑容：「聽說就在這兩天裡，同時有很多種族也加入鬼族攻擊，原本要來援的隊伍都被拖延了暫時來不了，這還眞像是大戰的翻版呢。」

被她這樣一說，我也注意到了。

其實在學院這裡的人比我想像的還要少，大部分都集中在高中校門這邊，雖然人數不少但是又不是那麼多，駐紮地就在校牆附近一圈就沒有了。

「喔啊，只好先用目前的人手了。」

一交談完畢，兩個黑袍立刻有了動作。

黎沚直接往後翻身一跳，就在我以爲他會直接摔下校牆外之際，某個白色的大型物體平空直接從他腳底下空氣砰地擴展開來。

像是白色巨大的老鷹一樣，有著雙頭龍尾的鳥載著人瞬間翻到天空最上面。

很快地，女性的鬼族王者直接追了上去。

「既然來了，你們就順便一起參戰吧。」奴勒麗用著很輕鬆不以爲然的口氣這樣說著，然後往旁邊看了一下：「萊恩，你們負責把下頭的東西都掃乾淨。」

我跟著看過去，果然看見萊恩他們兩個其實就在不遠處，那邊還有好幾個同樣穿著白袍的人，所有人非常有共識點了頭之後，開始拉起了身上佩戴的弓。

幾乎在同時，上面的以險王再次有了動作，他伸出兩隻手，手掌翻上，然後上面開始出現了黑色光球，光球越來越熾烈，像是隨時會爆炸一樣。

「讓你看看什麼叫作保護校園安全隊伍。」勾起了可怕的美麗笑容，奴勒麗收起了幻武兵器然後一弓身，踹了旁邊的基石整個人翻高到天空。

我看見，黑色巨大的蝙蝠翅膀直接從她的背後竄出，瞬間伸展得非常大，然後惡魔的身體開始急速扭曲抽大，紫黑色的皮膚重新出現在那雙翅膀之間，捲曲的硬角從原本波浪的髮側鑽出，而整頭紅色的髮也全都像是火焰一樣倒豎了起來。

她的身體變成原本的兩倍……或者更大一點，已經不太像是人的形體而是有點半野獸的感覺，黑色的指甲上有著鱗光，倒映出了以隘王的顏色。

奴勒麗整個現出原形的同時，校牆外也跟著開始有了騷動。

原本我以爲只是單純裝飾的牆面石像轟然好幾個聲響，一個個從牆壁上拔了下來，碎落的石屑揚起了粉塵，移動的同時附近的鬼族也被嚇一大跳，突然讓出了很多空間。

恍然驚愕，原來所謂的安全隊伍還有這種東西……

「漾漾，既然你們要參戰，絕對要小心喔。」站在萊恩旁邊的千冬歲戴著面具，其實看不出來他現在的表情，不過他很愼重地這樣告訴我們，然後抽出了幻武兵器。

「好。」握了握米納斯，我看著眼前的大量鬼族。

說實在話，如果只是單純都是這樣的鬼族，其實應該沒有什麼危險性。

畢竟這種狀況又不是第一次，想當初學長在公園裡還不是一個人可以秒殺那麼多個……

看著旁邊，果然其他白袍和夏碎學長也不把下面大片大片的鬼族放在眼裡而是注視著別的地方，他們注視的都是同個方向，即是我們正上方對上了兩名鬼族高手的另外兩個人。

奴勒麗那方面非常沒有問題，因爲一個是大惡魔一個是惡神之類的東西，兩個人看起來氣勢還滿相當的，而且以隘王給人的感覺明顯好像也對奴勒麗有點忌憚。

不過黎沚那方面看起來就差距非常大。

艾比希蕾克似乎完全不將他放在眼裡，滿天的黑色蜻蜓不用一秒就像前幾天一樣，突然整片往下砸。

因爲已經有前兩天的經驗，這幾天裡我知道那些術師有重新改過上面的防禦結界，所以這次反而顯得遊刃有餘得多，那些蜻蜓火球砸上來時也沒有再像第一次那樣劇烈，不過上方還是轟隆隆地開始引爆。

「小子，你仔細去看那些人。」楔的毛手直接揪住我的頭髮用力拉：「你這兩天不是有在練習探測力量的方式嗎，應該有成果了，仔細去感覺其他人的。」

「其他人？」問題是我自己的也都還沒練習好啊。

黎沚教我的方式其實很簡單也很好用，跟學長之前一直在講的有某種差異，雖然兩個人要我我的東西好像差不多。

試著不閉眼睛去感覺，不過對他人的感應仍很微弱，隱約只可以知道我身邊的夏碎學長好像有著某種與千冬歲很類似的氣流，萊恩那邊就完全沒感覺了……萊恩你的氣也隱形了嗎？

「差不多是這樣，長期訓練的話就可以很容易分辨出來了。」

兔子這樣告訴我。

「嗯。」

……

…………

等等，我發現一件非常不對勁的事情。

沒有多加思考，我馬上把兔子從我的肩膀上拖下來，然後瞪著他的紅色眼睛看。

「褚，怎麼了？」旁邊的夏碎學長被我驚動，轉過來看我。

「沒事。」

你聽得見對不對！

我想的事情你聽見了對不對！

紅色的寶石眼睛倒映著陰冷的流光，上面反射出我的影子。

「聽見了。」楔直直地看著我：「這個本來就是光影村的能力，只是冰炎的殿下來向我學習而已。」

你們這個沒隱私權的村子！

「所以我們才只能生存在時間之外，不能以實體出現在這個世界。」楔的聲音很平淡，像是根本沒所謂一樣：「對吧，妖師一族。」

我放開兔子，讓他跳到校牆上。

懂了……只要不是同一個空間的，光影一族甚至得到很多人的敬重。道路所選擇的不同而已。

「也不全然是那個原因啦。」兔子搔搔耳朵，把頭轉開：「反正事情很多就是了，算了，先把這邊的事情做完吧。」

就在楔的結論出來之後，上面突然傳來一種異常尖銳的聲音。

聲音來得非常突然，原本正在攻擊下方鬼族的其他人也全都被嚇到了；而且不只我們，連鬼族的人手自己也嚇到了。

混合了像是用指甲刮玻璃一樣極度銳利的某種可怕叫聲，挾著大量黑血突然從天空整個潑散了下來，被潑個正著的校牆石像當場融化分裂，而鬼族也沒有好到哪裡，大部分也像是被強酸潑到一樣跟著全都萎縮成黑灰。

「加強防禦結界！」夏碎學長朝下面的術師們喊了聲，上層的結界被融開了大半，掉進來好幾顆火球直直砸到地上，甚至可以看見有人當場被砸成一灘泥水。

驚嚇之後，我們抬起了頭，看到可怕的畫面。

艾比希蕾克抱著失去一條手臂的肩膀發狂大喊，黑色的血液不斷從失去手的肩膀斷裂處噴出，冒出了濃濃的黑色煙霧，漫天的厚雲顏色變得更加深沉。

「我說過了，空中不是鬼族專用的喔。」

黎沚朝她做出了開槍的動作。

※

朝上飛出去的斷手在所有人驚愕中落下，然後被站在白鳥身上的黑袍給接住，時間只過了一秒，那條手臂馬上引燃金色的火焰將它燒得一點灰渣都不剩。

女性的鬼王高手發出了震怒的吼叫聲，用著讓人咋舌的速度將斷手重新長了出來，但是這次長出來的不是手，而是兩條纏在一起的大黑蛇，整個往黑袍的方向彈去。

直接抓著鳥的背往後倒翻閃開了黑蛇，黎沚用很快的速度往上斜飛然後繞開一個大圈子回到我們附近；同時，打碎了以隘王那條大骷髏蜈蚣的奴勒麗也翻了個身變回原本的模樣落下來。

「他們沒有用全力攻擊？」夏碎學長跑過去奴勒麗的旁邊：「爲什麼？」

「不曉得，感覺好像在等什麼東西。」看著上面兩個一直露出詭笑但沒有繼續進攻的鬼王高手，奴勒麗也疑惑了。

外面那片鬼族海也沒有拚命攻擊的趨勢，只是一直被轟死然後又長出新的，數量看起來好像完全沒有變動過。

爲什麼沒有動作？

看著外面奇怪的動靜，我拚命想著有什麼可能。

基本上鬼王的兩個高手看起來都足夠可以當鬼王了，那他們如果直接進攻我們一定會擋不住，可是他們沒有，甚至感覺上好像是在消磨時間……

等等，我好像在哪邊看過類似的事情？

啊，對了！

「夏碎學長！有鬼族混進來了！」

這種方式，我在凡斯的記憶中看過。

所有人立刻把視線全放在我身上。

「他們在等結界被混進來的人打破！」現在結界仍然存在，不管怎樣我們都不會死吧，這樣他們攻擊也等於無效。

「啊！的確是！沒有看到其他的鬼族、包括安地爾！」奴勒麗愣了一下，馬上揮動手朝下面的武軍大喊：「馬上加派人手保護四大結界……」

還未喊完，我們先看見另一邊的天空黑壓壓的整片擴張開來。

那是大群黑色蝙蝠到處飛竄。

「東邊的結界出事了！」

「北邊也是。」有人指著北方大學部的方向，那邊開始散出了很多光。

「所有有空的人，馬上往結界方向支援！」奴勒麗大喊了聲。

就在我與夏碎學長要轉往白園之際，一個黑色的東西從他衣服裡竄出來，唰地聲變成了一大條黑蛇，然後轉動了下變成了黑蛇小妹妹。

「主人，那邊……」小亭站在原地，表情有點呆滯，就像某天晚上我看見她「當機」的那種樣子，不過現在她看起來似乎還有點意識，小小的手指著南邊的方向：「有之前的主人……」

話語落下同時，我感覺到下面好像傳來一種悶悶的震動。

不太像地震，而是一種好像什麼東西的波動，起起伏伏不定的震動方式。

幾乎在瞬間，小亭指著的那個方向遠遠像是火山爆發一樣突然衝出了巨大的金色火焰柱，周邊不斷有金色火花往下掉落，看起來非常可怕，原本還算穩定的氣流被這樣一沖，火柱的四周空間馬上整個扭曲起來，凶猛的熱氣不斷散出噴了灰白的顏色。

就在所有人全都呆住的同時，原本金紅的火焰顏色突然開始變得黯淡，接著像是被什麼東西給染了異色般，整個巨大的火柱突然轉成了黑紫的詭異顏色，直直貫穿了天空不斷燃燒著。

「南邊的結界被毀掉了！」

※

「太快了！」

奴勒麗愣了一下，像是不太想相信這件事：「南邊結界有誰在那邊！」

「有兩個黑袍跟四個紫袍和武軍，全部都是火屬性的！」很快就有人這樣往上喊。

「火焰的……休狄他們出事了。」看著繼續往上沖著的黑色火柱，黎沚瞇起眼睛：「潛入的鬼族非常了解我們學院，居然先攻擊重生的結界……」

「那個會怎樣？」我看他們臉色全都變了，知道事情很嚴重。

「喔，會像現在這樣。」站在牆邊的楔跳到我背上之後，拍了我一下，兔掌指著正上方。上面？

一個黑色的東西失速整個砸下來。

還來不及有什麼反應，那個黑的東西就整個砸在上面的層層結界，像是脆弱的蛋殼一樣，結界整個硬生生被砸破了一個大洞，底下原本維持著大結界的術士被那種力道給全部震開。

結界在瞬間被打碎。

將地上破壞出一個大洞的「黑色物體」緩緩從一片塵埃中站起身，朝周圍所有人露出了可怕的笑容。

「艾比希蕾克衝破結界了！」

底下的武軍馬上重新組成隊型，將鬼王高手給團團包圍，幾乎也在瞬間聯手使出風系的大型法術，但是兩邊的差距一眼就可以明瞭，那些颶風甚至對鬼之王族完全無法造成傷害，反而讓她有點樂在其中的感覺。

結界的顏色開始被染黑、像是玻璃一般開始粉碎，還沒等到術士重新修補，上空的以隘王也趁著機會闖進來了。

然後，他們開始笑了。

「我的族人，敞開大門而進入吧。」艾比希蕾克的聲音很高，像是尖銳的女性高音一樣，帶著像是可以讓人耳膜震破的音量。

無數黑蛇從她的斷手處衝出來，附近幾名武軍還來不及擋下立即就被黑色大蛇給咬斷頸子，紅色的鮮血馬上在地面上鋪出赤色的液體道路。

失去坐騎的以隘王同樣發出笑聲，黑色的光聚集在他的手上。

「趴下！」黎沚喊了一聲，馬上快速地將我和夏碎學長給壓倒在地。

白色的鳥立即衝到前面張開巨大的翅膀。

空氣震動了一下，就像開場時那種感覺。一股熱風突然朝我們正面捲來，接著是劇烈爆炸的聲響，這次聲音大得耳朵和頭都痛起來，有好一陣子只能聽到嗡嗡的聲音，那些武軍驚喊或者是被爆炸波及的哀鳴，甚至是地面翻起來的聲音都像是在遠方一樣聽不太真切。

我看見白色的大鳥從中間被撕裂成好幾塊，整個彈飛了出去。

壓在我們身上的重量變得很大，旁邊還有小亭的尖叫聲，校牆開始劇烈地晃動著，用很可怕的弧度大力搖晃，甚至趴在上面就可以感覺到好像哪部分開始剝離，堅固的牆磚開始一塊一塊地翻起，變成碎片四處亂飛。

還來不及做更多反應，我發現我們趴著的地方整個往下一陷——

「牆塌了！」

第十二話 風之白園

地點：Atlantis

時間：不明

其實有短時間我還不太清楚發生什麼事情。

整個趴著的地方幾乎是在一瞬間往下掉，上面的炸裂聲響還沒結束，旁邊就有人硬是把我拽起來，四周看過去全都是黑色和灰色的煙霧，隱隱約約可以看見一點點的人影，然後是那些煙霧裡的黑紅色火光。

「咳咳——」一被拉起來之後我整個人就嗆到了，煙霧裡全都是濃厚的灰土。

「誰教你張嘴呼吸的！」楔的毛手直接捂在我的鼻子和嘴巴上。

還來不及回話，一種轟隆隆的聲音從遙遠的地方開始逼近我們，速度非常快，腳下已經開始不斷地搖動。

拽著我的夏碎學長挾起了小亭，瞬間啓動移送陣。

下一秒，我們被轉移到另外一個地方。

巨大的聲響一下子變得很遠，瀰漫的煙灰也全部都消失了，我馬上踩到了白色的草皮，旁邊是綠色的，兩種顏色混在一起顯得格外特別。

「褚！沒事吧！」

讓我站穩之後才放手，夏碎學長看著不遠處的煙灰，那邊整個炸開了有好幾樓高，大片大片的煙一直往上飛中，還挾著四處飛彈的石塊。

「沒事。」看見旁邊睜大眼睛的小亭，我喘了口氣，這才注意到我們已經轉移到白園的邊界，四周全都是陌生人，另外還有一些應該是和我們一樣轉移過來的，跟我們一樣全身灰頭土臉、也沒好到哪邊去。

黎沚和奴勒麗沒有在這邊。

我知道他們一定是留在那邊對抗鬼王高手，每個黑袍都是這種不要命的人。

「夏碎，馬上戒備好，有東西跟過來了。」

有人朝我的肩膀一拍，熟悉的聲音從後面傳來。

愣了一下，我立刻回過頭，看見拿著長刀的安因朝我微微勾起笑容，他身後還站著穿上白袍的賽塔：「漾，備戰了。」

有那麼一秒我很想問他受傷到底要不要緊。

「好、好的。」沒有多問什麼，我馬上把米納斯準備好。

就在握著槍的同時我突然有個奇怪的感覺，好像小槍多了一個空空的地方，但是從外表看不出來，掌心隱約可以察覺。

那個說是洞……可是感覺好像某種小槽的形狀。

就在我思考的同時，楔從我身上跳下去，在眾目睽睽之下用很囂張的語氣指著賽塔：「那個精靈，把我放到白園的結界處。」

「光影村也要參戰嗎？」看著兔子，安因發出了詢問。

「廢話，我欠人情啊！當然要來幫忙。」兔子非常不耐煩地啐了聲：「你們那個殿下都開口了，我不來還行嗎。」

「那就麻煩你了。」

小心翼翼地抱起了兔子，賽塔快步跑進白園裡，一下子就消失蹤影了。

跟著他背影看過去，我發現白園裡的那些透明精靈全都不見了，白色的森林和草地靜寂無聲，周圍保護結界的武軍也全部都不說話，只有術士們使用的大型法陣微弱轉動著。

就在賽塔進去沒多久之後，白色和綠色草的交界處突然出現了很多發光的圖騰文字，順著交界處開始快速環繞，沒有幾秒整個白園就被圈了起來。那種光不太耀眼，但是很明亮，讓人有種很舒服的感覺。

「這是光影村獨特的保護結界，聽說只有村長級才能使用。」安因彎下身，手掌放在那些光上：「而且能稍微恢復一些傷勢和補充一點力氣。」

那不就跟電玩裡某些能夠恢復力量生命的指定地點一樣？

「鬼族畏懼光芒，這個陣法可以讓鬼族卻步，不過若是鬼王隸屬的等級應該還是很快就會被衝破。」拍拍小亭的頭，夏碎學長看著她：「小亭可以幫忙嗎？」

黑蛇小妹妹立刻舉高手：「小亭知道！進來的東西都吃掉就對了！」

自己人也吃嗎！

「自己人不能吃喔，吃鬼族就行了。」夏碎學長矯正她的說法。

「好！」

像是不知道戰爭危險性一樣，小亭露出完全不害怕的大大笑容，抓住了夏碎學長沒有拿幻武兵器的另外一隻手掌仰起頭：「吃光光之後，小亭再幫主人泡茶。」

「嗯……對不起。」依然是維持著笑容，不過夏碎學長的臉上一瞬間好像有點悲傷，短暫到讓人錯覺是不是看錯了，眨眼便恢復本來的感覺。

「小亭很強，主人不用擔心。」

「嗯。」

拍拍她的小小頭顱，夏碎學長微笑了下。

「前面似乎被衝破了。」短暫的交談結束後，安因用長刀在空氣中畫出一個長方形，那個無形的空間馬上顯現出剛剛校牆那邊的影像。

四周的白袍和一些武軍靠了過來。

我在那上面看見沒幾分鐘前我們還待著的地方，整道長長的牆面被轟開了很大一個洞，兩邊全部垮下來一整排的磚石，有幾個不及躲開的石像也被轟成碎片，一張裂開的臉躺在那些石塊中，下秒被一個鬼族給踏了過去。

還可以行動的武軍馬上重新起了身，立刻迎戰撲進來的大量鬼族。

看見狀況變得混亂之後，以隘王和艾比希蕾克發出了快樂的笑聲，開始隨意殺害四周的武軍。很快地前方兩名黑袍重整隊伍後，迅速與他們對上，狀況一時僵持不下，四周的屍體很快地大量堆高。

「全部注意，南邊的結界已經被破壞，醫療班可能會跟不上復活和治傷的速度，會癒傷法術的人盡量注意自己的安全，若有時間立即替傷者治療，另外不要離光結界太遠，要撐下去。」固守風之白園結界，安因這樣朝著所有援助的武軍喊。

很快地，所有人便將武器舉高回應了他的話。

其實這裡的武軍並不太多，有可能是因爲時間不太足夠和各地也都被襲擊，在這邊支援的西方結界人手其實只有百來個，裡面僅有幾個袍級，人手似乎並不充足。

我也跟著其他人舉起了武器……可能大家只以爲我舉起手而已。

「來了。」

影像消失的同時，安因把長刀往地上一劈。

同一時間，有個黑色的東西從綠色草地的地面下用力竄出來，但是剛好在刀鋒正中間，那個東西立刻呈現了自頭頂被劈成兩半的方式衝出草地，黑色的血在安因面前噴灑出來，被劈開的兩截東西出了地面之後就左右倒下，不斷地抽搐扭動著。

那是一個很像大型蜈蚣、不過全身長毛的東西。

※

「這是黑獸，鬼族把巢轉移到下面了。」輕聲地說著，賽塔哼了一小段歌謠，綠色的草地馬上快速成長，然後將還在扭動的長條大型毛蜈蚣給捲起來，重複覆蓋了厚厚一層直到那東西不會動之後，便整個拖進地裡。

「如果巢在下面的話不會只有一隻，你們要小心一點。」快速轉過身體，安因再度把長刀給劈往地面，與剛剛的方式一樣，還沒出土就有個東西被劈成兩半左右掉在旁邊：「一個巢起碼有幾十隻。」

話才剛說完，綠色的草地馬上陷下了好幾個凹洞，我可以看見有黑黑的細長觸鬚在裡面晃動著，活像蟑螂一樣。

武軍的動作比獵食者更快，幾個人合作一拖就把好幾隻毛蜈蚣給拖出來馬上殺掉。像是感受到上面的殺意，土地裡的東西也開始騷動了。

「應該不只幾十隻。」左右看著坑坑疤疤的綠色草地，賽塔微微嘆了口氣，然後將兩手交叉在胸前再度吟唱了讓人聽不懂的歌謠。

應著他的聲音，整塊草皮瞬間裂開來，綠色的草往上抽長，底下的根露出了空氣外變得又粗又長；在草根長到有一樓高時，底下開始拖出了一串一串黑色的東西，被草挾出來的毛蜈蚣整個在裡面無法動彈地抽著長鬚想要掙扎，就這樣出現了不知道是幾十隻還是百隻，整個密密麻麻的看起來十分噁心。

毛蜈蚣一出地，旁邊的術士們立刻使用某種法術引起大量風刀把那些黑獸全部快速解決。短短的時間裡，那些蜈蚣的黑血將原本米黃色的草根都給染成黑色，還散出陣陣臭氣。

還未將屍體給處理乾淨，那些被砍斷的毛蜈蚣突然又抖動了下，被分解的多段屍體裡有東西鑽了出來，形體很像五、六歲左右的小孩子，但是全身都是焦黑的，看起來有點像是乾屍還是火燒屍之類的東西，只是沒有任何五官，唯有疑似手腳的東西在揮動。

每截都出現一個的話，現在在我們面前的黑色小孩整整翻了三、四倍之多，滿滿地站在綠色的草皮之上。

「黑獸會再生……」賽塔張開手，地上的草馬上迅速生長纏住了那些黑色的小鬼。

他踉蹌了一下，臉色變得很蒼白。

快速上前將小鬼斬成了兩半，很快地武軍就發現，那些斷成兩半的小孩身體裡又爬出了籃球般大小的甲殼蟲，而且同樣地很快翻了數倍。

立即意識到不能繼續讓他們再度生長，部分術士馬上加強結界將那些黑色的東西逼開一大段距離，暫時進不到白園以外十公尺的範圍。

「賽塔沒辦法維持太久，用火符一口氣把這些東西處理掉吧。」快速收回長刀，安因拍了一下旁邊精靈的肩膀，同時向其他人下達命令。

「沒事吧？」有點擔心地看著賽塔，我稍微來回看了一下他們。

「……沒事，只是古老的純精靈族不能殺害生命，現在這種戰爭的場面可能多少會引起不適。」瞇起眼睛，安因代替另個人回答我。

「稍微休息一下就行了。」勾起溫和的微笑，賽塔呼了口氣。

「嗯。」雖然這樣說，不過我還是有點擔心，偷偷瞄了他們兩個幾次，確定真的沒有關係才收回視線。

立即有了下步動作且快速摺出火符，安因將呈現鳥形狀的符紙放在掌心上，眨眼瞬間那張火符馬上變成了大鳥形狀的火焰，衝出了保護結界竄入了黑色的小孩與甲殼蟲裡，一下子好幾個全都燃燒了起來，沒有幾秒就被燒成灰燼無法再生。

看見火攻有效，其他人也照樣做了類似的事，馬上就把黑獸完全清除乾淨。

「差不多了。」揮手讓火焰瞬間熄滅，安因檢視著四周，確定沒有殘留的黑獸才回過頭讓其他人靠近楔的光結界。

而就在安因轉過身的那瞬間，正對著他的我和夏碎學長同時看見可怕的事情。

「安因！小心！」想也沒想，距離他比較近的我往前撲過去，直接把人給撲倒在地，後面的夏碎學長馬上圈起手，一股風刃整個劈出去——

無聲無息就出現在空氣中的艾比希蕾克被打退了好幾步，布滿鱗片的手指正好從我和安因的頭頂劃過去。

「米納斯！」幾乎是反射性的，我直接抬起右手就往那個手指開了一槍。

艾比希蕾克發出尖銳的聲音迅速上升到半空中，灰紅色的眼睛和滿頭的蛇全都在瞪著我們。

安因立即回神，一個翻身把我壓在草地上，另手直接轟出了火焰型的法術，趁著鬼王高手阻擋之際將我從地上拽起來，然後往後拉進白色的草地之中。

「黎沚他們那邊出事了嗎？」賽塔很快就跑過來，引起了地上綠草快速想要隔開艾比希蕾克凶猛的逼近，不過草一碰到她就全變成了焦灰，完全無法起任何作用。

鬼族靠近的同時，地上的光結界突然整個增強，一看見光亮，像是有所忌憚的鬼王高手突然停下了移動。

「應該是，現在沒時間確認。」揮動長刀，安因再加強了新一層結界，整個光更為耀眼。

「鬼王隸屬的七大高手似乎全部都能穿透空間，如果這裡有擅長空間法術的人就行了。」看著外面試圖想要衝破光的鬼族，夏碎學長微微皺起眉。

「空間法術？」我還以為會移送陣就是了。

「先不管那個，艾比希蕾克不是簡單能夠對付的角色……」看著外面的鬼族，安因握緊了長刀，像是想立刻衝出去把她的頭給斬下來一樣。

夏碎學長轉過去看他：「安因，你的傷……應該沒有全好吧。」他的口氣不是質疑，是肯定，「那種傷不可能在短時間完全復元，難道你……」

「無所謂，就算付出生命我也一定要讓那些東西全都毀滅。」一直對這點很堅持的安因完全不讓步，死死瞪著上面的鬼族，大有同歸於盡的氣勢：「我無法忍受他們一直將生命奪走……」

「那個……」抓住了安因的手腕，我知道我沒有資格說什麼，可是突然很想這樣和安因說：「慢慢來……」

安因藍色的眼睛看著我。

「沒錯，我們現在需要的是仔細想想要怎樣守住白園。」微笑著拍了拍安因的肩膀，賽塔往後看了一下支援的武軍：「安因，不用太著急。」

停頓了一下，安因才抹了一把臉：「我曉得，抱歉。」

「小亭可以吃掉她嗎？」指著上面正在盤旋的鬼族，黑蛇小妹妹發出疑問。

「那個太強了，小亭不可以接近，知道嗎。」拍拍她的頭，夏碎學長轉頭看向我們：「剛剛黎沚砍掉她的手，現在看起來好像完全復原了，光影村的結界應該無法撐太久——」

話還沒說完，保護白園的結界突然震動了一下，立即出現了裂開的痕跡。

艾比希蕾克露出了狡詐的笑容，巨大的蛇尾開始不斷用力拍打著結界，那些有著鱗片的地方一碰到結界就開始冒出腐蝕的臭氣，但是很快又恢復，就這樣一直重複著，眼看結界馬上就要被砸出大洞。

這樣還是會和剛剛校牆那一樣。

※

「暴風聚來。」

就在艾比希蕾克將結界撞出一個裂洞的同時，四周的風急速聚集，整個白園的風和空氣好像全都跟著激動起來，往同樣方向奔去，到處都颳起了大風，「災難之風！」

隨著聲音，那些風捲成了巨大的氣流，瞬間就把要將結界完全破壞的艾比希蕾克整個撞飛出很長的距離，像是凶猛的野獸一般，沒有止住的風壓在一片尖銳吼聲當中，直接拽斷了她的左上肩和整條手臂，絞成了碎肉屑全都潑散在綠色的草地上。

一片狂風後，出現在我們面前的是我以爲這次不會參戰的紫袍。

「阿利！」夏碎學長愣了一下，馬上認出是誰：「你不是應該要在醫療班休養一段時間才能離開！」

將軍刀插回鞘中，阿斯利安回過身，依舊溫和地微笑看著我們：「風的結界沒有風屬性的人來鎮壓怎麼可以，對吧。」

「那也太過亂來了！」

出現在阿斯利安旁邊的是那個好像一直跟我有仇、聽說鎮守火焰結界的休狄。

「不可否認，剛剛結界炸開時是我救了你一命。」微笑地把王子的話堵回去，阿斯利安沒有與他多加爭辯。

「……」像是抗議一樣皺起眉，休狄負氣地轉過頭，然後我也注意到他的確全身都是傷，因爲衣服是黑的所以乍看之下看不出來，一近看就發現他很狼狽了。

「南方的結界爲什麼會被破壞？」急著想知道另外一邊的事，安因追問著：「那邊也去了鬼王高手？」

「安地爾和另外一個鬼王高手前去，不曉得爲什麼他們很了解學院結界的設置，我們還沒反應過來時就已經被破壞了。」不甘不願地將南邊的狀況大致上描述了一次，休狄不悅地說著：「眞是卑鄙的行爲……」

「另外一個鬼王高手？」賽塔皺起眉：「看來他們這次前來已經把缺失的人手都帶足了，但是爲什麼比申與耶呂到現在還未出現呢。」

「誰知道！」語氣不是很好，休狄往上一看，彈了手指，爆炸的聲響在艾比希蕾克面前炸開，讓她一時不敢靠近。

我突然知道以隘王和誰很像了，他們兩個是同款的炸彈型。

「這樣說起來其他結界現在應該也陷入苦戰了。」阿斯利安沉思了一下，很快地抬起頭：「四個結界都被毀壞學院就會崩毀，即使只能守住一個，我們也不能讓白園被攻陷。」

「這是當然的。」安因很快就回他這麼一句，然後抽開身往另外一邊走開，看起來應該是要重新安排武軍的位置與排列，賽塔也跟上去了。

「休狄請靠近光影村的結界休息一下吧，這能稍微恢復點力量。」夏碎學長一邊說著，一邊看著站在旁邊的另外一個紫袍：「還有，我有點話想跟阿利說。」

阿斯利安頓了一下，露出苦笑，一臉該來的總是會來的表情。

「放心，你傷還沒好，我不會現在動手打你。」看著對方，夏碎學長微微嘆了一口氣：「如果這次順利將鬼族逼退……我一定會狠狠揍你一頓。」

無奈地繼續苦笑，阿斯利安點了點頭：「我知道，隨便你要怎樣揍吧，如果這樣你能夠消氣的話。」

「不管怎樣我都不可能消氣的，你們眞是太任性了。」低吼了聲，夏碎學長別開頭，過了半晌才平緩下來：「之後請好好療養你的傷勢。」

「小亭也會幫忙的！」舉高手，黑蛇小妹妹露出了可怕的笑容：「會幫主人的忙。」

「好吧，我知道了。」彎下身捏了捏黑蛇小妹妹的臉頰，阿斯利安勾起唇角：「請千萬手下留情。」

一條舌頭從小亭的嘴巴裡吐出來，外加鬼臉，然後掙脫對方的掐臉跑回自家主人身後，控訴似地瞪圓眼睛看著對方：「才不要！」

「好了，現在先想想要怎樣將眼前的艾比希蕾克擊退吧。」中止了話題，夏碎學長重新看向上頭已經開始又要逼近的鬼族。

「白園的屬性能讓我發揮很高的力量，如果能使用結界的力量，應該能夠一次將艾比希蕾克重創。」揮出了軍刀，阿斯利安提高了聲音，剛好讓走回來的安因兩人也聽見。

「需要什麼幫忙嗎？」立即詢問著，安因隨手將結界加強修復。

「如果可以的話，將風的力量提高就行了。」

話說完之後，阿斯利安轉過來看著我：「學弟，你現在懂得如何使用力量嗎？」

沒想到他會突然問我，我有點愣住，不過還是很快回答：「一點點吧……這兩天黎沚有教我一些比較簡單的方式，但我不確定可不可以……」我能感覺到那顆球，但是要抓住總是很困難。

「啊，我不是說妖師的力量。」阿斯利安露出抱歉的笑容，隨即做了個給槍上膛的動作——「填裝一枚風屬性的子彈吧。」

「風屬性？」

我突然跟不上他想表達的意思。

「我聽說在黑館時學弟有交給你子彈過，似乎可以順利使用，所以我想把風壓縮之後讓你藉由幻武兵器射擊——說實話，我的傷勢並未完全癒合，可能承受不了風壓，但是同樣擁有王族屬性的幻武兵器應該可以做到。」快速解釋了自己的想法，阿斯利安很認眞地看著我：「另外也有別的辦法，不過我想這個方式應該是最安全的。」

如果我射歪怎麼辦？

我很想這樣吐出我的不安問句，可是就算射不中……其實好像也沒那麼嚴重了。

現在不安的人應該也不只我一個。

「讓漾來會不會太危險？白園的風和一般的不一樣，我想別的方式應該也可以的。」安因第一個反對這個提議：「如果幻武兵器無法容納，會造成不好的後果。」

「我沒關係。」

所有人的視線全都往我這邊看過來，下意識地吞了吞口水之後，我重新開口：「我可以，請讓我試看看。」賭上妖師的力量，我想我一定可以做到阿斯利安說的事情。

在黑館時，學長給我的我也毫無問題地運用了，沒道理其他人就不行。

「褚。」夏碎學長看了我一下，不過沒有繼續說什麼。

「既然你決定了，那我們就會幫忙，請小心一點，若真的無法做到也請不要勉強自己。」輕聲地這樣告訴我，賽塔向阿斯利安點了下頭：「風之精靈會將白園的氣流全送到這邊來。」

大致上擬定計畫後，所有人全都散開，只剩阿斯利安和那個奇歐王子還留在原地。

說真的，如果只有阿斯利安就算了，那個王子幹嘛留下來……突然給我某程度的精神壓力。

「低賤的種族……哼，如果失敗的話……」

「請不要隨便覺得會失敗。」休狄的狠話還沒撂完，阿斯利安就把他推到旁邊去晾著：「與其希望別人失敗，不如想些辦法幫忙吧。」

「幫個低賤種族——想都別想！」很有堅持的王子把臉給轉開。

眞對不起啊讓你一句低賤種族來一句低賤種族去的，眞想看見發出光輝的高貴王子也有摔得狗吃屎的一天。

還沒誠心地想完，我馬上就看見足以讓我一掃低沉心情而爆笑出來的事情發生了。

「那就去找安因先生他們吧。」可能也不是故意的，但是挾著一點怨氣的阿斯利安算是滿用力地推了那個王子一把。

完全沒想到對方會突然推他的休狄踉蹌了一下，整個重心不穩摔倒在地，而且姿勢並不是很漂亮，在我們附近同時目擊到這一幕的武軍也全都呆掉了。

紫袍公然襲擊黑袍。

四周一片安靜，只有上面的鬼王高手還在怒氣沖沖地呼呼叫。

啊……真是個很方便的先天能力。

我真心誠意地突然覺得其實這種能力在沒有失靈時也滿好運用的嘛。

「你、你居然推我……」錯愕後立刻站起身，休狄的表情已經不是憤怒兩個字可以形容了，表情扭曲到好像隨時可以把阿斯利安當場炸掉。

馬上就有不怕死的武軍撲上來，勇敢地抓住王子：「請、請兩位不要在這邊吵架，還有敵人……」

如果他臉上不要有忍笑的表情，我想應該會很有說服力。

「啊啊，敵人逼近了。」轉過頭，阿斯利安看著上方的鬼王高手，完全無視後面正努力想發飆的黑袍：「時間差不多了，我們也開始吧。」

說著，他揮出了軍刀，很快地四周的氣流開始移動了。

因為時間與地點不對，休狄只能忍住這口悶氣，甩開那個武軍之後臭著一張臉離我們一小段距離，看起來非常不想接近。

閉上眼，阿斯利安將軍刀筆直地放在正前方，白色的草皮馬上劇烈搖晃：「暴風招來。」像是回應他的聲音，呼嘯聲從四面八方撲來，隱約可以看見白園中心出現了很多陣法，看來應該是安因他們引導白園力量所設下的。

風很強烈，有幾次我都快被翻倒在地，感覺上像是颱風快速地捲過來，而我們就待在狂風的邊緣一樣。

「低賤的人類，準備好你的幻武兵器！」在我快看呆的時候，那個摔倒的王子從後頭散發出敵意和提醒話語。

「喔、喔好。」連忙把米納斯拿起來，我注意到那個多出來的槽隱隱約約在發亮。

風壓開始變大到連四周的武軍也開始站不穩之後，阿斯利安才把刀揮到一邊，然後舉起左手張開了手掌：「壓縮。」

巨大的風流整個往他手上竄去，大約在幾秒之後我看見有個透明子彈形狀的東西在他手上成形，隨著越來越多的風竄入，那顆子彈開始呈現了微微透明的白色。

幾乎在同時，一點血紅的顏色也從阿斯利安的掌心被劃出，然後是兩道，強烈的風壓開始散出了銳利的風刃。

「喂！夠了！」摔倒的王子發出了低喊的聲音。

沒有搭理他，阿斯利安微微皺起眉，連手臂都開始被劃出血紅色的痕跡。

「阿利學長……」

就在我也想要阻止他的時候，阿斯利安突然睜開眼睛，快速握住了那枚白色子彈往我這邊拋，那瞬間風壓突然全部四處散掉：「學弟，接好！」

沒想到他會突然丟過來，我手忙腳亂地慌張接住那顆白色子彈。

子彈的模樣與槍的凹槽剛好契合，不是之前那種要填裝的方式，直接扣進去就能用了。

這算是掌心雷快速填裝的進化版嗎？

還沒思索完那個凹槽的形成原理，上面突然傳來很大的巨響。重新再生的艾比希蕾克很快地衝撞了結界，再度把結界撞開一個洞。

「米納斯！」

趁著鬼王高手把頭伸進來對其他人發出吼叫的極近距離，我抓住了這個大好機會迅速壓好子彈，朝著那顆怎樣都不會射偏的大頭狠狠開了一槍。

風形成的子彈衝擊力比我想像的還要大，我開槍之後根本沒有看見它有沒有順利飛出去，一個強大的衝擊力像是巨人的拳頭一樣把我整個人揍出去往後飛，最後摔在地上滾了兩、三圈之後才感覺到一個力量把我停住。

頭昏眼花地抬起頭，我看見那個摔倒的王子用一臉很嫌惡的表情伸出腳踩在我背上幫我停下來。

三秒後，艾比希蕾克發出巨吼，然後整個人飛了出去。

「成功了！」

阿斯利安立即跑過來把我從地上扶起，我看見艾比希蕾克摔在綠色的草地上，那些染黑的草根全都被她撞爛成一片。風的子彈發揮了超乎我們預料之外的效果，鬼王高手的身體幾乎八成全都被撕碎了，黑色的鱗片和肉塊全部四散亂飛，掉了一大堆；而她只剩下半張臉和半個上身，躺在綠色的草地上不斷冒出黑血與黑煙粗重地喘著氣。

「現在快點去給她最後一擊……」正想過去杜絕後患的阿斯利安才走出一步，整個人突然軟倒，被後面的休狄快了一步扶住才沒有換他摔個狗吃屎。

「你傷勢根本沒好吧！」摔倒的王子發出了責備的聲音。

「啊，我可以……」反正那個鬼族已經半死不活了，我和武軍應該可以做到殲滅。

雖然是這樣想著，但是下一秒我就發現我錯了。

我的右手抬不起來，左手也一直在發抖，勉強只能勾著米納斯。

有個武軍快速跑來抓住我的手左右看了一下：「可能是剛剛後座力的關係，右手斷了，請先留在這邊做治癒的法術吧。」

這個好人這樣微笑地告訴我，然後拍了拍我的肩膀才又往原來的位置跑回去，然後指揮了其他武軍列隊好，大約十幾個人踏出了光的結界包圍起那個未死絕的鬼王高手，準備一口氣將她消滅。

看著不能動的右手，我有種無限悲哀的感覺。

難得一次可以打倒鬼王高手的說……

「你會用治療的術法嗎？」在旁邊坐下稍稍喘氣，阿斯利安轉頭問我。

「會一點……」百句歌啊，不過百句歌不用手可以嗎？

很懷疑地這樣盯著右手，我開始回想課堂上教的簡易法術，然後很可悲地發現那些法術大多是用來應付小傷口的，不要妄想初階簡易法術可以瞬間把條斷手接回原本的樣子。

「我幫你醫好吧。」立刻看出我的困窘，人很好的阿斯利安伸出手，不過還沒伸過來就被旁邊瞪著眼睛的摔倒王子打掉。

「我無法容忍高貴的一族給下賤的人類治傷！」

拜託老兄，現在是在打仗耶，人家不是說打起來沒有等級分，你可以這樣看著自己人因爲手斷掉而掛掉，沒有被治療的原因就是因爲你不想看見有人幫人類治療？

眞是天大的好理由！

我現在眞誠地希望他可以摔第二次。

摔爆你好了！

不過顯然這次妖師的力量沒有適時發揮作用，那個摔倒王子還是在原地凶狠地瞪我，活像我在這邊就會用精神力虐殺他全家一樣，完全不肯退讓一步。

這個僵局馬上就被打破了。

「看起來好像是順利完成了。」帶著小亭先回到這邊的夏碎學長馬上就發現我悲哀的處境，立即走過來抓住我的手施行治癒法術：「白園應該能夠繼續撐下去。」

話是這樣說，不過我注意到他稍微瞪了黑袍一眼，完全沒有越級的不對感，瞪得相當自然。

一邊讓夏碎學長治療斷手，我轉過頭去看著那些武軍。

他們包圍了艾比希蕾克之後便設下了另一種陣法，像是固定一樣。光陣出現之後鬼王高手發出了好幾個渾濁的聲音，但是已經無法掙扎。確認陣法成功後，剛剛和我說話的那個武軍踏了過去，長刀一揮便把最棘手的敵人腦袋給剁了下來。

瞬間，黑煙擴散開來。

設下的陣法立刻起了反應，黑煙還未散出同時就已經瞬間被淨化了，完全無法再讓四周的綠色草地受到傷害。

砍下頭顱後，那名武軍剖開了腦部，這時候我把視線移開，非常不想看見他把手伸進去在一堆黑灰色的東西裡面掏動的樣子。

約是過了好幾秒之後，武軍發出了歡呼的聲音。

回過頭，我看見那人手上已經多了一塊像是棒球一樣大小的黑亮色寶石類物品。

那個東西一被抓出來，艾比希蕾克同時化成黑色的灰燼，整個完全消散在空氣之中。

「終於把艾比希蕾克給解決掉了。」阿斯利安露出了放鬆的表情，然後呼了口氣。

「但是白園的力量太過強大了，不能長久使用。」收回了手，夏碎學長讓我活動一下，確定斷手痊癒之後才轉過去：「安因和賽塔他們還在引導風流，要完全使用白園力量相當困難，剛剛甚至沒用上十分之一。」說著，他改過去幫阿斯利安治療那些被風壓颳出的傷痕。

這樣叫作還沒用到十分之一？

我突然覺得，該不會全用上就是同歸於盡之類的吧……

「即使使用上有困難，但是能夠確實處理掉眼前的災難也無不可。」看著綠色的草地幾乎已經被毀了大半，阿斯利安搖搖頭：「這些被鬼族之血染過的土地，要很久很久才會復原吧……真是可憐，會有很長一段時間寸草不生。」

「盡早將鬼族消滅，就可以挽救更多一點土地，所以你還是快點養好身體吧。」在治療完畢的手上用力一拍，夏碎學長站起身。

揉著被拍紅的手，阿斯利安苦笑地站起來：「我會的。」

「諸位，這是艾比希蕾克的──」

拿著寶石的武軍露出歡欣的笑容跑過來，急著要把鬼王高手被滅的證據交上來，但是在即將踩進光結界的前一秒他突然停下了。

明明剛剛還可以露出微笑跟我講話的人整張臉出現了錯愕的表情。

止住腳步的人胸口突然出現了一個大洞，一條手臂從他後面穿透過來，取走了那塊黑色的寶石。

像是慢速播放一樣，武軍在我面前倒下，紅色的血液立即沾滿了綠色草地。

「原來艾比希蕾克也沒什麼了不起。」

用著極爲輕視的語氣把玩著黑色的寶石，隨著逐漸出現的身影，那種讓人窒息無法呼吸的巨大壓力開始瀰漫整座白園。

原本在後頭的武軍幾乎無法動彈，瞪大了眼睛看著突然出現在空氣中的人。

那個有著女人面孔的鬼王轉向我。

「眞巧啊，妖師的血緣人。」

拿著寶石的比申惡鬼王露出了充滿殺意的笑容。

第十三話　援兵

地點：Atlantis

時間：不明

「讓開！」

被鬼王氣勢幾乎整個壓倒的同時，我看見白色與黑色的東西一前一後衝了出去，那個被重創的武軍立即被拋回白色的草地，隨即就有人撲上去替他緊急治療。

兩把散著寒冷銀光的長刀一前一後指住了比申的頸子。

「呵……你們以為現在還能打得過我嗎。」完全不將黑袍與白袍的威脅放在眼裡，比申悠閒地撥弄了一下長髮：「結界已經被毀壞了，可以削減我們力量的東西不存在，你們這些低等的種族啊，乖乖跪下求做奴隸吧。」

「現在說這種話未免太早。」冷著一張臉的安因瞇起了眼眸：「下地獄去吧。」

另一邊的賽塔轉動了手腕，完全不發一語就往鬼王的側邊劈去。

如意料中，比申晃動了一下身影，下秒就消失在原地，再出現時已經離他們兩人有一小段距離。

「唉呀，好好玩呢，真是讓人愉快。」舒展了雙手，比申開始哼出了奇怪的歌謠，而在哼曲子同時她的四周也出現了大群黑色像是狼卻有兩根角的獸類：「看見一個一個被殺掉的低等種族就能讓人心情愉悅呢。」

轟然一個聲響，其中一頭野狼突然被炸成碎片，快得讓人措手不及。

那個爆炸來源從我後面走出來，表情除了悶還是悶，估計應該是把剛剛阿斯利安的那筆帳也一起算過來了：「你們這些比人類還要下賤的骯髒鬼族，居然敢對高貴的一族說低等。」踏出了光結界，休狄凶狠地看著眼前的鬼王，「比臭蟲還不如的鬼族，草地不是你們這種低賤存在可以踩踏的。」

比申瞇起眼睛：「妖精族？哼哼……」

就在兩人對上的當晌，賽塔瞬間出現在我與夏碎學長的前面。

「白園守不住了。」他的表情異常嚴肅，然後往後看了一眼：「如果是鬼王高手我們還有勝算，但是鬼王的話……首先必須保住性命，你們快點前往水之結界或者地之結界，讓其他袍級都聚集在一起，至少要留下一個地方。」

「比申鬼王的力量並不高，我們或許可以先抵擋一陣子。」阿斯利安靠了過來，不過他的臉色已經變得有點蒼白：「我剛剛收到消息，公會已經派了第一隊人手往這邊來了，再等一下……那些人來了之後應該可以將比申擊退。」

「還有一個耶呂鬼王未出現，我們也不知道他往哪個結界去了，暫時就先留在這邊幫忙比較好。」夏碎學長也跟著幫腔。

「這麼說的話……」賽塔有些微的猶豫。

不曉得是不是錯覺，其實我覺得他想講的比較像是要我們全部離開學院，避開這場戰爭。

「賽塔。」看著眼前的精靈，阿斯利安收起了微笑，然後直直地看著他：「或許在擁有久遠歲月的精靈眼中我們都不過是小孩般的歲數，但是我們並不是專門扯後腿、而是能夠幫上忙的小孩。」

四周的風像是在瞬間暫停了下來。

賽塔綠色像是寶石般漂亮的眼睛放在我們三個身上：「抱歉，或許是我有點心急。」

拍了一下他的肩膀，夏碎學長搖搖頭。

「咯咯咯，你們在說些什麼呢？」

倏然，不屬於我們的女性聲音猛然從極爲靠近的地方傳來。

夏碎學長和賽塔幾乎同時轉過身，黑鞭與長刀指向就站在綠色與白色草地交界處的人，背景是被妖獸纏住的兩名黑袍。

「來吧，妖師的血緣者，我可好心讓你活下來，一起看看我的耶呂鬼王稱霸世界的任何一寸角落喔。」只差一步就踏到光結界的比申對我伸出手：「就像曾經幫助過鬼族的人一樣，妖師生下來就是要跟我們在一起的喔——」

「吃了妳！」最快有反應的是小亭，她咧開嘴直接朝那隻手掌咬下去，快狠準地連一點會吃壞肚子的猶豫都沒有。

比申可能沒有被這種方式攻擊過，硬生生嚇了一大跳，下意識把小亭給甩開，黑蛇小妹妹立刻摔在白色的草地裡，滾了好幾圈。

「該死的詛咒體！」看著被咬出一排牙印的手，比申的臉扭曲了：「我改變決定了，你們全都去死吧。」

我跑過去把小亭扶起來，發現她的左腳朝不自然的方向扭去，應該是被衝撞力給摔斷了。

「嗚啊！她把新身體弄壞了！」黑蛇小妹妹發出淒厲的抗議。

「現在不是在意這種事情的時候了啦。」一把將她抄起來抱著，我猜夏碎學長現在絕對也沒有時間讓她重換身體了。

伸長了手，比申將手掌往前張開，就在光結界的正上方停下來，她的掌心與結界交會處突然產生了強烈的火花與圖騰印子，像是抗拒鬼王入侵一樣，光結界立刻強悍地排拒著，火花在兩秒之後馬上變成刺眼的白火。

「這是什麼玩具嗎？」完全無視手臂被白火吞噬，比申勾起了笑容，然後往前踏出一步。

那一秒我聽見某種很像玻璃破碎的聲音，她的手掌突破了白色火焰穿進了結界，那個地方的結界壁馬上被穿出一個洞，洞口四周全都變成了扭曲的黑色，黑色的周邊開始出現了像是蛋殼破裂的無數細紋，拚命往外攀爬。

「別想破壞白園結界。」夏碎學長甩出了黑鞭絞在那條手臂上，然後不斷地收緊。

比申的表情連變也沒有變，對紫袍的攻擊完全沒有特別吃痛的反應。

同樣在旁邊的賽塔揮出了長刀，整個穿過了結界劈在鬼王的肩膀上，但是只砍進去了一點點就停止了，高速再生的血肉直接將長刀給嵌在鬼王的身體裡，而她完全不動搖，臉上的笑容甚至越來越可怕，四周的壓力也逐漸增強。

我也開始覺得有種呼吸困難的感覺。

往旁邊一看，附近還殘留的武軍也稍微出現了承受壓力的表情。

緩緩舉起手，比申惡鬼王抓住了精靈長刀的刀身，然後一點一點地往自己身外抽：「精靈的小東西以爲可以傷到我嗎？你們繼續反抗、繼續害怕吧，這樣殺了你們的甜美滋味才越讓人滿足啊。」

賽塔皺起眉，用力抽了兩、三次，但是長刀像是被固定住一樣，完全無法多移動半寸。

「就從你開始吧，先前你也挺囂張的呢，精靈。」啪地一聲將長刀給折斷，比申用極快的動作突然半個人衝破了結界，一把抓住了賽塔的脖子。

這事情幾乎就在眨眼間發生的，連旁邊的夏碎學長一時之間都沒反應過來。

「暴風——」勉強爬起身之後，阿斯利安立刻想要幫助。

不過他還沒出手，正對著比申鬼王的我整個愣住了。

我看見不遠的地方，有個超大的東西跳過一堆鬼族與那些妖獸朝這邊撲過來。

那個東西非常眼熟，眼熟到讓我突然想起來我從鬼王塚之後好像就沒碰到他，差點都忘記有這號人物存在。

運動會時壓斷了一堆牙籤的大型獸王族用超級可怕的速度撲過來。

沒想到後面會出現伏兵的比申沉浸在抓住精靈的愉快中，還沒將賽塔的脖子扭斷之前，一隻巨大獸爪就從她的頭上拍下去，她的手朝不自然的方向鬆開，同時手上的精靈也摔倒在地，然後整個鬼王就消失在獸爪下面，沒有透氣時間，前腳踩完後腳跟著補上重重一擊。

於是巨大的腳印裡出現人型。

說眞的，這一秒我差點笑出來了。

我以爲這種畫面只會在動漫畫裡看到，沒想到現在活生生出現在面前，是人一定都會想笑出來的。

不過在兩秒之後我就笑不出來了。

因爲那隻把鬼王給踩到土裡的大野獸朝我撲過來。

「漾——」

※

我深深覺得，其實我應該不是死在戰爭敵人的手上，而是死在自家人手上的機率比較高吧。

看見朝我這邊飛過來還帶著泥土的爪子，我認命地知道這次眞的死定了，而且還是被踩到土裡變成人字型的可悲死法。

「漾漾！小心！」

就在我做好準備會被同伴踩死的同時，一個通紅的東西朝我撲過來，把我和小亭撲倒在地上摔到旁邊去，那隻爪子就這樣擦過我們身體旁邊，只距離一公分就差點全體變成肉醬了。

「西瑞．羅耶伊亞，你是白痴嗎！」把我們撞倒救了我們一命、及時趕到的千冬歲還趴在地上就抬頭開罵：「都沒人手了你還來削減人手！」

沒撲到人的五色雞頭變化大型版往前跑了兩、三步後停下，然後回過頭，立時變回原本閃亮五種顏色頭毛的人類樣子：「喔哈，本大爺一下子太高興了，想說給個驚喜就忘記變回來。」

你的驚喜也太可怕了一點。

我心有餘悸地被突然出現的萊恩扶起，然後也被他嚇一跳：「你們不是都在校牆那邊嗎？」

「校牆那邊不行了，武軍被後來又追加的鬼王高手殲滅了大半，不過黎沚和奴勒麗處理掉以隘王，現在正在對付後來出現的那個，剩下的人已經開始都往這邊退，等等會有更多人過來。」千冬歲很快地把前面的狀況描述了下，剛好把妖獸解決完返回的安因和休狄也聽見了這段。

「校牆被攻破的話，即是鬼族會大量擁進來，現在只剩下結界可以防守。」一邊把賽塔從地上拉起，安因看著校牆的方向，嘆了口氣。

「與其想校牆，不如先處理掉比申惡鬼王，她現在的樣子還沒辦法反擊吧。」看著獸爪印裡面的人型，休狄完全沒有手下留情，直接就賞她好幾個巨大的爆破。

煙塵瀰漫了整個光結界外面，一下子視線全都不清楚了。

「漾～跟我說話啦！」五色雞頭看沒人理他，直接過來一把拽住我的臉頰往外拉。

「痛痛痛——放手啦！」你是想把我的臉皮給拉掉是不是！

「你的表情好像有點變。」根本不能用人話溝通的五色雞頭沒有放手的跡象，抓著我的臉左右拉，很疑惑地盯著我的臉看來看去：「漾～發生什麼事嗎？」

「你先放手我再說啦——」

五色雞頭馬上放手。

被扯來扯去的臉頰整個腫痛發熱，我打賭一定整個像是被呼了一拳一樣大腫了：「鬼王塚的事情，還要我再說一次嗎……」揉著發痛的臉，我有點生氣地說著。

「……本大爺不知道發生什麼事情。」像是賭氣一樣，五色雞頭的臉有點彆扭：「你跟那個叫安地爾的鬼族不見之後，本大爺本來要追上去的，那麼好玩的事情怎麼可以讓你們自己去。結果要出發時，突然被我家老大和該死的臭老頭抓回去老家，被關在地下三十樓；本大爺眞是莫名其妙啊！說什麼不要跟妖師和鬼族扯上關係，不知道男人闖江湖本來就要把危險當枕頭嗎！一點闖蕩江湖的覺悟都沒有！呸！」

被關在地下三十樓是嗎？

我感覺到其實殺手家族還是對自家人有愛的，只是那個愛有點奇怪，「你被關著，那爲什麼現在會在這邊？」還差點把我踩成肉餅。

「哈！本大爺人稱江湖一把刀，連越獄都不會就太遜了！有種就把本大爺關到地心去啊，泡個溫泉本大爺照樣逃給他們看！」

喔，自行逃出是吧？

我完全了解五色雞頭的反應了。

看來他應該眞的完全不知道後來鬼王塚發生的事，我想他家的人既然不想讓他和我接觸，一定也什麼都沒有講。

「這些事情我晚一點再跟你說。」因爲五色雞頭的反應太誇張了，我決定等敵人退走之後再和他解釋鬼王塚發生的事。

五色雞頭露出不滿的表情。

「現在有鬼王啊！上次你打不過的那個鬼王在這邊，至少先把她打走吧！」難不成要我在鬼王的瞪視下先把事情全解釋給你聽嗎！

「有鬼王？」五色雞頭看著外面，綠色草地上的煙霧已經開始平息了：「喔喔，眞的有味道，本大爺剛剛還沒有注意到，想說先進來再說。」

沒注意到你居然可以踩到鬼王？

哈……天生犯沖啊。

煙塵大概在十幾秒之後整個散去，我看見剛剛被轟爆的地方出現了一個大凹洞，裡面還有熱煙冒出來，不過已經沒有鬼王的影子了。

「應該是退走了。」賽塔按著脖子，深呼吸了幾次之後才發出沙啞的聲音：「剛剛的攻擊可能造成她某部分無法立即修補的創傷，我想現在可以稍微放心一點。」

安因看了他一下，然後閉上眼睛張開了手掌。

有個亮亮的東西從他的手掌出現，像是小光球的亮點浮高之後衝出了光結界，繞著白園轉了一大圈，最後停在被比申弄出的破洞之後就整個融進去，把洞給修復了。

「已經確定鬼王的氣息消失，先讓傷者都休息吧。」碰了碰結界被修復的地方，安因才轉過來朝著所有人點頭。

一收到放鬆的命令之後，我們全都坐倒在白色的草地上。

現在不趕快休息，說不定馬上又會被攻擊，然後就什麼都不能做了。

夏碎學長接過小亭之後，趁著時間幫她更換新的身體。

因為在前面已經惡戰過一次，實際上也受了不少傷的千冬歲和萊恩與一些後面陸續來到的武軍就靠在光結界附近休息順便恢復一點精神。

天色越來越黑了。

我看了下手錶，其實現在應該快要天亮了，但整片天空還是很暗，完全沒有要天亮的感覺。

每個人都不說話。

現在我曉得為什麼之前的武軍也都不說話了。

有些時候，不說話反而比說話來得好一些。

「漾~鬼王塚好玩嗎?」

不過還是有人例外。

看著頂著一頭亮毛的五色雞頭完全感受不到那種嚴肅的氣氛,在一堆人白眼之下很歡樂地一屁股坐在我面前開始第二度吵雜。

「……我想休息一下。」而且我不想很歡樂地跟你聊天啊。

「聊天也是一種休閒方式,來吧來吧。」

我是要休息不是要休閒!

「打擾了,兩位。」剛剛那個受傷的武軍靠近我們:「用點水吧。」說著,他遞來了個白色的水壺,也成功地讓我意識到我的確正在口渴這件事情。

大概從回家到現在我都沒有喝到半口水,整個都乾掉了。

「謝謝……」接過水壺之後,我打量著還有點虛弱的武軍:「麻煩你了。」

那個武軍看了我一下,微笑著在一旁坐下:「我爲風之妖精的哈奇爾,這次能協助在前線對抗鬼族爲無上光榮。您雖然穿著醫療班的衣服,但是卻沒有醫療班的感覺。」

「啊,這是借來的。」拉了拉九瀾借我的藍袍,剛剛滾來滾去又炸來炸去,上面居然連個勾線的地方都沒有,只沾了灰塵,眞是有夠強韌的,難怪會說是袍級專用衣服,材質也好到太詭異了點,「雙袍級的醫療班借給我防身用的。」

點點頭,名爲哈奇爾的武軍站起身:「請好好休息一會兒吧,或許很快我們就再也不能如此休息了。」

「好的。」

看著他走離的背影，我感激地喝著茶水，準備好好休息一下。

「漾～跟我聊天！」

……

誰來把這隻雞拖走。

※

「褚，繼續下去沒問題嗎？」

大約過了差不多半個小時，我正在算手錶時間的時候，夏碎學長走了過來：「比申回去之後，我想接下來之後會是場硬戰，跟之前都不同了。」

「沒關係。」立刻回答他，我看了一下手邊的米納斯：「可以的……」

「哈，本大爺絕對殺個那些鬼族片甲不留！」五色雞頭非常慷慨激昂地喊，他好像也沒注意到其實人家並不是在問他。

「那就好，就像之前所講的，如果有什麼的話，希望你不要硬撐。」微微笑了一下，夏碎學長拍拍我的肩膀，才又走開往阿斯利安他們那邊一起商量對策。

看著那群圍在一起的袍級，我決定再繼續休息一會。

「漾～你有沒有聞到附近有怪味道？」盯著光結界外頭，五色雞頭推了我兩下，「右邊那個地方，有個怪怪的味道在移動。」

「什麼怪怪的味道？」

說實話，因爲老頭公的結界保護，所以基本上除非太強烈的味道否則我還是分辨不太出來。

「這邊。」不由分說，五色雞頭直接把我從地上拉起，然後另手甩出獸爪，就這樣一路拖到有一小段距離之外的右邊。

我聞到的不是他所說的怪味道，而是看見光結界大概在小腿的位置出現了沒仔細看就不會察覺的微小黑點。

「有東西！」

動作比腦袋快的五色雞頭根本也不管那個東西會是啥，獸爪就直接揮過去。

砰地一聲，全部人都轉頭看向我們這邊。

而我看見了個蛋型的黑色東西被五色雞頭一打，從原本透明的樣子被打出顏色然後飛出去。

「喔哈！敵人！」看到打出顆大黑蛋的五色雞頭想也不想就跳出去，追著那顆蛋打算直接繼續打。

「等等，那個不能追。」在五色雞頭即將踏出第一步時，不曉得從哪邊冒出來的萊恩很快阻止了他的動作。

「爲啥不能？」被攔住的雞用一張欠扁的表情看著攔他的人。

「那個東西不會單獨行動，你現在一出去一定會被攻擊。」馬上走過來的千冬歲嚴肅著一張臉，然後彎起了弓直接搭箭往逃出一段距離的黑蛋放了一箭，幾乎在那瞬間飛箭就貫穿了黑蛋，整個將牠射翻在地，黑蛋發出怪異的聲音之後就像消了氣般直接乾癟得剩下一層黑色皮，但是沒有完全消滅。

「這是什麼？」我看著那層黑色的皮，有種不太好的感覺。

「類似隱藏的保護罩。」千冬歲給我一個莫名其妙的答案。

還沒進一步追問，四周開始傳出了窸窸窣窣的細小聲音，然後開始逐漸轉大；之後明顯連綠色草地上都可以看見有東西四處亂踏的痕跡。

那種奇怪的蛋變多了，即使沒有看見還是可以感覺到。

「暴風招來。」站在另外一端的阿斯利安揮出了軍刀，直接就讓風流往綠色草地上橫劈：「爆裂之風。」

轟然聲響立刻傳來，剛剛的狂風將整片綠色草地給強悍地吹開，同時也吹出了一大堆東翻西滾的黑蛋。

出現之後，整片密密麻麻的黑色讓我們立刻注意到不曉得在什麼時候，四周已經被這種東西堆滿了，不過因爲畏懼光結界的關係，倒是沒有半個入侵。

「比我們想像的還要快。」安因走過來，環著手盯著外面滿滿的黑蛋看。

「你們有注意到這些東西到了嗎？」看著一個黑袍外加一個滿臉不屑的黑袍，他們表情都不意外，顯然可能一開始就知道了。

「當然，低賤的種族不會明白。」摔倒的王子用鼻子瞧人，還是非常不屑地噴氣說話。

「……」

我不想跟這個人溝通。

站在我旁邊似乎對摔倒王子有興趣的五色雞頭瞇起眼睛，瞪著他看了幾秒之後突然拽住我，把我拖到旁邊去講話：「漾～這傢伙是不是上次我沒蓋到的那個？」

沒蓋到？

「喔，對啦。」我想起來舞會時發生過的衝突。

「那本大爺現在去補蓋——」把我往旁邊一丟，五色雞頭非常興奮地摩拳擦掌。

「等等啦，現在還在跟鬼族對戰，你補蓋萬一成功的話會少一個幫手。」雖然我不覺得他會成功，不過五色雞頭剛剛才把鬼王給踩扁，我深深認爲不能夠小看這個人莫名的潛力。

「本大爺會把他的份一起做完。」露出邪惡的笑容，五色雞頭快樂地看著他想要毆打的對象，只差沒有發出眼睛精光而已。

「與其說那個，你還不趕快看看那些蛋，裡面好像有什麼……」其實我說這個本來是想轉移開五色雞頭的注意力，但是講完要做樣子把頭轉過去之後換我自己呆住了。那堆蛋裡面眞的有「什麼」，每顆都豎得直直的，頂端出現了裂痕，接著有像是黑色爪子的東西穿破了黑色的薄膜慢慢伸出來，活像是鬼片裡的那種場景。

要知道，如果是一顆看起來當然沒什麼，但是等你四周布滿了幾百幾千顆這種東西同時伸出一堆手時，那種驚悚度就只能意會不可言傳了。

然後我聽見了旁邊千冬歲的聲音——

「那種黑色的皮，是中階鬼族的隱藏保護膜。」

※

在千冬歲輕描淡寫的解釋之後，我看見那堆手像是小雞一樣不斷地越長越多，接著是個不知道是魚還是狗的頭從裡面鑽出來，每個都不太一樣，有的是鱗片有的是毛，感覺上很像是人型與獸型扭曲在一起的形體。

很快地，黑色的皮全都掉在地上，鋪成一層層黑路，那些奇怪的形體站起身來，灰白色的眼睛全都轉過來看向我們這邊。和之前經常看見的鬼族不一樣，這些東西擁有比較可怕的外表，而且很顯然的是智商應該也比較高。

接著讓人感覺到無奈的危機是那堆黑蛋生出的中階鬼族裡，我看見了非常不想再看見、怎樣打她都還是活著的比申鬼王隸屬高手、瀨琳。

大概這個故事從一開始到現在最耐命的就是她了吧，不管經歷過怎樣的殘殺，她都有辦法在下一次完整地跑回來繼續攻擊我們……難道比申的高手其實不是很強而是很耐打嗎！

「要剿滅這些東西得花一點工夫，他們與之前那種低等鬼族不太一樣，算是黑暗扭曲的進化型態，不太容易打死。」千冬歲很仔細地告訴我攻擊方式：「一般來說他們的弱點在後頸，那裡很脆弱，是全身唯一防禦不到的地方，所以挑那邊讓他一次斃命會比較省事。」

「只有後頸嗎？」我打賭我的子彈應該不會轉彎。

「他們的命核在那個地方。」千冬歲轉動手腕，出現了新的箭支：「不過像我們這種遠程型的打前頸也可以，運氣好可以貫穿到後面去，不過他前頸的皮膚很硬，如果兵器不夠好穿不過去也是白費工夫。」

我猜米納斯應該是個好兵器吧。

「瀨琳我們會去對付，你們專心把中階鬼族先減量。」安因握著長刀，第一個衝出光結界，後面立刻跟上了賽塔，兩人一前一後把瀨琳打出了很遠一段距離，消失在另外一端。

「本大爺上場的時間到了！」

兩隻手都轉成獸爪的五色雞頭很歡樂地衝出去，然後開始對著那些黑色的異形一陣好打。他攻擊的方式並沒有特別挑哪邊，反正就是直接打爆。

不過沒被打中後頸要害的黑色鬼族在裂開之後不到三秒就突然開始迅速再生，立刻又回頭要攻擊五色雞頭。

「熙睦。」出現在五色雞頭邊上的萊恩用很快的速度轉換了幻武兵器，雙刀像是優雅的舞蹈般滑過了兩道弧形光芒，原本要重新襲擊五色雞頭的黑色鬼族腦袋直接從頭部被橫切開來，後頸的致命點同樣也遭到破壞，那個鬼族瞬間變成黑灰散落在空氣之中。

「漾漾，看清楚沒有，這就是正確示範跟錯誤示範。」很盡責地把別人當作活教材的千冬歲再度告訴我。

「喔、我知道了。」眞是簡單明瞭。

「你這個該死的四眼小子把本大爺當作啥啊！」五色雞頭在外面暴跳如雷地吼。

「錯誤示範。」千冬歲很老實地回答他。

「我先宰了你！」

不要在這種時候窩裡反啊兩位！

我超級無力地舉起米納斯，對著幾乎就貼在光結界旁邊的鬼族連續開了兩槍，爲了避免他沒死透，繼續再補到他整個變成灰爲止。

「嘖，眞是讓人不愉快的環境。」休狄用最臭的臭臉走到離我們最遠的地方去進行他的遠距離爆破。

看著外面一個亂打一個打到快消失的人，阿斯利安嘆了口氣，蹬了腳翻出了光結界外揮動了軍刀，很快就掃掉了大批鬼族。

領著武軍，夏碎學長往白園另一邊跑去：「你們把這邊守好不要讓任何一個東西跑進來。」

「要守好喔！」小亭舉高手，跟著跑過去了。

環視著四周，白園整個都被中階鬼族包圍了，看得見看不見的地方全都是，全部都靠在光結界上面，拚命用爪子刨抓白園的結界與光結界，像是要用自殺式的方式把結界給衝撞開來。

接下來的時間就在消滅與被消滅之中渡過。

重複然後重複，我突然理解了千冬歲他們接任務時，或許也是從一開始的懼怕到現在的麻木，他們甚至眼睛眨都不眨就能快速將眼前的對手殲滅，迅速且有效率，我跟他們一比較，連亂打的五色雞頭都比不上。

米納斯很好，幾乎都能順利打穿鬼族，不過說實話，當我看見自己開出一槍然後將那些東西殺死的時候，心中還是有種難以言喻的感覺。

我殺死的東西越來越多。

有可能之後會變成越來越多東西要殺死我。

「阿利！小心！」

千冬歲的喊聲把我從奇怪的想法中拉回來，我開了一槍打掉擋在眼前的黑色鬼族，同時看見讓千冬歲出聲的畫面。

正在將五色雞頭附近的鬼族做最快速度消除的阿斯利安左邊大概不到十公分處出現了空間裂痕，連我們都看見那個地方慢慢出現了一道裂口，裡頭有顆紅色的眼球險惡地盯著他看，可是他本人像是完全沒發現一樣斬下了手邊鬼族的頭顱。

猛地出現在他左側的萊恩一刀就往那道裂痕捅進去，裡面的眼睛發出了吃痛的怪聲之後，突然唰地聲又整個消失了。

像是被驚動到一樣，阿斯利安用錯愕的表情回過頭看他。

快速地紮起髮，萊恩整個殺氣騰騰地揮動了雙刀將兩邊的鬼族整個逼退：「地潤！」

運動會那時候我看過的奇怪大刀從地上轟地聲竄出來，直接把想撲過來的鬼族給撞開，形成了暫時的屏障。

利用這個短暫幾秒的機會，萊恩一把拽住阿斯利安，用非常不客氣的方式扳過他的臉看了一下，然後才鬆手回過頭：「歲！他的左眼看不見！」

有那麼一秒，我覺得心臟很像漏跳了一拍。

我以爲阿斯利安回來是完整無缺的……因爲醫療班很強啊！

「不是討論這種事情的時候！」沒讓千冬歲說話，阿斯利安用強硬的態度先撂下話：「疏忽不會有第二次，不用特別過來照顧我。」他稍微看了一眼那個閃到很遠地方的摔倒王子，用不太大的音量只讓我們這群人聽到。

「喔哈！男子漢就算少隻眼睛也是男子漢！幹掉他們吧！」五色雞頭踢開個黑色鬼族，用空檔的時間比了個拇指，然後又撲向一堆鬼族裡。

「萊恩！」看著自家搭檔，千冬歲猶豫了一下，朝著他搖頭。

點了頭，萊恩收起了手上的雙刀，翻身站到地面上那把奇怪大刀上：「地潤，提供屏障、隔絕然後包圍。」

奇異的幻武兵器馬上就對他的聲音起了反應，開始橫向拓展，整把刀突然上升到一樓左右的高度，然後埋在地上的刀身兩側整個拉開；像是石製的堅固牆壁一樣，用很快的速度往外展去，馬上就把鬼族隔絕在牆的另外一端。

我和千冬歲快速地把殘留在裡面的鬼族給打回灰塵之後，石牆也差不多把白園繞了一圈，在遠處的摔倒王子的爆破努力之下，很快地裡面的鬼族差不多淨空了。

白色的草地還可以感覺到石牆蔓延生長的震動，顯示刀所形成的保護牆似乎還在不斷移動。

在手掌上劃出了條口子，萊恩沾了血不知道在刀身上寫下一串什麼字，然後才拽著阿斯利安跟還想跳出去打的五色雞頭回到光結界裡面來。

「我說過不用在意這件事情！」對於萊恩的做法感到不太認同的阿斯利安提高了音量，然後拿開對方的手。

「我們也不想在意，只是中階鬼族太麻煩了，所以讓他們滾遠一點而已。」千冬歲站到前面，這樣告訴他：「萊恩的地潤至少會繞上五、六十圈外牆，這段時間夠所有人休息了，畢竟保護戰也不是非得跟對方長久槓上。」

「嘖！本大爺還沒打過癮咧！」五色雞頭把頭撇開稍稍地抱怨著，不過他大概也知道這次事情的嚴重性，倒沒有做出衝出去繼續打的行為。

你終於在被關了三十層後腦袋清醒了一些嗎？

無暇為這種事情感動，我盯著阿斯利安的臉，如果不是萊恩發現，我真的以為他一點事情都沒有，他的表現不像左眼看不見——除了剛剛那個破綻，如果沒發生，可能就讓他矇混過去了。

注意到我的視線，阿斯利安看著我：「放心，不會影響到任何事。」他勾出了一點微笑，然後把軍刀給收回去，「因爲戰爭關係，我太心急了，兩位學弟眞不好意思。」

「不會，要互相幫忙。」萊恩低聲地說著，然後坐倒在白色的草地上。

跟著坐下的五色雞頭發出了讓所有人都想踹他一腳的話：「這裡不供飯嗎？」

千冬歲白了他一眼，懶得搭理。

就在遠處的摔倒王子打到沒東西可以打的時候，才悶著一張臉往我們這邊走。

也幾乎是在同時，我看見了石牆上轉出了一堆人影。

「公會的援兵到了。」

※

我腳下傳來震動。

還沒看清楚那些來援的人，一種像是要穿破腦袋的劇烈轟響從東邊方向傳來。

與剛剛火焰結界那邊很相似，整個地面都在不安地震動，然後我們全部朝著震動來源的地方看過去。整片東邊天空掉下了很多像是隕石的東西，轟隆隆地不斷往地上砸。

然後在一整片亂石中，地面搖晃著開始長出了一座像是山的東西。

那座山不斷往上增加高度，原本還長滿了許多植物，不過在數秒之後那些植物以可怕的速度枯萎，而山體也由下開始往上變成暗黑的顏色。

東邊的天空變得比濃墨還黑沉。

「東邊的結界也被破壞了。」看著東方和南方，阿斯利安皺起眉。

在所有人震驚完之後，一回頭，才發現剛剛出現的人已經站到我們面前了。

那是六個不屬於我們學院的黑袍和十個紫袍、十五個白袍，而他們後面還帶來了很多看起來應該是不同種族第二批來協助的武軍。

很快地，我在袍級裡看見認識的人。

「各位，好久不見了。」穿著正式袍級衣服的登麗朝我們揚了一下手，從隊伍中走出來，旁邊自然跟著她的搭檔：「我們從雪國來協助你們，巴布雷斯學院帶來了許多祭咒的菁英，能夠協助被破壞的結界整修。」

「嘿，我們是要去水結界幫忙喔，風結界太沒有發揮餘地了。」菲西兒依舊露出我熟悉的爽快笑容，朝著所有人打了招呼。

去了另外一邊的夏碎學長差不多是在這時候回來，同時也看見了來援的人手。

「阿利，不是叫你不要亂來的嗎！」黑袍裡的戴洛老兄走向自家兄弟旁邊，拽著他的手臂開始說教：「明明醫療班說過最少要半個月，你是不要——」

「好了，晚點再說這些吧。」截斷了自家兄弟的抱怨，阿斯利安勾了笑容：「好嗎？」

戴洛瞪著他，可能還想說點什麼，不過他看了一眼休狄之後就什麼都沒說了。

「我們剛剛收到情報，水結界那邊也有很多傷者，現在剩下兩個結界，所以要立刻發通知，讓風屬性的人全到白園來而較偏水屬性的人都移往水結界；另外再編列兩隊去重新奪回被破壞的結界。」轉身，戴洛代表發言，大致上告訴我們情況：「現在整個學院裡到處都塞滿了低階鬼族和中階鬼族，還混了好幾個鬼王高手，盡量不要起衝突，直接轉往保護結界，那些鬼王高手馬上就有人會去處理他們了。」

「因為公會與各地學院、種族都同時被鬼族攻擊，臨時重新把人手調過來花了不少時間，我們是第一批直接到達的，第二批很快就會到了。」登麗接著話這樣說：「第二批裡有很多袍級資深者以及各地武軍菁英，只要撐到第二批到，應該可以順利將學院保護下來。」

聽著他們帶來的消息，我突然有種鬆了口氣的感覺。

很快地，就會有很多人擁入來幫忙。

「所以，請大家趕快重新依照自己能動用的屬性往不同的地方移動。」看了一下外面的石牆，戴洛思考了一下，轉過來看著千冬歲與萊恩：「雖然有點抱歉，不過我們現在需要這面幻武兵器的屏障，可以請萊恩留在風結界嗎？」

萊恩緩緩地點了頭。

「那我和漾漾一道過去清園，漾漾是水系的應該可以幫上很多忙。」千冬歲拍了我的肩膀，「沒問題吧？」

「嗯。」我馬上點頭，米納斯是水屬性的，當然是越有利的環境對我們越好。

「小亭跟主人也過去！」拉著夏碎學長的衣襬，剛剛似乎吃了不少怪東西的小亭擦擦嘴邊的黑灰仰頭看著自家主人：「對吧對吧。」

看著她，夏碎學長勾起微笑：「是的。」

「楔留在這邊沒關係嗎？」看著光結界，我詢問著戴洛。

「光影村的村長似乎會跟著你們過去。」越過我的肩膀，戴洛的視線放在比較後面，我跟著轉過頭，看見了兔子不知道什麼時候走了出來。

「那個東西可以先放這邊啦。」楔感覺上好像有點疲倦，懶懶地走過來開始往我肩上爬：「光結界借你們用，記得拿供品當租金。」

「這是當然。」戴洛用求之不得的表情愉快地點頭：「對了，剛剛安因要我將這個東西交還給你。」

隨著戴洛拋了一樣東西過來，接住之後，我看見某個很眼熟、我以爲應該已經被用掉消失在人世間的東西。

那個會扭動的時鐘數字。

「謝了。」

「我們出發吧。」彈了一下手指，千冬歲的腳下立即出現了移送陣，幾名也是要和我們一起轉移過去的袍級亦同。

「要小心……」

戴洛老兄的聲音消失在空氣之中。

第十四話　第二度變化

地點：Atlantis

時間：清晨六點二十三分

說眞的，我似乎從來沒有去過除了白園之外的其他三個結界。

水的清園，據說是位於大學、聯研部的北邊方向，校區劃分成四位，不過整個校園很大，一個高中部就夠我逛到死掉了，倒是沒想過要到其他地方多繞繞，當然不想消失在學校某個角落也佔了很大的因素。

千冬歲的陣法很快就讓我面前出現了一個完全沒見過的新景色。

那是一大片清澈且深沉的水潭。

幽幽地倒映著天空的黑雲，深處隱約有著不少像是遺跡雕刻的東西。

就像白園一樣，這裡的大氣精靈也全都消失了，四周充滿了肅殺的氣氛。

清園的水潭正中央高空處凌空有著一座像是水晶搭成的大型透明亭子，四周都有著水晶橋彎彎曲曲往上連結，如果不是這種時機來到，這裡一定是個非常漂亮幽靜的好地方。

我們在其中一座橋梁的入口處停下。

近看，那座亭子很高，感覺上應該有十層樓左右的高度、或者更高，連接的橋梁階梯很多，看起來有點像是要爬千層階梯的那種。

比較高的地方我們隱約看見了一批人在上面，有的在亭子、有的在橋上，顯然也正在努力將外圍的鬼族給剷除。

這裡比白園糟糕了一點，我看見上方結界已經出現黑色的洞口，顯然已經有東西到清園裡面了。

「漾漾，你看外面。」千冬歲拍了一下我的肩膀，一回過頭，我看見水潭外也有一圈結界，結界再過去是綠色的草地，那些草地上現在爬滿了黑色的大型甲殼蟲，甲殼蟲的背上長著半個人的黑色身體，和剛剛白園那邊的中階鬼族不太相像。

「這些也是中階鬼族，不同種類。」夏碎學長這樣告訴我：「但是都是差不多的東西。」

「反正就是都可以打就對了。」五色雞頭興致勃勃地開始撩袖子。

搭在我肩膀上的楔冷不防往他頭上甩了一巴掌，然後五色雞頭轉過頭用陰險的目光看我。

「跟我沒關係！」我提醒他我肩膀上還有隻兔子。

「你這個腦袋空空的小孩，那種低中階的怎樣打怎樣長，你打到死他還是像螞蟻窩被翻掉一樣到處亂爬，與其做這種無意義的事，還不如衝上去把最高階的拖出來打一頓，高的死光了這些小角就都跟著消失了。」兔子紅紅的寶石眼睛把他瞪回去：「還是你打不起高階？」

「哈！本大爺就打給你看！」腦袋真的空空的五色雞頭往樓梯上衝了。

千冬歲和我對看一眼，無奈地嘆了口氣也跟著往上跑。

對面的樓梯有人朝我們招手，仔細一看是登麗他們幾位，打完招呼後他們也迅速朝上移動。

看著上面的水晶亭子，我突然有種很奇怪的感覺。

說不上來，高階鬼族的那種壓力隱約感覺得到，可是另外還有一個是……？

「不曉得喔，是個奇怪的存在。」和我一起仰頭的兔子有點疑惑地看著。

就在我們也準備跟著上去的時候，上方的水晶亭子突然散出了一大堆黑色的蝙蝠，接著有個亮亮的東西把一個黑色的東西從裡面撞出來，沉重地往我們這邊摔下來。

一旁的夏碎學長揮出手，亮亮的碎粉馬上在水潭上面結開了網，不到眨眼瞬間接住那兩個差點掉到水裡的東西。

猛力地摔進網子之後那張微亮的網往下一沉差點碰到水面，不過立即又往上稍微彈起了一點，挾著黑色與紅色的血液馬上將部分給染紅，滴落到水潭裡；幾乎也是在同時，我認出來那個亮亮的「東西」是什麼。

「尼羅！」

「不要過來！」

整個已經狼人化的尼羅罕見地吼了人，然後翻起身張開了沾滿血的爪往他撞出的那個黑色東西用力一擊。

被爪子打中腦門的是個看起來非常可愛的小女孩，穿著黑色的洋裝。不過仔細一看，女孩的下半身長了一堆毛觸角，每隻後面都像蜜蜂一樣有著長長的尾刺，有的已經斷掉了拚命冒出黑色與青色的液體不斷顫動。

「這是比申的七大高手之一。」楔馬上就分辨出來那個黑色東西的身分。

鬼族女孩受的傷似乎比尼羅還要嚴重，基本上已經不太能反擊了，身下除了觸角之外手也都不自然地扭曲著，黑色的血從她鼻子與嘴巴裡冒出來，不過鬼族好像都不曉得什麼叫作疼痛，已經受傷很嚴重了，居然還是掙扎著想要起來反擊。

不讓她有更多時間重生，尼羅一把拽住她的頸子，另外一手瞬間穿透她的腹部，重新拉出來之後爪子上已經取出了一塊黑色寶石。

女孩發出了巨大的哀鳴聲，瞬間散成黑灰，一下子被風都吹掉了。

確認鬼族已經消滅之後，尼羅整個像是鬆了一口氣，倒了下來變回了原本的人型。

看見事情用很快的速度解決，我和夏碎學長馬上跳下水潭，水潭邊緣的地方其實不太深，跑到尼羅附近水大概到了膝蓋左右的高度。

跳上網子之後，夏碎學長順便也把我和楔一起拉上去。

近看時，尼羅全身上下的傷勢都很嚴重，除了好幾個擦傷切傷等等的傷口之外，手肘跟左小腿連骨頭都露出來了，沾著血液和破碎的皮肉看起來很可怕。

沒有多少猶豫時間，我跟夏碎學長一個在左一個在右，馬上替他做了醫療的術法。

因爲我只會百句歌和簡單的，所以只能挑比較輕微的傷勢，另邊的夏碎學長皺著眉先處理嚴重的地方，也一併問著：「東邊結界發生什麼事情？」

尼羅動了下，微微睜開眼睛：「耶呂惡鬼王從東方結界來……不是由大門，是突然在結界旁邊冒出來……有間諜在附近做了鬼門。」

那個間諜我不用想也知道是誰。

既然安地爾可以用安因的模樣大大方方地亂逛，我想做幾個鬼門應該也不是問題。這樣也知道南邊結界爲什麼那麼容易被攻破了。

聽到答案，夏碎學長的表情並不太驚訝，感覺上公會應該多少也有注意到這點。

「蘭德爾呢？」

一聽到夏碎學長問了這個名字，尼羅突然掙扎著爬起來，連中斷了治療法術都不在意：「上面有好幾個鬼王高手，我得回去……」

「要回去幫忙也先把傷勢大致治療好，現在回去只會變成負擔。」夏碎學長一把將他壓回去，轉過頭，看見了小亭愣愣地抬頭在看上面：「小亭？」

「上面有之前的主人。」

小亭慢慢轉回過頭，面無表情。

※

一個巨大的轟然聲響。

當我們都還在疑惑小亭的異樣之際，上面的水晶亭子傳來崩裂的聲音，然後在黑色的雲層下出現了被撕裂一般的裂痕，如同蜘蛛爬絲一樣快速地往外擴展開來。

先是細微的小小震動，然後一塊、兩塊……很多小塊的水晶開始往下掉，不斷地掉在水面上像是下雨打出的大小漣漪一樣，接著是逐漸變大的水波。

像是用慢速在播放著影片，第一條往上的水晶梯從最頂端裂開來，然後落下時中段承受不住壓力折碎成好幾大塊全都往水裡掉；接著是第二條樓梯，上面有好幾具屍體滑了出來，失重地顛倒轉動著摔下來、掉到水裡。

最上面的水晶亭子失去了平衡，出現了危險的斜度。

「水上亭被破壞了，如果掉下來，會把水之結界給壓壞。」

就在我錯愕的時候，米納斯的聲音在我腦袋裡響起，非常突然，但是卻不突兀。

「怎麼辦？」沒時間理解為什麼米納斯可以這樣給我提醒，我抽出了小槍，看著那開始晃動且要裂開的亭子。

幾乎像是可以看見米納斯的微笑般，她在我腦袋裡微微輕嘆了口氣：「您知道的……我能夠提供您力量，在危險來時成為盾牌，只要您願意，吟唱了水之歌謠，王族的一切都能夠有所奉獻，只要您決定。」

看著銀藍色的槍，那上面突然出現了一道小小、陌生的圖騰。

那個咒語在我腦袋裡浮出，好像原本就在一樣，完整清晰。

我聽見水的震動聲。

水面上出現了很大的黑影，原本在高空小小的，逐漸開始轉大。

泛著光的水晶碎片從我們旁邊削過去落在水裡，激起了猛烈的水花。

我似乎有聽見夏碎學長說這裡十分不安全，要快點移走的聲音，可是那個已經不太重要了。

水花飛高之後沒有再往下掉，而是整個往上抽高變成好幾條長長的水柱衝擊著逐漸往下掉的水晶亭子底部。

透明蛇尾好像在我四周環繞，帶著無數細小的水珠。

米納斯在發光。

黎沚教給我的方法讓我看見了那顆球同樣也飄浮在眼前的水珠當中。

那是時間到了的指標。

「水王之聲、水刃之氣，我是妳的主人，妳信從我之命。與我簽訂契約之物，展現妳隱藏水流之後的水之面容。」閉上眼睛然後睜開，我聽見四周的水面都在發出細小的波動聲響，躁動著，震出了更多水花，「米納斯妲利亞，重現水兵。」

幾乎是在同一時間，那些水珠全部炸開，整個水潭上都是奇異地往上飄而不是下降的水霧。

在我掌心上的槍整個爆開變成白色的水花，然後那些水霧聚集過來快速地重組，四周出現了小小的銀藍色光點，像是螢火蟲一樣。

一股重量開始把我的手掌往下壓。

然後我握住她。

某種聲音從那裡面傳出，重量與形體都比之前大。

水霧中出現了優美的蛇身形體，米納斯溫柔的聲音重複著一種不同的語言，然後她握住我的手輕輕地扶著槍身，扣下扳機。

四周的聲音突然在瞬間停止。

我好像看見有個東西從槍口炸出來，強悍地衝進了水潭的正中心捲起了冰冷的暴風與爆出巨大水花。

這次比在白園嚴重很多。

根本來不及意識那個新的兵器長怎樣還有發射出去的子彈是什麼，猛烈的後座力把我整個人給震飛出光網。

我好像有看到夏碎學長和尼羅想要拉我，不過慢了一步。

光網被掀飛到另外一端。

眼前整個都很混亂，感覺像是坐了雲霄飛車一樣看到一大堆亂七八糟的東西在眼前隨便亂轉，很快出現很快結束，什麼都不知道。

最後，我感覺到某種劇痛從背後炸開來。

一股腥甜的味道從肚子裡穿過喉嚨冒出來。

然後我就摔在不知名的地方了。

※

不曉得過了多久，恍恍惚惚之際感覺有個軟軟的毛東西貼在我旁邊。

「這個力道太大了……不可以……」

「可是很有效果……」

有些聲音一直在旁邊環繞著，一下有一下沒有，忽遠忽近聽起來不太真切，感覺好像有人在我上方講話，不過又很像是在一個距離之外。

對了，米納斯……

掙扎了兩下，整個肚子突然傳來了劇烈的痛楚，難忍地連續咳了好幾聲之後我終於稍微恢復一點意識，先是一點點的微光，然後慢慢睜開眼睛之後，我看見的是整片挾著霧氣的銀色微光。

「小鬼，你醒了嗎？」就貼在我臉旁邊的兔子把毛茸茸的手掌給收走，白色的毛上染了一點暗紅色的血：「你昏了三分十二秒零八。」

不用連零八也要計較得那麼仔細吧。

「漾漾，沒事吧？」顯眼的紅袍也在我旁邊，罕見地露出一臉擔心的千冬歲瞇起眼睛打量了我上下一會兒：「你剛剛連腸子都被震斷了，如果楔沒有在後面擋住，你不曉得是前面會穿個洞還是後面會穿個洞。」

他用很平常的口氣告訴我很驚悚的事情。

「那我的腸子有流出去嗎？」我很關心這件事，流出去三分鐘的話我看我也死定了。

兔子用他的腳直接踩在我臉上：「我不是在幫你治療了嗎！」

剛昏醒我哪知道你在幹嘛啊！

等等，我突然意識到一件事。三分鐘前和我在一起的應該是那種叫作紫袍的袍級而不是紅袍吧？

「夏碎學長呢？」小心翼翼地從兔腳下移開臉，我努力撐起整個都在發痛的身體，一抬頭，連我自己都愣住了。

我看見剛剛應該是水潭的地方已經變成巨大的冰面，冰面下隱隱約約有著淡淡的亮光，而上頭出現了大堆扭曲的冰柱；原本應該掉下來的水上亭子被那些亂七八糟的冰柱給凍住，就這樣斜斜地卡在半空中。

除了冰柱之外，四處還有大小不一、但是起碼都有一層樓高的冰塊散落擋住視線。

我跟楔和千冬歲目前就在一塊不小的冰壁後，稍微可以看見外頭的一點狀況，更多的就都不知道了。

「……不曉得。」千冬歲小聲地說著。

「那這個是怎麼回事？」指著整個結冰的水潭，我有種很錯愕的感覺。

「嗯……」千冬歲指指我的身邊。

照著他的方向看過去，我看見的是一把外國電影裡常常出現的槍、一把對我來講有點太大的槍枝；深邃近黑的藍色，在握柄部分有著銀色的圖騰，就靜靜地躺在我的邊上。

誰的？

「你的。」兔子毛茸茸的手指過來。

開玩笑，我的槍明明是掌心雷，這個一看就覺得應該是來福槍還是狙擊槍那種東西吧，兩種長短差那麼多，你唬我啊！

「漾漾，撞昏之前的事情記得嗎？」千冬歲很認眞地看著我。

昏倒之前……？

皺起眉，我搔搔頭，被這樣突然一問之後我才發現我好像有點不太清楚剛剛發生什麼事情，只記得好像被什麼東西給彈飛出去……然後之前發生什麼？

尼羅受重傷，我們好像在幫他治療，才治療到一半時水上亭突然整個垮下來……

那瞬間，我整個腦袋都回過神了。

於是，米納斯出現了神奇的二檔。

「所以說，這是米納斯？」

小心地拿起了那支槍，其實她並沒有我想像中那麼重，甚至可以說其實和掌心雷差不多，一點負擔都沒有，實在是太貼心了。

「太好了。」千冬歲拍拍我的肩膀：「你和幻武兵器同步很快，有的人要切換還得花上好幾年。」

看著手上的槍枝，我覺得其實好像不是因為同步的關係，而是米納斯幫了我一把。

「不過我看她的後座力太大了，如果說沒有準備好會像剛剛一樣一用就受重傷，所以我認為漾漾你還是暫時不要切換成這種型態比較好。」思考了半晌，千冬歲告訴我比較實際的另外一件事：「畢竟不是每次腸子斷掉都會有人在旁邊的，而且下次是哪邊壞掉也不能保證。」

這位同學，你說的實在是太可怕了。

看著手上經過二次變化的米納斯，我開始有點懷疑起她的實用性了。

「先別說這些了，我從剛剛開始就覺得氣氛有點怪。」中止了幻武兵器的話題，千冬歲轉頭看著整片結冰的水潭：「清園結冰之後，那些鬼族的氣息突然全部都消失了。」

「消失？」

被他這樣一說我也注意到了，剛來的時候那種奇怪的感覺全都不見了。

不可能鬼族全都結冰了吧？

「聲音也都不見了。」楔左右環顧了一下，這樣告訴我們。

就在我們三個都覺得莫名其妙的同時，千冬歲的左前方突然出現一小個光點，不用半秒光點突然在那邊凌空畫出一個像是電視螢幕大小的長方形線條。

「這是登麗他們傳過來的訊息，要我們快點到水上亭的下面集合。」看完之後，千冬歲揮了一下手，那些光的線條同時全部消失：「漾漾，你站得起來嗎？」

我試著動了一下，身體已經不太痛了，可見在我昏到的那三分鐘裡他們很努力地幫我把傷勢給復元，現在只剩一點小擦傷。「沒問題。」確定沒事之後，我從冰面上爬起來左右轉了一下身體讓他們也看一下。

「那就快點過去集合吧。」楔爬到千冬歲的肩膀上催促著。

點點頭，我跨出一步才發現另外一件要命的事——冰面上滑得幾乎很難站穩，別說要快點過去集合，能不能走過去都還是個問題。

完全無障礙的千冬歲轉過頭看我：「怎麼了？」

「太滑了他走不動。」搶先我一步，楔直接告訴他我現在的困境。

「太滑……」千冬歲愣了一下，然後才開口：「呃，其實你用風的法術配合就可以很方便行動了。」

在千冬歲快速的指導下，我用了一個比較基礎的風術貼在腳下，跨出去之後真的感覺不到冰面的滑度了。

「好了就快點出發吧！」楔再度催促。

克服了障礙之後，我和千冬歲很快地就往已經掉到一半被卡住的水上亭移動。

其實那裡並不太遠，只是冰塊狀的障礙物異常多，要閃來閃去非常麻煩而已，不過在移動過程中多少還會遇到一些在清園的武軍，倒是沒有碰到任何可以稱作敵人的東西。

越來越奇怪……

水上亭的下方有很多柱型的冰條，有九成全都支撐著水上亭不掉下來，另外一成就是太短了也不知道幹嘛的東西。

一靠近，我們就看見了登麗、夏碎學長還有其他人也都在那邊。

「漾漾！」意外出現在清園的喵喵遠遠就跑過來了，直接撲過來抓著我和千冬歲的手臂：「太好了，大家還很健康。」

基本上我剛剛才斷完腸子啊……

「怎麼回事？」看了一眼夏碎學長，千冬歲有點不自然地轉過去詢問著登麗。

「我們也不曉得，剛剛水潭結冰那瞬間鬼族全部消失了，也不知道爲什麼，現在我們正在探查他們的下落。」登麗聳聳肩，然後往我這邊轉過來：「不過，連雪國的妖精也沒幹得這麼漂亮呢。」

她勾起了微笑，稱讚我。

「漾漾變厲害了喔！」菲西兒愉快地說著，然後拍了一下我的肩膀：「嘿，加油吧男孩。」

「……謝謝。」

稍微環顧了下，我看見尼羅在另外一邊，旁邊站著似乎也全身都是傷的蘭德爾，不過看起來似乎已經接受過醫療班治療，沒什麼特別嚴重的傷口。

同時也在這邊的黑袍洛安走了過來：「我想對方應該是趁著結冰的瞬間使用了空間法術進到夾縫了，如果有快速的方法把他們逼出來就好了，現在擅長空間法術的術士不多……」

「呃，什麼是空間法術？」我有點害怕地提出問題。

該不會是傳送陣那類東西吧？

洛安和登麗幾個人轉過來看我，然後由洛安開口：「就實際上來說，空間法術是一種違逆時間的法術，在合理的運用下與時間之神的理解下我們可以運用小部分的空間法術，例如移動陣法之類的。不過鬼族因爲本身就是一種扭曲的存在，所以他們可以自由地在空間當中竄動，一般如果我們要做到這種行爲且又不違背時間的自然，就必須要有精通空間法術的人才行。」頓了頓，他似乎在嘗試用著比較簡單的方法描述，「因爲必須在時間和空間中取得平衡，所以會使用絕對空間法術的人並不多，但是卻是可以有效對付鬼族。」

「公會中會使用空間法術的也才僅有兩、三位，但是目前都在進行大型任務無法及時趕回支援。」登麗嘆了一口氣，無奈地說：「如果有一位就行了，只要有一位的話，就可以馬上讓鬼族滾出藏身的地方。」

空間法術……

是說，我怎麼覺得類似的東西好耳熟……？

「啥東西？」兔子開口詢問。

轉過頭看著千冬歲肩膀上的兔子，我正想說話時看見了千冬歲和他手上的幻武兵器，整個人馬上恍然大悟，想起來我在哪邊聽過了。

「千冬歲的幻武兵器不是也可以切割空間嗎？」

所有人都愣住了。

※

我記得我第一次遇到萊恩時，他正在執行任務。

然後，由千冬歲將那個任務終結。

千冬歲擁有的，是可以切割空間的罕見兵器。

「的確沒錯，破界弓應該能做到你們需要的事情。」抬起手上的長弓，千冬歲似乎早就注意到了，一點也不訝異：「但是不能保證絕對，畢竟幻武兵器不是術士。」

「這樣就夠了，只要把鬼族給逼出空間就行了。」洛安走了過來，停在千冬歲面前：「這點能做到嗎？」

「可以。」很快地回答，千冬歲握緊手上的弓。

「沒問題嗎？」

意外地，夏碎學長突然開口詢問，對象是肩膀上有隻兔子的千冬歲。

沒想到對方會直接和自己講話、還是好像有點關心的問句，稍稍一愣後千冬歲馬上點了頭。

「唉唉，有話就直接說嘛，何必要……」

「楔，可以麻煩你住口嗎？」

直接打斷兔子未盡的話，夏碎學長勾起了微笑。雖然說是微笑，但是看起來好像有點是那種繼續說下去我會讓你變成一堆棉花的黑色笑容。

好毛啊！

不過這次楔居然啥反應也沒有，真的乖乖閉嘴了。

「事不宜遲，現在就來試試吧。」看了一眼夏碎學長之後，千冬歲先是蹲下來放出了幾個我之前在鬼王塚看過的預測追蹤，然後起了身，在追蹤術上出現了結果之後，他馬上彎弓搭箭，朝著右側的方向放出。

一道黑色的細縫在空氣中被劃開，像是傷口一樣往兩邊扯裂。

那個不確定的闇色裡緩緩抽出了不自然的空氣，裡頭傳出了細微的聲音，很像有誰在那邊竊竊私語一樣。

開口只劃到一半就被止住了，停止的方式有點不太自然，很像是硬被終止一樣。

反過身，千冬歲很快地又朝幾個方向迅速放箭，好幾道黑口子掛在空氣中，然後用奇異的速度連起了線，幾個小口馬上歪七扭八地連在一起，一口氣扯出巨大的黑色空間。

正常的景色被黑色覆蓋之後，洛安幾個人馬上擺出了預備攻擊的動作。

然後，我們看見了在黑色中的空間出現了最不想看見的鬼族——

耶呂鬼王第一高手、安地爾。

那時候冰川炸成那樣子，他居然還是毫髮無傷站在這裡了。

基於原本就對他有點畏懼，我吞了吞口水壓下了想要轉身向後逃走的衝動。

「我應該稱讚你們嗎？」完全不在乎自己的空間法術被打破，安地爾環著手很愉快地從黑色空間裡走了出來，在他之後還走下來另外一個全身穿著黑色斗篷、看不出來模樣的人。

那種不協調的感覺是從這個人身上傳出來的。

不過爲什麼他的身形看起來感覺好像很熟悉？

沒有給我多加思考的時間，安地爾的後面開始出現了那些中階鬼族還有幾個面生、但是據推測應該也是鬼王高手的東西。

「對了，我應該提醒一下你們。」仍舊很悠然自得的安地爾搭著旁邊的那個人，慵懶地稍微伸了伸手臂：「我對你們學院當中的結界很了解，所以這些阻礙的結界基本上對我沒什麼用處，畢竟我也在這邊來去不短的時間嘛……如果打完之後你們都還活著，就應該重新更換結界喔，這是出自於我個人善意的提醒。」

「基本上只要把你們全解決掉，這裡的結界就算再放個幾百年都不會有問題。」登麗面無表情地揮開了手掌，冰潭的四周馬上開始飄雪，「奉上雪國妖精的名譽，我們將得到榮耀而完全實行自己的信念。」

「自古以來，善惡總不能兩存。」洛安拿下了背上的匣子，從裡面取出了一柄古劍，上面一點造型也沒有，整個就是黑鐵製的，看起來相當樸素；但是隱約可以從裡面感覺到銳利的沉靜氣息：「爲了正義與公道天理，只好請你們順天而行。」

有那麼一秒，我突然直覺這應該是五色雞頭的台詞才對！

「漾～」就在我想到某人、某人也突然從我背後冒出來：「原來你們都在這邊，害本大爺在這個鬼地方跑了一圈！」

你跑冰潭跑一圈是因爲沒人通知你要到中央來嗎！

我深深爲了五色雞頭的沒人緣嘆了一口氣。

把怨言說完後，五色雞頭突然盯著安地爾旁邊那個穿斗篷的人：「奇怪，那個是鬼族嗎？」

「應該是吧。」在鬼族裡的應該都是鬼族不會有其他東西吧？

「有個怪怪的感覺，好像是獸王族才對。」瞇起眼睛，手腳動得比腦袋快的五色雞頭突然從我後面閃身出去，眨眼就出現在安地爾他們前面。

這一動手就等於直接開戰了。

沒有讓五色雞頭有碰到安地爾的機會，站在他旁邊的人突然從斗篷下抽出了黑色的長刀擋住了獸爪，清脆的聲音在空氣中被擦開，而五色雞頭整個人被反彈了好幾步，往後翻了一下才站穩步伐。

這個小小的動作馬上就讓我們認知這個人一定是十足十的強力對手。

「米納斯，先轉換回原來的樣子。」大概兩秒過後，我手上的大槍馬上變回原本的掌心雷。

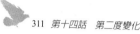

細微的變化也讓安地爾把視線轉往我這邊來。

「呵，還眞是巧啊，又見面了褚同學，大戰過後有沒有興趣再好好坐下來聊聊呢？」還是跟之前一樣，他露出了笑容，好像把鬼王塚裡發生的事全忘得一乾二淨。

「沒興趣。」直接對他開出一槍，不過如預料般完全沒效。

「那還眞可惜。」

對話結束之後，他左右應該是鬼王高手的東西同時衝出往我們這邊撲過來，那兩個好像是同一系列的東西，長得一樣都是山羊的頭跟角，下身是類似西方魔龍的那種身體、約是一層樓的那種大小，分別一隻是白色一隻是黑色，上面有著不同的紋路。

「這不是鬼王高手，是妖獸的一種，叫作立比西亞，這東西都是兩隻一個單位的雙生種。」楔很快在另外一邊爲我分析：「後面那個才是比申的鬼王高手！」

被他這樣講了之後我才注意到那隻疑似黑色山羊的東西後面跟著一個女孩，與剛剛尼羅殺掉的那個有點像，但是年紀大了一點，她有著四張臉，每張臉的不同表情都極度扭曲。

「哈！同系列的東西又出現了！」五色雞頭很愉快地衝過去，一下子就對上了那個女孩子，感覺上有點像是那時候在黑館對付那個女孩。

「小意思。」拉了一下領子讓尼羅幫他整理了儀容，蘭德爾輕步地踏了出去，在對上兩隻妖獸的同時他的四周散出了剛剛我一直看見的大群黑蝙蝠，那些蝙蝠像是不要命一樣全都往妖獸的身上貼，只要有縫隙就狠咬猛鑽，馬上就把要攻擊的兩隻妖獸給逼得原地抓狂了。

加上了五色雞頭那個，除了安地爾和旁邊穿著斗篷的人以外，還有兩名同樣是鬼王高手的人，一前一後對上了登麗與夏碎學長，其他武軍則是開始對付中階鬼族。

戰況一時變得對我們比較不利。

雖然公會已經來援，但是人手還是遠遠不及鬼族，加上還有一個對這裡很熟悉的安地爾……

「得罪了。」洛安霍然抽出長劍直接對上了安地爾，冰冷的劍氣在出鞘同時削過了冰面，留下一道俐落深刻的痕跡。

整個場面在二次衝突之後變得更加混亂。

喵喵眼明手快地拉著我往後面退開，然後我們都發現千冬歲還在看預知的追蹤術法。

「千冬歲～不要發呆了。」喵喵拉著我跑過去，想把千冬歲一起拉回。

「等等，還有另外一個東西藏在裡面。」轉動了一下術法，千冬歲有點焦急地左右看：「不知道爲什麼位置探測不出來，一定是很大的……」

我們都愣住了。

既然安地爾的位置都知道了，那找不出來的——

「有鬼王！」千冬歲的神色一下子變得很緊張，完全不考慮就往最近的夏碎學長那邊喊：

「哥！這附近還有一個鬼王！」

《新版・特殊傳說9》完

番外．他不矮，他是我哥哥

地點：未知
時間：未知

他們三個，是一起來到這邊的。

有意識的時候便能夠互相交談、或者說是心神聯繫。一個裝飾著女性的髮，兩個讓武士佩帶著，經常都是兩個和一個聚少離多。

日子漸漸過去，直到逐漸學習能通解生物語言後，他們才知道武士經常討伐著鬼族，與女性分離大於相聚，長年在外許久不歸。

或許他沒有注意到，其實他們兩個比起女性佩帶著的同伴還要更加熟稔彼此，但是在出戰時又是相同思念著那唯一的女孩，就如同武士經常在夜幕低垂時靜靜低喃女性美麗的名字。

所以，他們也意識到靈體有分著雌雄這件事情。

一開始的時候，帝的名字並不叫帝，那是他們共同主人的名字，一位擁有敬奉風帝者之名的武士。而那位武士，管他與鞘叫作風鳴，因爲在他們揮劍出鞘斬殺鬼族時，會發出如同風般的獵獵鳴嘯聲，讓鬼族畏懼，讓己方提增士氣。

最先有意識的是當時爲鞘的臣，然後他喚醒了簪、喚醒了劍身，從一個聲音變成了兩個聲音，最後加上了第三個聲音。

他與簪都不曉得鞘到底是多早之前醒來的，也或許是還在鍛鑄時就已經清醒，因爲他偶爾會告訴他們一些關於精靈劍師的事情，還會說其實他們已經被放在匣子裡有很長一段時間，原本是要當作裝飾使用的，因爲他們長得很美，人們認爲他們靜靜擺放著的價值高過於在戰場血染。直到有天敵人入侵時，武士情急之下拿著他抗敵，才發現這是一柄異常精銳好劍的事實。

加上以上種種，於是他與簪私下更加覺得，搞不好鞘其實還在精靈石的時候就已經醒來了，仰望過無數比他們知道得還要多的星星。

清醒之後，他有大半時間是在斬殺鬼族中渡過，然後是武士細心地爲他們擦拭身體、保養以及透風，聽著武士對著他們的自語，再來的時間他就會問懶得說很多話的鞘還見過什麼。

斬殺鬼族並不是件很愉快的事，至少對他來說是這樣沒錯，劍身沒入的時候會感覺到從鬼族身上傳來的那種黑暗的絕望虛無，然後是毫無一點神的祝福的灰色靈魂，會在精靈石之刃進入的時候崩化分解，最後殘餘的扭曲憎恨化爲灰塵拂過他的身體，什麼也不再剩下。

當然，在鍛鑄時他們都經過了精靈的祝福，所以那點黑色的東西完全不會對他們造成任何影響，他們就是這樣專門造來對付黑暗事物的兵刃。

時間會經過，生命會消逝，持著劍的武士遲早有一天會離開沙場，會與他的愛人前往安息之地。

很多人爲了他們兩位建造了很大的墳墓，將一切敬意都深埋入土。

他與鞘被裝入了匣子中，錦緞絲綢柔軟得讓他開始睏倦，而簪被放在玉製的小盒子中，一起被收入了墳墓石棺旁。

原本想著就這樣乾脆沉睡下去，不過大概在一小段時間後……或許更久？他與暈沉沉的簪被喊醒，醒來時已經看見一個少年坐在旁邊支著下頷看他們。

「這樣不公平！」簪叫了起來：「明明我也醒了很久，應該是我的靈體先成形才對！」

他依舊昏昏欲睡，只是旁邊的少年轉開頭，完全不搭理簪的抗議聲。

接下來有很長一段時間他們都待在墓穴裡，形體日益穩固的少年進度比起他們還要來得更快，不用多少時間就已經可以直接觸碰物體，甚至把他們和簪的盒子給打開，把原體都給倒出來放到靈氣比較充足的地方去練形。

其實連敷衍也不用做，即使不練也可以吸收。換到靈氣充足的地方之後感覺更舒服了、更適合入眠，所以他一天裡面至少是有三分之三的時間都是被少年給打醒的，對方執意三個人一定都要化爲形體才好一起出去這個沒有太陽沒有星星的地方。

於是日夜累積，少女也化成了形體，用人類的話來說，是個綠髮可愛的美麗少女，蹦蹦跳跳地向著他們展示著身子，即使是光溜溜的，三個人也不覺得有任何異樣，他們原本就不具備生命種族那些忌諱，對他們而言，不管是化體外表或是本體外表都沒有任何差別。

會喜歡裝飾自己是之後一點的事情，因爲少女沒事就逛著墓地，裡頭有許多壁畫、繪圖，還有非常多的陪葬品，於是她開始替自己還有少年弄來衣物，還找了很多種不同的花樣，直到後來少年有段時間看見她就跑，也讓他難得可以直接睡上一整天不會被盯著練形。

「哪哪，你會是什麼樣子呢？」少女趴在旁邊，搖著蹺起的腳問：「我們一起想個名字吧，劍和鞘還有簪都不是名字，你跟鞘都叫風鳴也不好聽，所以我們自己替自己想想名字好嗎？」

名字？

躺在靈氣之地上，他半迷濛地想起很多話語，不過沒在裡面挑到字。

然後少年走過來，把少女給踢走，繼續逼他練形。

時間就繼續在沒有星星的地方流逝著，不知道是不是因為無聊，少女開始在牆上畫了線條計算時間，他們等了他百多年。

等到後來少年有點不耐煩了，想著乾脆要抽了他去劈開墓石後找個更佳的地方讓他繼續練形，不過被少女阻止了。於是他們就轉為去尋找墓地中的藏書和其他物品打發時間，也順便唸些故事讓他聽。

有一天，少女打開了書本，指著上面的繪圖，說著他們也和上面一樣是兄弟姊妹，鞘要當他們的哥哥，因為他知道的更多更多。

大概又過了一段時間，少年和少女不知道從哪邊弄來一本書在他旁邊翻了起來，然後少年就若有所思地將其他兩人看一看，指著上面的解釋：「帝是備受尊敬以及疼愛的，在他所有的範圍之中都是歸於他，所有人都敬愛他。后是僅次於帝，但是也備受寵愛，臣則是能為他們付出一切的人。」頓了頓，少年再取出另本書籍：「兄弟姊妹……上次簪說了，這裡寫著大哥必須疼愛弟妹，而姊姊必須照顧弟弟，這樣來說的話，即是我是臣，簪是后，等你甦醒時就是帝了……而且，我想你應該會喜歡跟原本主人有相同的名字。」

他們的名字就是這樣用兩本書亂七八糟湊在一起而來。

直到帝是帝以後，他才曉得那兩本書是給幼兒看的超簡化版本，而且內容根本八竿子打不著，不過既然名字是臣千辛萬苦幫他們想來的，當然不會有人有任何異議。

甚至他還聽說偶爾后興致來去剷平有害物質時，對方還稱呼她女后……

這些都是在比較往後的事情。

※

日復一日、日復一日，他依舊還是刃的模樣。

有一天，墓地四周來了很多很多黑暗氣息，遠遠他就能感覺出來那是鬼族的味道，那些扭曲的生物四處挖掘著墓地，破壞了許多古代遺物和骸骨，貪婪地將裡面陪葬的物品帶走，將那些曾經被受敬重人們的遺體拖出大肆破壞。

臣很快就察覺到危險逼近，但是說也奇怪，因爲這裡埋著很多偉大的人們，所以這個地方一向有著結界保護，一般鬼族應該不太可能輕易地找到墓地正確的位置。

後來當鬼族挖開了他們所在的墓地之後臣才曉得，因為精靈石成形之後會有很大的力量流溢出來，日復一日、日復一日讓鬼族一點一滴地找過來。

后不是專司戰鬥的，他原本要使用精靈石之刃迎戰，但是轉頭才發現不知道什麼時候開始，他們最小的弟弟已經開始逐漸成形。

「把他帶到別的地方。」呼喚了地之精靈將過往武士與他愛人的石棺深深埋沒不讓鬼族破壞，臣抽出了一對同樣陪葬在此的雙劍準備將污染此地的黑暗氣息滅盡。

后朝他伸出手，其實他們也不太了解在成形時能不能移動，畢竟前兩人都沒碰過這樣的事，也沒有任何類似經驗，在情況危急之下也沒有仔細思考太多，直接朝泛著光的兵刃伸出手，然後從原本的地方移開。

被碰觸到的那瞬間，原本已經做好成形準備的刃幾乎發出了慘叫的聲音，不過他硬生生忍了下來，只感覺痛到意識好像都快渙散。

成形的時間很短，少女只跑開了一小段距離，立即發現自己抱著的刃開始形成了自己抱不住的體積，逐漸增大的幻影取代了本體。

「破壞那個！那個有很強的殺傷力！」不知道是哪個鬼族先注意到這邊的異狀，然後是更多的鬼族擁過來襲擊他們。

就算那時候臣已經算是夠驍勇善戰了，但是數量一多還是無暇分身幫助。

壓根就是非戰鬥型的后也抵抗不住更多鬼兵，幾乎很快就被人海給擊敗，眼睜睜看著一個鬼族將黑色的彎刀劈了進來，硬生生打在還在成形的精靈石之刃上。

整個空間發出了清脆的聲響，當中挾著細小微弱的哀鳴。

「呀！你們這些可惡的東西！」后發出憤怒的喊聲，一手扶著已經開始呈現形體的兄弟，一手往前直接折斷了那個鬼族的頸子。

「這些都是力量很強的精靈石，把他們弄回原形之後拿回去給鬼王陛下，他一定會很高興。」一個像是較高階但不太像鬼族的人如此指揮其他人，立刻就讓鬼族們的攻擊行動更強悍。

用極快且俐落的速度把身邊障礙一一劈成灰之後，臣立即靠到另外兩人身邊：「帝！」看見后手上已經抱著一個身體，他出手趕走了擁來的鬼族，一邊分心看著最後一個人。

與他和后完全不同，最後一個人有著美麗的銀紫色長髮——幸好不是銀色的，這樣會讓人感覺到有點難以親近；修長的身體以及一雙像是剛從睡夢中清醒的紫色眼眸。

但是他很快就注意到了，這個他和后期待很久很久的弟弟，眼眸並沒有任何焦距，而且身上也沒有原本精靈石應該有的精靈祝福守護著。

這個發現讓臣有一瞬間幾乎失去理智，他將侵入的鬼族全都殺了，身上到處都是那種斑點點的黑灰，直到最後將發號施令的人攔腰斬斷，那個即將死的人才掙扎著要下詛咒，並說他是妖師一族的少數倖存者，他的族人會來替他報仇。

沒有給他詛咒的機會，臣將那人的頭劈成兩半，一半的頭顱被大地精靈吞噬，一半的頭顱以及身體被火焰精靈燒燬。

他拋下凶器，奔到他的手足旁邊。

一靠過去時，有著美麗長髮的兄弟明顯畏懼著他，正確來說，是他身上那些濃厚的死亡鬼族氣息。

帝並沒有精靈石原本的守護，在成形的時候被鬼族給破壞掉了。

已經遭受破壞的精靈石之刃無法和任何不善的氣息接觸。

※

「帝看不見星星了嗎？」

他們離開墓園之後，找了一處清靜的山中之地暫時落腳，后找來輕柔的衣物讓他們都換上。

將還在半昏睡狀態的帝安置好之後，他與后到附近的水流將身上的污穢給清洗乾淨。

而后就如此哀傷地問著他：「如果會變成這樣子，后寧願帝不要成形，對不對……」綠髮的少女落下了淚水，然後融化在水流之間。

臣無言地將少女擁入懷抱，沉默地看著不斷奔動的水流。

如果早知道會這樣，是不是當初的他就不會逼著帝努力練成形體……？

從那天之後他們就暫居在山中，后陪著還未成熟的帝，而臣只要知道附近哪邊有鬼族消息就會直接到那邊將所有鬼族都給剿滅。

他們越走越生疏，有時候短短一日沒見面，有時候好幾天沒有見面，或者臣會一次出去很久很久，直到這一帶下方的村人再也沒有說過鬼族出沒的消息，而開始流傳出誅滅鬼族者在保護大地。

不知道是誰開始疲累，后也逐漸不再發表意見了。

有時候，帝會在其他兩人不在或是不注意時走出暫時的住所，在山中晃蕩，感覺到不同動物不同的氣味，有時候讓應該是老虎或者鹿還是其他什麼有毛的大型野獸駝著到處走，偶爾會有青草的氣味或者水流冰涼的感覺。

直到後來，他大概將整個山中逛遍了，也逐漸發現自己可以用不同的「眼睛」看著這個世界。

「那又怎樣。」將發現興奮地告訴臣之後，那個已經迷失道路的兄長只是淡淡地這樣回答他，然後準備前往下一個地方進行討伐：「我要讓那些鬼族付出代價……」

於是那天，帝與他賭氣。

沒聽完全部的話，他在臣驚訝的喊聲中衝出了暫時住所，因爲遠比對方更知道山中狀況，所以他很快就把後面追著的人給甩開，衝進了山中的熊洞穴，跟一團白色的小熊蜷在一起，有著獨角的巨熊大概也知道他的意思，橫著身體塞在洞口，讓外面那個氣急敗壞的人怎樣都進不來。

「反正我是弟弟嘛……現在生氣的話，你們別管我去做自己的事情就行了啊！」朝著洞外喊，然後完全不聽外面的人還要說些什麼，他抱著擠過來的小熊，蹭著小小的角閉上眼睛，讓那些幼小的動物靠在自己的身邊提供暖意。

他並不想要這樣，如果成形之後，臣跟后變得如此古怪的話，他寧願不要成形……

含著眼淚睡著之後，朦朦朧朧地似乎有人在旁邊嘆氣的聲音。

搖搖晃晃地被人給揹起來走了好一段路之後，帝才慢慢恢復了意識。四周有著熟悉的氣息和流動的空氣，有人揹著他正在往住所回去。

很安靜，誰也沒有先開口。

基於正在賭氣，帝把頭偏開，一句話也不想說。

揹著他的人還是微微地嘆了口氣，沒有再說要前往討伐鬼族的事，反而幽幽地開口：「我一直以為你會是很可愛的小娃，為什麼會變得比我還高……」

帝把頭轉回來：「你比我矮？」

因為成形之後幾乎從來沒碰過鞘的形體也沒看過自己的樣子，依照自己還是刃時候的記憶，他一直認為臣比他高上很多。

前面的人有一瞬間的僵硬，幾乎可以看見他的臉上出現了某種咬牙切齒的表情：「你至少高了我兩個腦袋。」

「噗——」

帝笑了出來，修長的指尖開始按著還揹著自己的那個肩膀，果然的確不是很寬厚，能大概描繪出對方的身形：「我並沒有在成形的時候要刻意比你高。」

「我知道，如果你是刻意的，我絕對現在把你摔在地上讓你自己走回去。」話雖然這樣說，臣依舊小心翼翼地護著背上的人，選擇安全平穩的小路返回。

「這樣在外人眼中看起來，我像哥哥一點。」勾起微笑，帝趴在他的背上。

「賭氣就往外跑的人，一點也不像哥哥的樣子。」沒好氣地回答他，臣還是勾起了唇角。

「你也往外跑的，對吧。」輕輕鬆鬆回敬了過去，他可以想到前面人的尷尬表情：「哪，臣哥……鞘是做來保護劍的吧？」

「……廢話。」

「所以，你別再跑去討伐鬼族了，我們跟后，一起離開這邊吧。」在心中描繪著爲刃時曾看過的景色，他閉上眼睛：「即使看不見星星，但是我們仍然能夠一起在星星的天空之下，如果誰先離開，那連一起的時間都沒有了。」

即使看見的是黑暗，但是黑暗之外是美麗的天空。

他們都在天空之下，不是在黑暗之中。

「……我明白了。」

臣點點頭，釋懷了。

⁂

他們花了一小段時間才緩慢地走回去。

遠遠地，臣就看見綠髮的少女用一種驚恐的表情站在臨時住所的外面。他很快地將背上的人先行安置在一旁，快步跑過去。

「有怪人在家裡面。」還沒等到他開口詢問，后立即縮到他身後。

瞇起眼睛往竹搭的屋子裡看，臣看見有個盛裝的女人把別人家當作自己家舒適地坐在裡頭，她的衣服是白色的但有著美麗的紋路，以藍色鑲邊，手上還拿著扇子一下一下搖著：「又多了一個小弟，我感覺到是三個的氣息，可不可以再見見另外一位呢？」

「妳不是人也不是鬼族，我感覺不到妳身上其他種族的味道，妳是誰？」走進屋子中，臣警戒地看著眼前的陌生人。

「嗯……這樣自我介紹好了，我有一所學院大概準備得七七八八了，老師、學校結界什麼都弄好了，不過還是缺乏人手。」搖著扇，陌生人勾出讓人看起來像是有點狡猾的微笑：「我察覺在這邊有很有意思的力量與傳聞，所以專程來問問，你們三位願意到我的學院幫忙嗎？」

「想都別……」

「請問，是怎樣的學院呢？」打斷了臣拒絕的話，讓后扶著走進來，循著聲音面向那位給人怪異感覺的陌生客人，帝提出了疑問。

「喔喔，原來你是最大的啊，那正好，我想說這裡只有兩個小不點還不曉得好不好溝通。」收起扇子，陌生人愉快地笑著：「我的學校，只要有能力，什麼人都可以進去，殺人強盜還是整個世界的通緝犯，只要他在學院中遵守共同學習約定，我就爲他們打開大門，至於他是好是壞、能不能順利走出去就看他個人運氣了。」

「您想要培養出一個混亂的學院嗎？」眨了眨紫色的眼眸，帝感覺到後面有人輕輕推了一下他的手腕，他知道臣想拒絕這個莫名其妙的人。

但是，他起了興趣。

「不，我想要的是一個混亂世界中可以製造出共同的學院。」盯著眼前的人，陌生人刷開了扇面站起身，走了幾步到他的面前：「不管是殺人也好或是通緝犯也好，只要他們能夠達到標準我就讓他們進到學校，於是他們在學院中學到共同，這裡會讓他們得到一點小小的幫助，直到走出學院之後，他們就再也不會重複從前。」

「所以，您想要的是透過學院開始重整守世界的秩序。」是的，現在的世界種族太過混亂，族與族有著敵對或是隔閡，到處都充滿不同。

「而且做這件事情的不是只有我，還有聯名的各大學院。」頓了頓，陌生人有著強悍不容懷疑的氣勢：「我將成爲守世界所有學院最頂尖的龍頭，所有學院將透過我的學院將這個世界的秩序重新整合，直到種族與種族之間可以共通合作。」

「那要很久的時間。」帝偏過頭，他知道旁邊還有著另外兩個人：「你們認爲呢？」

「后沒意見，跟大家在一起就好了。」綠髮的少女握住他的手腕。

「如果你想要去，我會陪著你們一起去，反正不管在哪邊都可以看見天空，只要這個女人說的不是謊話就好了。」瞥了一眼陌生人，臣冷哼了一聲。

「唉，小不點，你該學學你老大善良的器度。」聳聳肩，陌生人以扇勾了一下帝的下頷，立即就被旁邊的少年皺著眉打掉。

「咳……」尷尬地微笑了下，帝對著看不見的目光：「我們還不曉得您是哪一位呢，先自我介紹了，我是精靈石之刃化體、帝，而旁邊是簪之化體的姊姊、后。另外這位是鞘之化體……也是我們的大哥、臣。」

「啊哈哈，不用這麼嚴肅啦，我是扇，來自於無殿、無之地，你們的名字也真有意思……等等，你剛剛說什麼？」凝眼的扇子直指少年：「這個小不點是你們的大哥！為什麼你們身高顛倒過來！他的臉看起來也不像老大啊，還這麼小一隻……」

「咳，他眞的是我們的大哥，而且他並不小……」

「明明就是一隻小不點。」

「妳還說！」直接抽出砍鬼族的厚刀，一直被矮字往下壓的臣完全沒有人類不打女性的某種觀念，厚刃一翻就追著那個聽說是要來招納他們的未來上司滿房子砍。

「呀——這麼計較身高幹嘛啦——」某個搖著扇的人遊刃有餘地到處閃。

「那妳也不要計較妳的腦袋！」

之後有很長一段時間，臣只要一看到這個董事就會開始進行追殺活動，所以交接手續是由另外一名黃髮的少女爲他們辦理的。

他們就住在學院之中，負責起了校舍事宜。
那裡的天空很漂亮，即使有人看不見，但是他們依舊在相同的星光下。
被結界保護著的學院守護著日益增多的學生，也保護著所有人共同而行的未來。
他們經歷一年又一年，看著學院逐漸如同陌生人所說的踏上最高地位，引領著不同學院往這裡集中起來。
時間變得快而忙碌，天空也寬廣而美，在這裡的一切超出他們所想像的，也學習到更多他們意料之外的。
臣還是很計較他的身高問題，雖然有大半時間他沒表情的臉上看起來一點都不在意，不過在有新人報到時將他當成小的那個的時候，他臉上的肌肉還是會可疑地抽動。
帝依舊帶著溫和的笑容，向那些人解釋著這位是他們的兄長，雖然說有大半時間他是被其他兩人給強制關在房間裡面休養。
於是，時間不斷地往前推流。

※

他在夢中先勾起了微笑，然後再睜開了仍然讓人覺得美麗的紫色眼睛。
「清醒了？」拿下他額上的濕巾，臣探了一下他額頭的溫度：「鬼族氣息的影響應該也減弱了，會不舒服嗎？」

「……嗯，其實從一開始就沒事情的。」在旁邊人的幫忙下半坐起身，帝微笑轉過頭：「我感覺到后跟你的情緒不穩定，你們別因爲豬……同學的事情而生氣，他並未做過什麼。」他聽見了那個鬼族在眾人面前喊著那名沒有心機的學生爲妖師。

那一瞬間，后動搖了。

「他的族人對你做過什麼，我想后應該比我還要痛惡這點。」盯著還有點蒼白的面孔，臣按著要讓他繼續睡一下：「只要證明他是妖師相關者，我也不會隨便就放人。」

「不用這樣做的。」側過身，帝按著兄長的手腕：「精靈石在世界上有很多，有誰能保證不曾有把精靈石之刃在戰鬥當中傷害了妖師或他人。」

「……」臣沉默了。

微笑著終止了話題，帝知道眼前的人其實從以前到現在考慮的都比他還要多。

「我作了一個夢。」

「嗯？」

嗅著學院中特有的乾淨空氣，帝微微瞇起了眼，小小地打了一個哈欠：「你在熊洞前面時跟母熊吵架吵很久，牠快要傍晚才放你進來的。」

「你那個時候不是睡著了嗎？」

「是呢，可是我就是知道。」蹭著柔軟的枕頭，他半入了迷濛：「其實化成形體也不壞……

臣哥會揹著我跟后呢。」

「廢話，我是大哥啊。」

「嗯……臣哥晚安……」

替對方拉上了薄被，臣彈了手指，室內也立即跟著暗了下來。

其實，化成形體還是不錯。

「晚安，好好睡吧。」

〈他不矮，他是我哥哥〉完

番外．烽燧荒煙

火焰被點燃了。

銀藍色的火光熊熊燃燒之後，在火油當中畫出了一個圈子發出一個嘯聲，接著銀藍火焰竄高化成鳳凰般的冷炎形狀，倏然就往天空的另外一端飛去。

「水之國度的烽火被點燃了。」

帶著冰冷氣息的銀色飛鳥在劃破天際之後，遙遠的那一端炸出了高高的火焰，飛出了同樣金紅色的鳥，朝著另外一個方向離去。

很快地，遙遠的那方聽到了不同的鐘聲，許多光點出現在各個種族之中。

「鬼族開始對這個世界進攻了。」

帶著木色的棋子靜靜地落在安穩的棋盤上，細白的手指滑過了畫著奇異方格的方盤收回，然後捲起了散著微微光澤的黑色長髮，又任隨那些柔軟的髮絲散落在空氣之中，「漾漾的學院位於空間交會點，會是第一個被襲擊的對象。」

「我們選擇開戰。」

叩咚一聲，另只棋子落定。

「喔，妖師一族長久苦營隱居在世界之外，終於要開始破戒了嗎？」勾起微笑，屋內的女性看著遠方飛離的銀色鳥型，然後丟出第二枚棋子。

「呵，祖先都變成鬼王了，還不開戰嗎。」支著下頷，對座的人拉出了相似的笑容：「不過漾漾啊，到現在還沒發現妳跟我的輪廓其實有點像嗎？」

「那小子天生遲鈍，搞不好就這樣不會注意到了。」冷哼了聲，她拿起了旁邊的水杯：「進到學院還跟隻菜鳥沒兩樣，現在鬼族打進來，我家唯一一個男生不知道會不會就這樣夭折。」

「以妖師首領的名義發誓，在這場戰爭結束之前，妖師一族不會有任何人喪生。」誠心地在心中許下了絕對會實現的話語，他抬起頭看著眼前同樣為繼承人的女性：「現在麻煩的是漾漾的能力有大半都被取走了，雖然暫時替他做了二次開眼補強，但在對付鬼王那方面還有絕對的問題；我不能讓妖師一族的能力外流。」

輕巧地拿起新棋，她嘆了口氣：「漾漾啊……從小被我和老媽壓榨到大，老爸都不在家加上衰到極點所以好像下意識會畏懼其他人、個性還不像個男人，他進到學院裡好一點了說，沒想到那個囂張的小子會是精靈三王子的後人，還出了這樣子的事情。」

「一開始我以為他只是亞那不知道第幾代的子孫，可能只是被精靈族保護得太好才不為人知，沒想到他居然是亞那的獨子……」瞇起眼睛，他握緊了手掌：「安地爾看來應該早就知道了，真是令人感覺到不悅。」

「既然人已經在冰川那邊殞落了，我看只能朝最壞的方向打算。」

小小的腳步聲從後方傳來，中斷了兩人的談話。

「你們兩位雖然臉上都在微笑，但是卻散發出很可怕的氣氛呢。」端著雕飾美麗的銀盤，微微散著光芒的精靈在棋盤旁邊坐下：「說是先來探查消息借住在這邊呢，好嚴肅，精靈最怕這樣嚴肅的氣氛，尤其是在戰爭時候。」

「精靈適合在美麗的樹林中吟唱歌謠，我也很久沒有聽見辛西亞的歌聲了。」朝著眼前美麗的女性伸出手，棋盤一端的白陵然收入的那隻柔軟手掌，讓目前正在交往的女性精靈坐到身邊。

「戰爭之後，我會爲無事的大地獻上祝福的歌謠。」露出美麗的笑容，辛西亞抽回手掌替兩人斟上了茶水：「戰爭之前，螢之森的精靈們會爲所有武士送上保護的音，願念世界上所有事物都不會讓鬼族所折。」

盯著眼前兩個親暱的男女看了半晌，將棋子拋到一旁，褚冥玥一邊伸懶腰一邊站起身還順便打了哈欠：「眞刺眼啊，不要在單身的人面前這麼親密，出去我會詛咒你們被馬踢的。」

「一般不是妨礙人家才會被馬踢嗎。」笑著故意在辛西亞肩膀上蹭，白陵然端起了茶水：「而且小玥，很多人想要追妳吧。」

「沒有能力的人來再多都算是蒼蠅。」冷冷地撇撇唇，她走到窗戶邊，外面的景色又映上了一層新的色澤，金色的飛龍削過了辛西亞的住所之上，像是要朝所有地方發出警告聲般吼出了沉穩巨大的聲響，然後快速竄入雲端朝下一個地點前進，「我差不多要到公會報到了，這次人手不足，連巡司都必須去支援了。」

「小玥。」喊住了與自己有血緣關係的女性，白陵然看著她：「要小心喔。」

「哈，你當我是誰啊。」

勾起一抹笑，褚冥玥腳下畫出了移送陣：「我可是連黑袍都畏懼的巡司呢！」

下一秒，人快速消失在房間中。

「真可怕，不知道小玥個性是怎樣來的。」看著離去後的空曠地面，白陵然無奈地嘆口氣。

明明他就很溫和地說。

「不就是跟你差不多嗎。」

辛西亞發出了愉快的笑聲。

「……」

⁂

銀藍色的冷焰鳳凰飛過了廣闊的冰雪大地。

幾個黑色的影子在雪之國界外晃了晃，突然被飛來的雪球給打穿，然後化成黑灰消失在冰冷空氣的上方。

「打到了！」

穿著毛茸茸的雪大衣，菲西兒拍著手掌，然後彎身從地上捲起了第二顆雪球瞄準了躲在另一端的黑色影子猛力投去，不過這次對方學聰明了，很快地消失在空氣一角，讓那顆雪球落空掉在雪地之中。

靠著一邊堆滿冰霜的斷牆，正預備回妖精雪國報到的登麗冷眼看著已經潛入妖精族的東西，對方還不太多，應該純粹只是來探路而已，「別玩了，我想我們辦完這邊事情之後得快點到公會報到，看來時間不多了。」

「要去冰炎殿下那個學院幫忙嗎？」

放棄了手上的雪球，菲西兒微微彎身，開始滾起了大雪球。

「妳不是很喜歡那邊嗎？」看著自家搭檔把雪球滾到快要一層樓高，登麗從口袋裡拿出了上回出任務搭檔在原世界買的一種叫作酸梅的東西。

拋了一顆入口，她馬上皺起眉。

果然放久了也不見得會比較不酸，究竟人類覺得這東西好吃的地方在哪裡？

「很喜歡啊，他們人很好，空氣也很棒，陽光跟外面不同、很舒服，東西也很好吃……嘿咻！」停下手上幾乎兩層樓的大型雪球，菲西兒繼續滾起了第二顆，直到比第一顆稍小一點之後才停止，接著將小雪球疊到最大的上頭：「如果那邊不見，登麗還有很多人都會傷腦筋吧。」

「差不多，可以去的地方又少一個。」看著搭檔開始幫雪球插樹枝和放上眼睛，登麗在空中畫出小小的咒術，輕輕吹了口氣。

一點銀色的光芒穿過了大雪人。

「所以我們也開始宣戰吧。」看著上方飛過去的銀藍色冷焰，菲西兒勾起笑容，然後畫出了法陣散在雪地。

不用數秒，雪地中的法陣出現了許多雪白色的小鳥，竄上天空中尾隨著銀色的飛鳥撲動著小小翅膀追著飛了上去。

「雪國的妖精會加入支援的行列，只因爲我們不能容許鬼族再度踏上這塊土地。」直起身體，登麗冷眼看著突然數量倍增的黑影，越來越清晰的影像浮現了灰白的眼睛以及扭曲的身形，迅速包圍起雪國邊界。

跳高站在雪人的肩膀上，菲西兒摘下了髮飾裝飾在雪人白色的胸口前，然後才跳下高處：「所以我們快回去報到吧，越早回到公會越快啓程趕往學院。」

「嗯。」

兩個身影一前一後消失在雪地之中。

可能沒想到對方會直接丟下他們不管，出現的鬼族群微微一愣，不過還是按照原定計畫加快速度往雪國邊界入侵。

幾乎是在第一個踏入邊界線的同時，某種大型白色的東西直接揮過來，一把將想闖入的異物給打成碎片。

雪花開始由天空飄下來。

巨大的白色腦袋稍微轉動，接著是龐大的身體開始移動，有著幾乎三層高度的大型雪人將腳部拔出了雪地，樹枝做成的手快速地包圍起冰霜，從地上抓出了像是大狼牙棒的冰棍，開始揮動著往黑影群敲打。

雪勢轉大。

大雪人踏出腳步之後，雪地起了騷動。

一團接著一團眨著黑黑眼睛的小型雪人從雪地中探出頭，甩開了雪花，蹦地聲跳上地面。

在雪勢轉爲暴風雪之姿時，邊界線覆滿了大群的小雪人，密密麻麻地從雪地裡抓出了大量的冰棍，咚咚咚地開始敲擊起雪地。

黑色的圓眼瞇成一條線，氣勢洶洶地阻擋下黑影。

「對了，登麗，那個小雪人好可愛喔，可不可以弄一隻在宿舍養？」

「不行！」

「爲什麼啊？」

「那個是雪地的原住民，會主動攻擊陌生人。」

「……」

※

銀色的冷焰後面帶著一大串白雪球的飛鳥高高劃過晴天。

綠色磚塊堆疊在綠色的草地上，經過時間磨損半倒塌，細長的藤蔓捲著破碎的磚片然後四處蔓延。

再過去一點點就是荒野。

據說在荒野上有著狩人，狩人是從大地而生，保護著過往旅人不受邪惡所侵擾，從東方而來從西方歸回，不多、也不少，順利地經過廣大的原野走向歸途。

「有烽火！」

「烽火飛過來了！」

一、兩個滿身泥巴的小娃娃在荒野跑動著，手上拿著芒草，白色的細毛隨著他們動作搖晃著，偶爾脫散了一、兩片飛出在空氣中畫出了好幾道美麗的圓弧才讓荒野上的風給帶走。

「有小雪！」其中一個小娃指著冷焰旁邊的一群小小雪鳥，舉高了雙手快樂地上下跳動著。

「鳥～～」

嘻嘻哈哈地大笑著，小娃娃轉著圈子追著往天空另外一邊飛去的冷焰，直到踩上荒野出口時倏地停下了腳步。

大群大群的黑影從地面浮現出來，慢慢地將荒野的邊界給包圍起來。

「有鬼族。」娃娃的臉皺了起來，手上的芒草微微垂了下來。

「鬼族……哇——」

瞬間，兩個娃娃冒出大顆大顆的眼淚轉身往荒野方向逃去。

發現了荒野上的動靜，原本似乎正打算做些什麼的黑影群之中竄出了幾個，追在娃娃的身後不放，漆黑的爪子從模糊不清的身影中悄悄竄出，直接往兩個小娃的頭上抓去——

「暴風招來！」

銳利的刀風切破了荒野上污穢的空氣，帶動氣流直接將那幾團影子都給打出了荒野的範圍。

一看見有人出現，兩個小娃立刻撲到救星身上。

「不是說這兩天很危險，不能隨便跑出來嗎？」彎下身，輕輕抱住了兩個抓上來的小娃，阿斯利安無奈地收回了軍刀，在周邊布下了簡單的結界之後往狩人村落走去。

「不懂，荒野是大家的，所以可以出來？」眨巴著眼睛，其中一個小娃還掛著一泡淚不滿地詢問：「旅人怎麼辦？」

「忍耐幾天之後，族長就會讓大家出來了，荒野現在不安全，不會有旅人了。」勾起了微笑，阿斯利安騰了手指給兩個娃娃擦去眼淚：「乖喔，我們會快點把空間恢復的。」

似懂非懂，兩名小娃點點頭。

「啊，阿利不乖。」擦去眼淚之後，其中一個突然像是發現大事一樣抓住了眼前的紫色衣料：「族長說，阿利要在醫療班住很久，阿利回來了？」

「很快就要出去了。」無奈地彎了彎唇角，在接近村落口之前，阿斯利安將手上的小娃放到地面上：「要回學校了，先到族裡看看有沒有事情，別再往外跑了喔，要乖乖聽族長的話。」

兩張小臉抿著唇，然後很用力點頭，手牽著手在紫袍的催促下大步奔回狩人村落。

遠遠望著部落的村口，阿斯利安拍拍自己的面頰。

其實醫療班也盡力了哪……

就在想要轉身回學院時，一個呼嘯從狩人部落中傳出，接著是快速的氣流由裡奔竄而出。

一只略微透明的鳥型衝出了部落，上面印著狩人一族的部落圖騰，遠遠就可以看見那個熟悉的圖形倒映著天空的光芒，在荒野上方盤旋了幾圈後，跟著銀色的冷焰往另外一邊離去。

「烽火啊……」

望著天空，阿斯利安微微瞇起眼睛。

風在移動，吹起了象徵公會的紫色衣襬，然後又緩緩靜止。

「希望狩人能夠保護荒野之外也一切平安。」

從地上掬起一小把泥土拋往空中，那些泥土很快地聚集在一起，然後成為幼小鳥兒的形狀，追上了那一小團白雪的鳥，撲騰地飛走了。

時間交會之處開始燃燒。

一把接著一把的烽火用著不同的方式開始點燃。

很快地，時間就將到達。

哼著狩人的歌謠，阿斯利安轉身消失在荒野之中。

遙遠地，紅色烈焰飛高於天空。

※

好幾個巨大的聲響從地面深處傳來。

不屬於這邊也不屬於那邊，與世隔絕卻又牢牢相連的殺手一族靜默無聲。

「他媽的你們這些從後面攻擊的小人！臭老頭死老大！有種把本大爺放出去，咱們一決死戰！」敲打著加厚再加厚，可能連雷射槍還是那個據說史上無敵的高中黑袍學長都打不穿的特殊牆面，被暗算之後從學院硬生生被拖回來的西瑞火大地轉過身，翻手抬起對方幫自己布置的超大電視機就往牆上摔。

一陣轟然巨響，才剛被放進來不到半天的大型電視機正式宣告變成一堆垃圾，跳著無數細小火花悲哀地躺在牆角。

硬打了半天也看不見那道該死的牆和門出現半個缺口，西瑞火大地踹了牆壁一腳，忿忿地靠著冰冷的牆面坐下來。

這裡的房間很大很大，幾乎有他們教室的四倍大，有床有冰箱還有很多吃不完的食物，砸壞的電視機就有三台，另外還有天花板的液晶螢幕據說是要讓他躺著可以看的；第一次砸了電視之後又補進來好幾台，彷彿在叫他盡量摔不用客氣，沒壞的那幾台上面都播著不同的畫面，可是他一點都不想看。

什麼跟什麼啊！

啥叫作妖師不能相處！

越想越火大，西瑞又從地板上跳起來，到處對著沒窗的堅固牆壁發飆。

他知道門的另外一邊有很多人看守，他也知道這裡是哪裡。

該死的地下三十層是用來關那些重要人物的，關到這裡連逃出去的機會都沒有，那個死老頭還派了家族裡好幾個菁英來防他。

連踹了牆壁好幾下，西瑞繼續對著牆面吼：「有種放本大爺出去——」

那些死傢伙一定有在這邊放監視法術！

「渾蛋！那個笨蛋的漾~自己跑去鬼王塚了！沒有本大爺一起去哪行啊，本大爺的僕人可不是那些鬼族可以碰的！給我打開門——」

最後他實在是被逼急了，直接變成巨獸的樣子猛力衝撞牆面，但是還是連個缺角都沒有。

鬧了整整一天完全沒有任何進展，就算是體力極度旺盛的西瑞也捱不住長時間折騰，疲累地隨便找了個有地毯的地方就躺下。

如果要從這邊出去，有什麼辦法？

腦袋轉了好幾圈，又轉了好幾圈，想了幾百次也試了幾百次，還是該死地出不去。

朦朧地快要睡著之際，他好像聽到外面傳來很驚慌的聲音。

等等，他應該聽不見外面的聲音才對！

快速翻起身，西瑞立即瞪大了眼睛。

剛剛死命弄了半天但是打不開的堅固門不曉得什麼時候悄悄出現了一小道縫隙，像是有人從外面推開似地。

沒有多加思考，他馬上衝過去打開門。

門外躺著幾個應該是要監視他的菁英，每個都翻白眼昏倒了，估計剛剛驚慌的聲音應該是他們傳出來的。

誰來過？

會讓這些菁英變成這樣的攻擊絕對非同小可！

看著滿地白眼，西瑞疑惑地往外走了一小段距離，然後終於在地上踢到一個似乎還沒昏迷過去的人。

「喂！告訴本大爺是怎麼回事！」一把拽住那個要昏不昏處於高度混亂狀態的人，西瑞凶惡地發出質問。

被拽住的人動彈了一下，接著馬上十分驚恐地縮起身體：「對不起、對不起，我們不應該反抗您的……請把胃還給我……」說到後來，那個人開始痛哭了。

「說啥莫名其妙的話！」嫌惡地把人隨地丟開，西瑞左右看了一下。

現在出去一定馬上又被那個死老頭跟臭大哥抓到。

他得好好想想要怎樣從地下三十樓出去。

「哈哈哈，本大爺越獄的時間到了。」

總之，先幹了再說！

※

天空中劃過各式各樣、不同種族所燃起的烽火。

「眞是壯觀啊，如果不要有鬼族，這樣看起來好像要舉辦什麼盛大的歡樂聚會說。」仰起頭看著天空，翼族的黑袍愉快地看著旁邊的同僚們。

「改天想辦法把各族的烽火都弄來一點，下次等學院要辦什麼活動時就一次點燃。」勾起了艷麗的笑容，某惡魔同樣心情很好地觀看著天空到處飛的東西。

「原世界有個故事，是在說有個皇帝因爲要討好喜愛的人，就點烽火騙了諸侯取樂，後來因爲點太多次了，結果每次都被騙衝來救援的軍隊在眞正打仗時以爲這是在騙他們，於是不出兵，就這樣國家被滅了。」簡單地解釋了個故事，有著仙人氣息的教師這樣阻止了惡魔的心願。

「我們這裡通訊這麼發達，被騙的是笨蛋吧。」女性的惡魔完全不以爲意地說著。

端著盛有紅色液體的透明水晶杯，完全沒有加入話題的吸血鬼搖動著杯子，享受著暴風雨前最後一杯寧靜的酒。

他的管家向來隨侍一旁，同時靜默無聲。

「是說，安因你眞的沒問題吧？」有點擔心臨時回到學院的天使，黎沚拋開了烽火的話題，偏著頭看著不發一語的同僚。

「……想到可以親手消滅那些該死的鬼族，我現在心情非常愉快。」握緊了微顫的手，安因危險地笑了。

「放心，姊姊很樂意帶著他去醫療班的。」奴勒麗搖著尾巴，雙眼直發亮。妳確定妳眞的會帶去醫療班嗎？在場的人全部充滿了以上的疑問。

「不用麻煩。」安因斷然回絕對方的「好意」。

「是說，其他人好慢喔。」晃著身體，黎沚趴在旁邊的小桌，無聊地等著未到的人們。

「回公會不會這麼快回來，或許是公會也出了問題讓他們先留下來幫忙。」洛安斂了氣，正在做氣息吐納調整身心。

就在聚集處大家都等得想自動解散時，地面上出現了移送陣，帶來一個不穿黑袍的黑袍。

「九瀾！不准過來！把你手上的內臟全放下！」指著帶著一串血淋淋臟器的同袍級，黎沚發出最高警告。

戴著眼鏡的人低頭看著手上層層疊疊的肉塊，然後突然抱緊：「你想剝奪我的喜好嗎！」

「我們並不想看見有個像廚師的人帶著生鮮材料去攻擊鬼族。」雖然知道那些帶血「材料」一定是從某個出處來的，黎沚還是咳了聲，轉開頭。

「提爾看見你拿這些東西進醫療班會發瘋吧。」安因給了十足的建言。

「啊……他不懂這些的好。」用充滿愛意的眼神看著手上好不容易弄來的內臟，九瀾背後發出了閃耀的光輝。

「對不起，我們也都不懂。」

在場所有人一致發言。

「算了，我對你們這些平凡人也沒什麼信心。」小心翼翼地把手上的東西一一擺放在桌上檢視著有無損傷，九瀾改說了別件事情：「剛剛公會傳來訊息，各地都遭到鬼族襲擊了，要我們先動作，不用等了。」

「哈！時間到了嗎？」

站起身，奴勒麗鬆鬆筋骨：「好久、好久沒有這麼興奮了。」惡魔愛亂，越亂越好。

「四大結界是首要保護的，其他地方都先放在後面。」洛安整理了兵器揹上身，點點頭：「大家千萬要謹慎小心。」

要開戰了。

誰也沒先說出來。

聚集處的黑袍們都已經盤算過可能將要發生的事，或許將會再回到這裡，也或許將會啟程前往終點。

「出發。」

安因的聲音簡短，瞬間帶動了所有人的動作。

開戰了。

銀藍色的冷焰劃破天空，後面跟著雪色的小鳥還有土的鳥，微微透明的大鳥順著風向往各地傳遞訊息。

一個接著一個的焰鳥飛高了天空，燃燒著空氣傳遞了烽煙。

牠們往世界的盡頭飛。

把訊息從這邊帶到那邊。

在鬼族入侵之前，讓所有人都知道之後任務才會完結。

冷焰的鳥發出了呼嘯，穿過了雲層，消失在結界上。

時間到了，風開始停止。

黑色的空氣席捲了雲層。

然後，開戰了。

〈烽燧荒煙〉完

特傳幕後茶會
今日休會
藥

本次因戰事氣壓太低，主持人不想死，故休會一次。

主持人B：不過抽獎還是要的（偷偷摸摸地探出頭）

主持人C：大哥，我們這樣算在戰場上找死嗎！

主持人B：噓！給我縮頭縮尾巴，當心等等被波及，你就真的可以去領光榮金了（按下去）

主持人C：（頂鍋蓋下沉）

本屆幕後沒有茶會得獎抽出——

致贈第九集簽名書一本：陳○蓁（高雄市）

新書將在上市之後寄出。

主持人B：抽完快逃！我們如果堅強地活下來，有緣再見！

END

《特殊傳說》原世界公會信箱，長期設立！

歡迎親愛的讀者們踴躍來信喲～～～

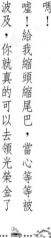

西瑞・羅耶伊亞
的祕技！
爪撲！
喙咬！
以及羅耶伊亞家的終極奧義
滿地打滾壓式
還有很多自己人也……

※此招式無差別給予敵友雙方100%傷害

by 紅麟

下集預告

新版 特殊傳說 THE UNIQUE LEGEND VOL.10

發揮空間法術能力的千冬歲找到暗藏的那個人，
卻也讓自己身陷險境……
一面倒的強大力量，讓人流下了害怕的眼淚。
面對安地爾的「邀請」，漾漾該如何選擇？

身罩斗篷、始終散發一股異樣感的人，
竟是鬼王第一高手的新搭檔！
揭下遮帽的那一剎那，毫無感情的眼眸凝視著，
一片靜默。最熟悉的人，最陌生的感覺……

敬請期待《特殊傳說》第一部，精彩完結篇!!!

國家圖書館出版品預行編目資料

特殊傳說／護玄 著.
——初版.——台北市：蓋亞文化，2013.08
冊；公分.

ISBN 978-986-319-059-2（卷9：平裝）

857.7 101005845

悅讀館 RE279

新版 特殊傳說 THE UNIQUE LEGEND 9

作者／護玄
插畫／紅麟 封面設計／克里斯
出版／蓋亞文化有限公司
地址◎台北市103承德路二段75巷35號1樓
電話◎（02）25585438 傳眞◎（02）25585439
部落格◎gaeabooks.pixnet.net/blog
臉書◎www.facebook.com/Gaeabooks
電子信箱◎gaea@gaeabooks.com.tw
投稿信箱◎editor@gaeabooks.com.tw
郵撥帳號◎19769541 戶名：蓋亞文化有限公司
法律顧問／宇達經貿法律事務所
總經銷／聯合發行股份有限公司
地址◎新北市新店區寶橋路235巷6弄6號2樓
電話◎（02）29178022 傳眞◎（02）29156275
港澳地區／一代匯集
地址◎九龍旺角塘尾道64號龍駒企業大廈10樓B&D室
電話◎（852）27838102 傳眞◎（852）23960050
初版七刷／2023年3月
定價／新台幣 250 元
Printed in Taiwan

GAEA ISBN／978-986-319-059-2

RE279
GAEA

特殊傳說 THE UNIQUE LEGEND VOL.9

蓋亞文化　讀者迴響

感謝您在茫茫書海中選擇了蓋亞，您的支持是我們最大的動力。
不要缺席喔，讓我們一起乘著夢想的羽翼，穿越時空遨遊天地！

姓名：　　性別：□男□女　出生日期：　年　月　日
聯絡電話：　　手機：
學歷：□小學□國中□高中□大學□研究所　職業：
E-mail：　（請正確填寫）
通訊地址：□□□
本書購自：　縣市　書店
何處得知本書消息：□逛書店□親友推薦□DM廣告□網路□雜誌報導
是否購買過蓋亞其他書籍：□是，書名：　□否，首次購買
購買本書的動機是：□封面很吸引人□書名取得很讚□喜歡作者□價格便宜□其他
是否參加過蓋亞所舉辦的活動： □有，參加過　場　□無，因爲
喜歡出版社製作什麼樣的贈品： □書卡□文具用品□衣服□作者簽名□海報□無所謂□其他：
您對本書的意見： ◎內容／□滿意□尚可□待改進　◎編輯／□滿意□尚可□待改進 ◎封面設計／□滿意□尚可□待改進　◎定價／□滿意□尚可□待改進
推薦好友，讓他們一起分享出版訊息，享有購書優惠 1.姓名：　e-mail： 2.姓名：　e-mail：
其他建議：

廣告回信 郵資免付
台北郵局登記證
台北廣字第00675號

TO：蓋亞文化有限公司　收
103 台北市承德路二段75巷35號1樓

Gaea

GAEA